Annemarie Regensburger
Gewachsen im Schatten

*Gewidmet meinem Heimatdorf Stams*

Annemarie Regensburger

# Gewachsen *im* Schatten

## Geschichte einer Befreiung

Tyrolia-Verlag · Innsbruck-Wien

Die Drucklegung dieses Werkes wurde unterstützt durch die Abteilung Kultur im Amt der Tiroler Landesregierung, sowie durch das Bundesministerium für Unterricht, Kunst und Kultur (Abt. V, Kunstsektion).

Gefördert von tirol Unser Land bm:uk Bundesministerium für Unterricht, Kunst und Kultur

3. Auflage 2014

Umschlaggestaltung: stadthaus 38, Innsbruck, unter Verwendung eines Bildes von Brigitte Schalhaas
Layout und digitale Gestaltung: Tyrolia-Verlag
Druck und Bindung: FINIDR, Tschechien
ISBN: 978-3-7022-3301-3 *(gedrucktes Buch)*
ISBN: 978-3-7022-3312-9 *(E-Book)*
E-Mail: buchverlag@tyrolia.at
Internet: www.tyrolia-verlag.at

# Kapitel 1

Von Anfang an ist sie da, die Angst.

Das Kind liegt im Bett, hat Hunger.

Alle sind auf dem Feld. Es darf sogar in Mamas Kammer liegen, denn es ist krank, hat Gelbsucht. Das Kind malt sich aus, wie gut das Brot schmecken würde, wenn es sich getraute, in die Küche zu gehen. Es kann nicht. Warum? Es weiß es nicht. Es liegt wie gelähmt im Bett, spürt den Hunger und traut sich nicht, aus der Kammer zu gehen. Die Mama hat dem Kind auf alle Fälle einen Nachttopf unter das Bett gestellt. Für diese Not ist vorgesorgt. Doch das Brot hat sie vergessen.

Der Hunger wird größer. Das Kind beginnt sich auszumalen: „Ih kannt aus'n Bett hupfn, bis zur Tür giahn, die Kammertür aumachn, schaugn, ob niemed daußn isch, i' den langen, hoachn, unhuemling Hausgang bis zur Kuchetür springen, aumachn, zur Broutschublad giahn, aumachn, a Stuck ochebrechn und gach zruggspringen." Das Herz schlägt dem Kind bis zum Hals.

Es ist sieben, geht zur Schule, weiß, dass niemand im Haus ist. Es liegt schweißgebadet im Bett, wagt nicht, sich zu bewegen. Es ist starr vor Schreck. Das Kind schläft ein.

Irgendwann hört es die Mama: „Ja, hasch dir kue Brout kholt? Ih han dir extra uas mit Butter und Marmelad auf'n Tisch gschtellt."

„Ih han mih nit traut."

„Was bisch'n fiar a Hosnscheißer, siesch bisch ouh gscheid."

Doch das weiß das Kind bereits.

Einmal, das Kind ist sechs, geht noch in den Kindergarten, sitzt es am Boden im Hexenhaus und wartet. Es hat überhaupt keine Angst. Seine Hauptrolle kann es auswendig und die anderen Rollen noch dazu. Es dauert dem Kind nun schon viel zu lang. Es will zeigen, was es kann. Es hat Hunger, sieht das Lebkuchenherz im hinteren Fenster des Hexenhauses. Das Herz des Kindes beginnt laut zu klopfen. Die Kindergartenschwester hat verboten, etwas vom Hexenhaus wegzunaschen. Draußen hört das Kind Hänsel und Gretel kommen. Es murmelt deren Sätze vor sich hin. „Ja, dejs dertue ih nouh", sagt das Kind halblaut, reißt das Lebkuchenherz herunter, steckt ein Stück davon in den Mund. Da, sein Einsatz! Das Stück ausspucken, eine Kugel formen, hinlegen. Mit dem süßen Geschmack im Mund steht das Kind vor den Menschen. In der zweiten Reihe sitzen die Mama und die beiden Schwestern. Das Kind sagt seinen Text als Hexe wie geschmiert. Alle lachen, klatschen mit den Händen. Im Bauch hat das Kind ein kribbelndes Gefühl. Das schmeckt besser als das Lebkuchenherz. Zurück im Hexenhaus, isst das Kind den Rest auf.

Die beiden Schwestern sitzen am See.

„Du willst wissen, wann ich mich das erste Mal an dich erinnere? Ich war gerade sieben. Jeden Tag gegen Abend hab ich für dich die Milch zu einer alten Frau bringen müssen. Eine halbe Stunde am Waldrand entlang hin und eine halbe Stunde zurück. Bevor du auf die Welt kamst, sind unsere zwei Brüder gestorben. Deshalb hat dich die Mama, obwohl du erst zwei Monate alt warst, zu dieser Frau gegeben. Sie wollte, dass wenigstens du am Leben bleibst. Unsere Mama hat für zwei arbeiten müssen, dein Vater war damals schon sehr verstört und ist den ganzen Tag im Bett gelegen. Ich hab mir oft gewünscht, dass du auch stirbst, denn ich hab mich sehr gefürchtet, am Abend so nah am dunklen Wald die Milch zu tragen."

Die Schwestern blicken auf den See hinaus. Die Sonne wirft die letzten Strahlen über das Wasser. Es glitzert wie tausend Sterntaler.

„Wann ich mich das erste Mal an dich erinnere? Ich weiß es nicht mehr. Der Schock hat alles Erinnern gelöscht. Viele Jahre wusste ich nichts mehr von vorher. Alles lag wie im Nebel. Nur das Fürchten, das Verschrecktsein und die Angst vor den Männern verdeutlichten, dass es ein Vorher gab. Später kamen dann manchmal lustige Bilder durch. Einmal hat das Hannele dir eine lebende Maus in deine ärmellose Bluse gesteckt. Haben wir bei der Mama wirklich so eine Bluse anziehen dürfen?"

„Ja, und sogar eine kurze Hose. Mit der bin ich aufgestanden, wie ich mit dem Kuhfuhrwerk beim Frauenkloster vorbeigefahren bin, damit sie es sehen. Der Pater hat am darauffolgenden Sonntag darüber gepredigt."

„Und weißt du, was du singen können hast? ‚Brennend heißer Wüstensand, fern, so fern dem Heimatland. Kein Herz, kein Schmerz.' Immer hab ich mir ausgemalt, wo dieses Land sein könnte. Du hast immer arbeiten müssen und warst böse, dass das Hannele immer gesagt hat, dass sie Hausaufgaben machen muss. Die Nale hat gegen dich und die Mama gehetzt, und manches Mal hat die Mama geschrien: ‚Hat ih decht nit den Balg.' Aber sie ist doch froh um dich gewesen."

Das Kind ist fünf. Es ist Osterzeit. Die Kindergartenschwester erzählt den Kindern von Jesus, wie viel er für die Sünden der Menschen gelitten hat. Das Kind nimmt sich vor, von nun an immer brav zu sein. Eine Ostergeschichte gefällt dem Kind besonders gut. Nach Ostern kommt zum ersten Mal eine geistliche Inspektorin in den Kindergarten. Die junge Schwester ist aufgeregt. Am Morgen gibt sie letzte Anweisungen zum Bravsein und erzählt den Kindern noch eine Don-Bosco-Geschichte.

Es klopft. Die Inspektorin kommt mit der Schwester Oberin herein. Sie ist freundlich. Die Kinder dürfen sich setzen.

„Was wisst ihr von Ostern?"

Schweigen.

Das Kind steht auf. Die Inspektorin sieht zum Kind hin.

„Woasch, zwoa habm fescht pleart, wie der Jesus gstorbm isch. In Fald daußn habm se anonder derzählt, wie se nouh traurig sein."

Das Kind schluckt. Die Inspektorin wartet gespannt.

„Noche sein se uan begegnet, dear isch mit ene gangen. Dear hat ene noche grad aso wie inser Mama 's Brout ausanondertoalt. Da habm sen wieder kennt. Sie habm gschpiert, dass dejs lei der Jesus sein kann."

Die Kindergartenschwester strahlt. Die Schwester Oberin und die Inspektorin schenken der jungen Kindergartenschwester einen anerkennenden Blick. Sie sind erstaunt, was sich ein so kleines Bauernmädchen alles merken kann. Das Kind darf sich setzen. Die anderen Kinder klatschen. Das Kind verspürt ein Kribbeln im Bauch und ist glücklich.

Langsam beruhigt sich der See. Nur noch vereinzelt glitzern Sonnensterne auf dem Wasser. Bald wird die Sonne untergehen.

„Weißt du noch, wie uns die Tante vom Unterland Pakete geschickt hat?"

„Ich hab diese Tante nicht mögen. Als unsere Mutter gestorben ist, haben mich Mamas Schwestern im ersten Winter im Unterland in ein Hotel zum Arbeiten gesteckt. Ich war erst sechzehn und hatte von den Männern noch keine Ahnung. Die Tante hat mich in der Freizeit nie zu sich eingeladen. Aber wenn sie ins Klosterdorf gefahren ist, hat sie den Leuten erzählt, dass ich nur auf Männer aus sei."

„Aber Pakete hat sie uns früher schon geschickt. Ich weiß noch gut, wie in so einem Paket eine Spielhose mit Rüschenträgern war. Aber die Mama hat gesagt, dass sie mir noch viel zu groß sei, und hat sie dem Hannele gegeben. Ich weiß noch gut, wie ich wild geschrien hab."

„Ja, einen hochroten Kopf hast du gekriegt. Dann hat die Mama geschrien, dass wir schnell zum Bach laufen müssen. Beide haben wir dich an Händen und Füßen gehalten, sind durch den Vorstall bei der hinteren Tür hinaus, beim ‚Patschklosett' zum Bach. Du hast gestampft, so fest du konntest, und dann das Bewusstsein verloren. Wir haben dich mit dem Kopf ins eiskalte Wasser getaucht. Dann haben wir dich wieder langsam herausgezogen. Ein paarmal hast du noch geschluckt, die Augen verdreht, und dann bist du wieder zu dir gekommen. Ich hab, bis du aufgewacht bist, große Angst gehabt. Das Hannele ist lachend mit der Spielhose in der Hand vor der Haustür gestanden. Auch die Mama war froh, wie du wieder aufgewacht bist. Der Hausarzt hat ihr geraten, dass sie dich, wenn du so schreist, in den Dorfbach halten soll. Zwei Brüder sind ja vorher an den ‚schreietn Fraisn' gestorben."

Der Blick der Frau fällt auf den Grabstein, der aber nicht auf dem Friedhof steht. Dort wurde das Kindergrab längst aufgelassen. „Hier ruht unser liebes Kind Alois" ist in verschnörkelter Schrift eingraviert. Unser liebes Kind Alois, geboren am 15. September 1945, gestorben am 22. November 1945.

*Alois,*
*mein Bruder Alois. Nichts weiß ich von dir, nur diese zwei Zahlen, nichts von dem zwischen den Zahlen. Sieben Wochen hast du gelebt. Der Stammhalter solltest du werden. Geboren am selben Tag wie unsere Schwester, das Hannele, genau ein Jahr später. Warum sie dich Alois nannten? Vielleicht weil dein Onkel, Mamas Bruder, Alois geheißen hat? 1945, der Krieg war aus. Mamas Bruder Alois ist nicht von der Front zurückgekehrt. Gefallen für das Vaterland, wie es hieß. Solltest du über Onkels Tod hinwegtrösten? Vermutlich hat sich die Mama mit der Namensgebung durchgesetzt.*

*Nichts weiß ich sonst von dir, mein lieber Bruder. Jetzt, mehr als sechzig Jahre später, möchte ich mehr von dir wissen. Du hattest die „schreieten Fraisen", ein Nervenfieber. Du hast zu schreien begonnen und nicht mehr damit aufgehört. Warum musstest du so schreien? Du, der Stammhalter im Haus? Das erste Kind eine Totgeburt, das Hannele vor dir nur ein Mädchen, die andere, große Schwester sowieso bloß ein lediger Balg von der Mama. Hast du geglaubt, dass dein Stiefbruder, das Hansele, Stammhalter wird? Er war bei deiner Geburt bereits sieben Jahre alt und nicht für das Elternhaus bestimmt. Für ihn war im Dorf seiner verstorbenen Mama der Bauernhof der Tante vorgesehen. Alois, warum hast du um dein Recht geschrien? Es war dir ja bereits in die Wiege gelegt. Warum hast du nicht mehr aufgehört zu schreien? Warum nicht?*

*Hast du bereits etwas von der Tragödie in diesem Haus gespürt, die sich erst Jahre später ereignen wird? Alois, du stirbst im November. Zweiunddreißig Jahre später stirbt dein und mein Tate, der Vater, der für dein und mein Leben prägend ist, der selbst ein Teil seiner unbewältigten Geschichte ist.*

*Alois, mein Bruder, heute, nach dieser langen Zeit, nehme ich den kleinen, weißen Grabstein aus Marmor in unserer Garage wahr. Ich nehme dich, meinen großen Bruder, für wahr und werde dir heute noch ein schönes Kindergrab an unserer Hausmauer herrichten.*

Die Mama merkt schon seit längerer Zeit, dass mit ihrem Mann im Kopf nicht mehr alles stimmt. Schon während des Krieges sperrt sich der Tate tagelang im ersten Stock im sogenannten braunen Zimmer ein, sagt laut seitenlang „Mein Kampf" auf. Am Wochenende im Zug nach Innsbruck – die Leute munkeln, er fahre ins Puff – rezitiert er auswendig aus dem Buch. Im Dorf gilt er immer schon als hochintelligenter, junger Mann. Er ist der Beste in der Klasse, hat eine pedantische Ordnungsliebe, ist gewissenhaft und verlässlich. Viele Jahre ist er Zahlmeister in der Raiffeisenkasse. Er gilt von jeher als eigenwillig, äußerst konsequent und unnachgiebig, wie der Bürgermeister bei der ersten Einlieferung des Tate in die Landesheil- und Pflegeanstalt sagt.

Geboren wird der Tate auf einem Weiler hoch über dem Inntal, und er erhält den Namen Joseph. Er ist das älteste von drei Kindern. Seine Eltern verkaufen als junges Paar ihren Berghof und ziehen um die Jahrhundertwende, 1903, ins Klosterdorf.

Sie renovieren den vom Kloster gepachteten Bauernhof in der Hoffnung, ihn später dem Kloster abkaufen zu können. Erst in den späten fünfziger Jahren können die Pächter tatsächlich ihre Höfe dem Kloster billig abkaufen, für die Familie des Tate ist das zu spät.

Joseph kommt während des Ersten Weltkriegs in ein Ausbildungslager nach Oberösterreich. Von dort schreibt er seinen Eltern in einer Schrift wie gestochen eine Ansichtskarte. „Geliebte Eltern“ steht darauf und wie es ihm gehe, was er für sein Vaterland einsetzen müsse. Auf der Vorderansicht macht er ein Kreuz bei der Baracke, in der er wohnt. Hat ihn damals schon das straffe Marschieren beeindruckt, das ihn zwanzig Jahre später „Mein Kampf“ auswendig lernen ließ? Am Schluss steht: „Euer dankbarer Sohn Joseph“.

Sein Vater stirbt früh an Lungentuberkulose. „In Zahlstock habm mir ihn toun“, wird die Nale zu ihren Enkelinnen später sagen. Mit einundzwanzig ist der Tate bereits Bauer, gemeinsam mit seiner Mutter, der Nale, die indirekt die Fäden spinnt. Er hat viele neue Ideen, pflanzt hundertfünfzig Obstbäume, verkauft die Äpfel an Gasthäuser in einem nahe gelegenen Wintersportort. Er hat gut investiert. Das Geld vom verkauften Hof am Berg vermehrt sich auf der Bank von selbst. Die Nale, eine äußerst sparsame Frau, setzt sich mit dem Hansele aus erster Ehe stundenlang an die Bundesstraße und bietet die Äpfel feil. Wenn jemand einen guten Rat oder Geld benötigt, geht er zum Joseph. Einem Bauern, der den Hof in einem Weiler des Dorfes bereits jetzt vom Kloster kaufen kann, leiht Joseph sein gesamtes Vermögen. „Ma hat kennen fünfazwanzg Kiah darmit koufn“, wird die Nale später sagen. „Alles isch hingwesn. In Reichsmark hat's dear Bauer zruggzahlt. Mir habm grad nouh a Muespfanne darfür koufn kennen!“

Dieses Unglück wird als ein Auslöser für Josephs Schizophrenie angesehen. Der zweite Auslöser ist, dass die Mama der Nachbarin erzählt, von wem die Magd schwanger ist. „Dia Schand darzue und er hat sig's nimme dertoalt“, sagt die Nale.

1945 wird der Tate auffällig. Dass beim Stampferhaus nach Hitlers Einmarsch als einem der ersten Häuser auf einem breiten Transparent stand: „Das Stampferhaus grüßt unseren Führer Adolf Hitler", war nichts Außergewöhnliches im Klosterdorf. Doch zu Kriegsende gebärdet er sich besonders fanatisch und rachsüchtig und denunziert so manchen Dorfbewohner. Er sagt: „Viel mehr müssten eingesperrt werden und Barrassuppe essen." Dadurch macht er sich bei den Leuten unbeliebt. Er zieht sich im Laufe der Jahre immer mehr von der Ortsbevölkerung zurück, fühlt sich von seinen Nachbarn angefeindet und verfolgt und glaubt, man wolle jetzt Rache nehmen dafür, dass er nach dem Krieg so viele Leute angezeigt hat.

Die Strömung treibt nach Osten. Ein Segelboot lässt sich treiben, im Rücken die Abendsonne. Die Schwestern blicken hinaus. Im selben Boot sind sie nicht gesessen.

„Du hast die Nale nie mögen, oder?"

„Das Wort ‚Nale' kann ich heute noch nicht hören. Für mich ist und bleibt sie die Alte. Sie ist nicht meine Großmutter, und das haben mich dein Vater und sie immer spüren lassen. Wenn er am Sonntagabend von Innsbruck gekommen ist, hat die Mama laut gerufen: ‚Schnell, versteck dih am Dachboden!' Ansonsten hat er mich geschlagen. Ich war ja nur der Mama ihr lediges Kind. Sogar in der Kirche haben wir ledigen Kinder in einer eigenen Kirchenbank knien müssen. Deine Großmutter war sehr böse mit mir. Unsere Mama hatte Probleme mit ihrer Blase und musste öfters zur Behandlung ins Spital. Wegen ihrer vielen Schwangerschaften musste sie auch immer wieder gynäkologisch behandelt werden. In dieser Zeit hab ich nicht einmal genug zu essen bekommen. Einmal hat sie mich an einen Zwetschkenbaum gebunden und mich mit einer Haselnussrute geschlagen. Vermutlich war wieder einmal in der Früh mein Strohsack nass. Ich hab ja eingenässt, bis ich vierzehn war. Erst als eine Nachbarin vorbeigegangen ist, hat sie mit den Schlägen aufgehört. Eine meiner schlimmsten Erinnerungen ist, dass ich, wie unser Halbbruder Hansele zur Erstkommunion gegangen ist, im Kartoffelkeller die langen Keime von den Kartoffeln abbrechen müssen hab. Und unsere Mama ist, vor allem bei mir, um des lieben Friedens willen still geblieben."

Die große Schwester ein typisches Kriegskind. Die Mama in einem Wintersportort Hilfsköchin. Mamas Freund an der Front. Sie schreibt ihm von ihrer Schwangerschaft. Keine Antwort! Die Mama bringt ihre Tochter bei einer Verwandten in Wien zur Welt. Mit vollem Bauch hätte sie sich nicht heimgetraut, obwohl ihre Mama bereits 1936 gestorben war. Es ist auch samt geborenem Kind schwierig genug. Sie muss ihr Kind „ausstatten". Sie selber arbeitet als Köchin auf einer Hütte im Außerfern. Später sagt sie zu ihren Töchtern, es sei die schönste Zeit in ihrem Leben gewesen.

Als der Freund und Vater die Mama nach dem Krieg im Dorf suchen kommt, ist sie bereits mit dem Witwer Joseph verheiratet. Der Freund, ein Tapezierer, ist tief enttäuscht. Sie lacht laut und sagt zu ihm, dass alles längst vorbei sei. Was hätte sie sonst mit einem ledigen Kind machen sollen, außer einen Witwer mit Kind heiraten. Sie fügt noch hinzu: „Flick mir lieber die dersoachtn Stroahsäck!" Der Freund bleibt ledig.

Das Segelboot gleitet in der Abendsonne dahin. Fast kitschig schön zum Zusehen.

„Weißt du, wie unsere Mama und der Tate zusammengekommen sind?"

„Wenn unsere Mama das erzählt hat, ist bei ihr das Theaterblut durchgekommen. Sie hat deinem Vater vom Außerfern geschrieben, ob er Äpfel zum Verkauf hat. Prompt kam die Antwort: ‚Ich habe einen Sack voll Äpfel und einen Sack voll Liebe!' So war sein Angebot.

Er hat sogar noch einen Zusatz gemacht: ‚Hanni, ich leg dir das Stampferhaus vor die Füße!' Sie hat zugegriffen. Im Juni 1943 haben sie geheiratet. Die Mama musste ein schwarzes Kleid anziehen, weil ich ja ein lediges Kind von ihr war. Das Kind aus erster Ehe von deinem Vater, 's Hansele, und ich sind auch auf dem Hochzeitsbild."

Vaters erste Frau stirbt mit sechsunddreißig an einer Lungenentzündung. 's Hansele, geboren 1938, ist gerade zwei Jahre alt. Die erste Frau vertraut der Hebamme auf dem Sterbebett an, dass mit ihrem Mann im Kopf nicht alles stimmt. Das will sie nicht ungesagt mit ins Grab nehmen. Doch die Hebamme schweigt wie ein Grab. Die erste Frau ist, vor allem für die Nale, eine Frau wie aus dem bäuerlichen Bilderbuch: sparsam, sauber und fleißig. Nach ihrem Tod ist der Kasten immer noch voll mit selbst gesponnenem Leinen. Polster und Tuchenten zieren ihre Initialen, gestickt mit rotem Kreuzlstich.

Bei der zweiten Hochzeit ihres Sohnes Joseph, 1943, gibt die Nale ihrer neuen Schwiegertochter nicht einmal den Schlüssel zum Wäschekasten. Die Nale kann nicht fassen, dass ihr Sohn dieses Mal, in ihren Augen, eine halbe Schlampe und mit eigenartiger Herkunft mütterlicherseits heiratet. Einmal hört eine Nachbarin, wie sie beim Haus vorbeigeht, die Nale schreien: „Hasch nit amol a Bett zun Zuedeckn mitbracht!" Darauf lacht die Mama und sagt: „Drum habm mir ja in Summer kheiratet, da habm mir ins nit zuedeckn brauchn." Die Nale überlebt ihre zweite Schwiegertochter um fünf Jahre und wird später zu den übrig gebliebenen Enkelinnen sagen: „Enkere Mama isch viel z'guet gwesn. Sie hat halt 's Zuijg vertragn." Aber außer Äpfeln und Speck und toten Kindern ist vom Hof nicht viel zu vertragen.

Zum Arzt in Hall sagt die Nale aber andere Sachen: Seiner zweiten Frau wäre am liebsten, wenn ihr Mann die Augen zutäte, damit sie dann alles allein besitze und wieder heiraten könne, denn sie sehe andere Männer nicht ungern.

*Franzele,*
*dein Name ziert nicht den Kindergrabstein des Hofes. Den ganzen Platz hat dein Bruder Alois benötigt. Wer lässt schon Platz am Grabstein für ein womöglich zweites, totes Kind? Mitten im Hochsommer, knapp vor dem Hohen Frauentag, bist du in einem Bahnhof zur Welt gekommen. Vermutlich hat die Mama vorher noch schnell das letzte Gruemet in den Heustadel eingebracht. Franzele, ein Bahnhofskind! Wer hat der Mama geholfen, dich abgenabelt, gewaschen und in Windeln gewickelt? Wie ist die Mama wieder mit dir heimgekommen? Sie allein weiß es und hat all die unbeantworteten Fragen elf Jahre später, mitten im Hochsommer, knapp nach dem Hohen Frauentag, mit ins Grab genommen.*

*Franzele, dein Name ist auf dem marmornen Familiengrabstein auf der Seite eingraviert. An der Vorderseite steht der Name unseres Großvaters und von unserem Tate. Sogar eine Fotografie vom Großvater ist angebracht. Er starb 1921 mit siebenundvierzig Jahren. Nur ein einziges Mal hat die Nale von ihrem Mann, den sie um zweiundvierzig Jahre überlebte, erzählt. Franzele, hast du deinen Namen vom Großvater oder vom Onkel Franz bekommen? Vermutlich hat die Nale ein Machtwort gesprochen. Alois, unser Bruder, wurde nach dem Bruder der Mama benannt. Und du, Franzele, nach dem feschen, jungen Bruder vom Tate. Onkel Franz hat 1935 mit fünfundzwanzig geheiratet. Sein älterer Bruder, unser Tate, hatte bereits im Dorf seiner ersten Frau ein Gasthaus ersteigert. Dorthin ist unser Onkel Franz mit seiner Frau gezogen und hat das Gasthaus von seinem Bruder gepachtet.*

*Franzele, du solltest sicher den jungen Onkel ersetzen, der nicht mehr aus dem Krieg heimkehrte. Hast du deshalb zu schreien begonnen, weil du das Unrecht gespürt hast, das mit dem Gasthaus geschehen ist? Aber Franzele, es war unser Tate, der vor dem Krieg einen einfältigen Kuhhandel mit seinem Bruder abgeschlossen hat. Nach fünf Ehejahren war Onkel Franz immer noch kinderlos. „Wenn du von Krieg nimme zruggkimmsch, geaht 's Gasthaus zompt Baurschaft an meine Kinder zrugg!" Handschlag, ausgemacht, erledigt!*

*Die Frau vom Onkel Franz wird am Ende des Krieges schwanger. „Det isch er aber nie auf Fronturlaub huemkemen", munkeln die Leute. Onkel Franz hat das Kind bei seinem letzten Heimaturlaub als sein Kind anerkannt.*

*Franzele, das war vor deiner Zeit. Du bist erst 1946 geboren. Trotzdem hast auch du zu schreien begonnen. Du hast den ganzen Spätherbst bis nach Weihnachten geschrien. Nach dem Dreikönigstag mussten sie für dich den gefrorenen Boden aufhacken und haben dich zu deinem Bruder Alois hineingelegt.*

Ein Segelboot kreuzt das andere. Die Menschen darauf winken einander zu. Die große Schwester blickt die jüngere an.

„Woasch du dejs überhaupt, wie dei Tate 's earschte Mal auf Hall kemen isch?"

„Ih woaß es lei von Derzählen, derrinnern kann ih mih auf dejs nimme."

Man hat es auch vertuscht. Im Dorf hieß es nur, der Joseph sei jetzt ganz verrückt und man habe ihn ins Narrenhaus gebracht. Hinter vorgehaltener Hand erzählten sich die Leute das gegenseitig.

Der Tate setzt sich am Palmsonntag beim Gottesdienst in die erste Bankreihe. Nach der Palmweihe überreicht ihm sein Sohn einen Ölzweig. Er beginnt laut zu weinen, es schüttelt ihn durch und durch. Er kniet sich auf den Boden, schlägt die Hände zusammen, bittet den Herrgott um Verzeihung und sagt, dass er nun Buße tun müsse.

Er habe sich früher nicht wegen seines Verhältnisses mit der Magd geschämt, darum schäme er sich jetzt auch nicht, öffentlich Buße zu tun. Immer wieder dreht er sich um und fragt den Bürgermeister, ob es jetzt genug sei. Der Bürgermeister versucht ihn zu beruhigen, und es gelingt ihm. Auf dem Heimweg von der Kirche begrüßt der Tate alle Leute mit „Friede auf Erden!“ und schwingt dabei den Ölzweig. Nur mit Mühe kann er bewogen werden, sein Haus zu betreten.

„Noche hat man ihn 's earschte Mal auf Hall toun.“

„Siehchsch, des Woart Hall least bei mir hein nouh a gschpassigs Gfühl aus, obwohl ih schue über sechzig Jahr alt bin und woaß, dass der Tate schwar krank gwesn isch.“

Der Tate ist nach seinem ersten Aufenthalt in Hall nur fünf Tage daheim gewesen. Er hat sich in diesen Tagen zwar ruhig verhalten, ist aber nicht aufgestanden. Er hat nur nach Wasser und Brot verlangt. Zu seiner Frau sagt er: „In Narrnhaus han ih ouh nicht anders kriegt. Ih han mih schue drou gwehnt.“ Seine Mutter sitzt stundenlang an seinem Bett und schimpft über seine Frau. Am Sonntag, dem fünften Tag, will er in die Kirche gehen, doch die Mama versteckt ihm das Gewand. Vermutlich hat sie Angst, dass er wieder in der Kirche auffallen würde. Er schreit: „Lieber geah ih in Inn, aswie mit dir unter uan Dach lebm!“ Er läuft, nur mit einem Hemd bekleidet und die Mistgabel in der Hand, mit der er die Leute bedroht, in Richtung Inn. Seine Mutter holt ihn zurück. Am darauffolgenden Tag will er seine Frau erschlagen, seinen Sohn und seine Mutter vergiften. Auch droht er an, daheim alles zusammenzuschlagen und das Haus anzuzünden. Dann würde er sich zu seiner anderen Liebe an ihre neue Arbeitsstelle begeben, die bereits im siebten Monat schwanger ist.

Das Kind sitzt mit dem Hannele in der Küche unter dem Tisch. Es hört den Vater schreien. Es drückt sich an die um vier Jahre ältere Schwester. Die Mama reißt die Küchentür auf. Der Vater kommt mit der Mistgabel hintendrein. Er will auf die Mama einschlagen.

Die Nale, mit dem Weihwasser in der Hand, besprengt den Vater. „Joseph, sei riahwig, Joseph, hear au, na, isch dejs a Elend."

Die Mama schiebt den tobenden Vater in die Vorratskammer und sperrt die Tür zu. Die beiden Kinder unter dem Küchentisch sind starr vor Schreck. Sie hören, wie die Nale jammert: „Na, was isch denn in Joseph gfahrn, in Bua, und mih hat er wellen mit Ratzngift vergiftn!" Ausnahmsweise ist sie mit ihrer Schwiegertochter solidarisch und sagt: „Und dih hat er mit der Mischtgabl derschlagn wellen. Na, isch dejs a Kreiz, er dertoalt sig's nimme!"

Inzwischen reißt der Vater die Gitterstäbe beim Fenster in der Vorratskammer heraus, steigt hinaus, läuft schreiend bis zum Dorfplatz.

Er wird zum zweiten Mal mit der Rettung nach Hall gebracht.

Er bekommt viele Elektroschocks zur Ruhigstellung. Nach drei Wochen, Mitte Juni, hat die Mama unterschrieben, dass er, wenn er will, wieder mit dem Zug heimkommen kann.

Es ist Heumahd und es hat eine große Hitze. Die Mama ist mit den Kindern auf dem Feld. 's Hansele ist bereits dreizehn, seine Halbschwester zehn Jahre alt. Sie müssen der Mama wie Knecht und Magd bei der Arbeit helfen. Sogar das Hannele ist mit auf dem Feld, denn es muss mit einem Zweig die Bremsen bei den Kühen vertreiben. Schon von weitem erkennt die Mama ihren Mann. Er trägt einen schwarzen Anzug, ein weißes Hemd und einen schwarzen Hut. Er lobt seinen Sohn und streicht sogar seiner Stieftochter über den Kopf. 's Hannele hebt er auf und gibt ihm einen Kuss.

Dann bittet er vor den Kindern seine Frau um Verzeihung und verspricht, dass er ab jetzt mit allen gut sein werde. Auch verspricht er seiner Frau, ab jetzt nicht mehr gewalttätig zu sein. Er zieht seine Anzugjacke aus und beginnt, Heu aufzuladen.

Zwei Wochen geht alles gut. „Mamele hie, Mamele hea", sagt er zu seiner Frau und folgt ihr wie ein kleines Lämmchen.

Von einem Tag zum andern wird er wieder rebellisch. Er schmeißt alle Leitern beim Heustock um, lässt alle Heuwägen über die Tennenbrücke auf die Wiese hinunter, und die Schubkarren zieht er alle aus dem Wagenschuppen auf den Weg hinaus.

Der Tate beginnt wieder beim Sonntagsgottesdienst zu weinen, blickt immer wieder zum Chor hinauf, wo seine Frau singt. In der darauffolgenden Nacht läuft er Stiege auf, Stiege ab und schlägt alle Türen zu. In den folgenden Tagen wird er immer unruhiger. Am dritten Tag läuft er einige Male am Tag zum Bürgermeister, einmal mit seinem selbst geschriebenen Lebenslauf, den er pathetisch vorliest. Dann wieder bringt er ihm den Stadelschlüssel und sagt: „Jetzt musst du weitermachen." Am selben Abend alarmiert die Mama den Bürgermeister und die Gendarmerie. Schon von weitem hören sie Hilferufe und ein wüstes Geschrei. Vor dem Haus ist ein großer Auflauf der Nachbarn. Der Tate steht splitternackt auf der Gasse, deklamiert und gestikuliert zum Gaudium der Zuschauer. Später sagt er auf die Frage des hinzugekommenen Arztes, weshalb er sich ausgezogen habe: „Ich bin unschuldig, ich bin noch nicht geboren!" Mit Mühe wird er vom Bürgermeister, dem Sprengelarzt und dem Gendarmeriebeamten ins Auto geschoben.

Das Kind ist drei Jahre und drei Monate alt.

Vor dem Haus beim Gartenzaun liegen Baumstämme, das Holz für den nächsten Winter. Ein Auto kommt, Männer stecken den Vater hinein. Die Mama hält das Kind auf dem Arm. Die Nale schluckt: „Joseph, Joseph", die Tür zum Gendarmerieauto geht zu. Die Mama stellt das Kind auf den Boden und fährt mit nach Hall. Es ist der 28. Juni 1951.

Jahre später wird das Kind das Gedicht wahrnehmen, das der Tate geschrieben und an die Tür beim Wagenschuppen gehängt hat:

Pflug und Wagen unter Dach.
Schütze alles vor Schnee und Regen,
dann kannst du dich ruhig
schlafen legen.

Zum Namenstag schreibt der Vater der Mama jedes Jahr eine Karte von der Landesheil- und Pflegeanstalt. „Liebste Hanni“ steht darauf.

Obwohl sich sein abnormes Verhalten über Jahre hingezogen hat und 1951 eskaliert, geben seine Mutter und seine Schwester der Mama die Schuld daran. Auch der Bürgermeister sagt bei einer Unterredung beim Arzt, dass die zweite Ehe von Anfang an unglücklich gewesen sei, weil beide Charaktere einfach nicht zusammenpassen würden, seine Frau wegen ihrer Unordnung und Schlampigkeit bekannt und er als Ordnungsfanatiker und Pedant verschrien sei. Doch die Mama musste immer wieder vom Tate Schläge erdulden, und bei ihrer letzten Entbindung 1949 fallen dem Arzt ihre vielen blauen Flecken auf. Dies teilt er auch dem Bürgermeister mit.

Auf Anraten des Bürgermeisters holt ihn die Mama nicht mehr auf eigene Verantwortung heraus. Die Nale und Vaters Schwester sehen es nicht gern. Ein so gescheiter Mann im „Narrnhaus“. Es ist eine Schande für die ganze Verwandtschaft. Die Nale besucht den Vater alle zwei Wochen. Zweimal im Jahr nimmt sie abwechselnd seine Kinder mit. Trotz allem Durchgestandenen besucht auch die Mama den Tate immer wieder.

Mit zwölf Jahren wird das Kind im ersten Gedicht, das es der toten Mama widmet, schreiben: „Sie hatte so schöne, schwarze Haare, sie waren nur ergraut vom Kummer all der Jahre …“

Das Kind ist acht. Die Fahrt mit dem Zug in die Hauptstadt ist wunderbar. Es sieht zum ersten Mal eine Stadt. Die Nale hält es an der Hand. Zum ersten Mal steigt das Kind in eine Straßenbahn, im

Volksmund heißt sie „die Haller". Es geht quer durch die Stadt, vorbei an Feldern, bis zur nächsten Stadt. Sie steigen aus, gehen aufwärts bis zu einem großen, gelb gestrichenen Haus. Rundherum ist eine Mauer, neben dem Eingang ein Wärterhaus. Die Nale meldet sich an.

„Heute geht es dem Sohn schlecht. Ob da die Kleine mitgehen kann?", meint der Wärter.

„Dejs tuet nicht, dejs Madl verschteaht dejs nouh nit", sagt die Nale.

Sie gehen über den Weg. Die Nale läutet an der Tür. Ein anderer Wärter sperrt von innen auf, schnell wieder hinter sich zu. Keine Türklinken! Die Tür zum Besuchszimmer steht offen. Männer mit kahlgeschorenen Köpfen sitzen an den Tischen. Einige haben Besuch. Die Männer starren das Kind an. Das Kind hat Angst, es hält sich an der Hand der Nale fest.

„Nein, er ist nicht da. Heute ist er in der ‚Geschlossenen'." Sie gehen dem Wärter durch einen schmalen, hohen, langen Gang nach. Wieder keine Türklinke. Der Wärter sperrt auf, sperrt zu. Männer gehen den Gang auf und ab. Auch sie haben die Köpfe kahlgeschoren, gestreifte Hosen und Überjacken. Aus manchen Zimmern hört das Kind Schreien, Murmeln, eigenartige Laute. Dem Kind ist unheimlich zumute. Die Angst lässt es steif werden. Da, der Tate?! Er erkennt die Nale, rennt auf sie zu, kniet vor sie hin, murmelt: „Bittschia, tue mih auße." Dem Kind greift ein komisches Gefühl ans Herz. Der Nale kommen die Tränen. Sie setzen sich in eine Ecke. „Schaug, ih han 's kluene Madele mit. Kennsch es nouh?" Der Vater murmelt einige unverständliche Worte. Die Nale hat Tabak und Zigarettenpapier mitgebracht. Der Tate lächelt. Das Kind schaut seinen Vater an. Dejs isch der Tate, denkt es sich.

Der Wärter kommt, nimmt dem Tate Tabak und Zigarettenpapier ab. „Wenn Sie wieder in der offenen Station sind, bekommen Sie den Tabak", sagt er. Der Vater versteht nicht, will den Tabak nicht hergeben, wird zornig. Die Nale redet ruhig auf ihn ein. Das Kind gibt ihm die Hand. Sie müssen gehen.

Draußen kommt es dem Kind ganz hell vor. In der Straßenbahn verlässt es die Angst. In der Hauptstadt geht das Kind mit der Nale in ein Spielzeuggeschäft. Es hat noch nie so viele Spielsachen gesehen. Es zeigt auf den bunten Ball. Anschließend geht es mit der Nale über eine kleine Stiege in eine Konditorei hinunter. Das Kind darf sich etwas aussuchen. Es zeigt auf die Cremeschnitte. Noch fünfzig Jahre später wird die erwachsene Frau mit Cremeschnitte den Besuch beim Vater verbinden.

Sie fahren mit dem Zug heim. Die Nale bringt das Kind bis vor die Haustür, hinein geht sie nicht mehr. Nales Tochter hat ihr in ihrer Nähe ein Erkerzimmer besorgt. Das Essen bekommt die Nale bei ihrer Tochter. Und einmal hört das Kind, wie die Mama zum Nachbarn sagt: „Bein Krawattl han ih se packt und über die drei Staffl oche auf'n Weg gstellt. Noche han ih zu ihr gsejt: Bei dear Tür kimmsch du mir nimme eiche, hasch ougrichtet gnueg!"

*Liesele,*
*meine kleine Schwester, noch nie habe ich so bewusst an dich gedacht. Immer war ich die Kleine, der „Mulli", die nach dem Tod der Mama niemand nehmen wollte. Liesele, von der Nale hast du deinen Namen bekommen. Vielleicht wollte die Mama doch noch einmal ein Zeichen setzen, obwohl ihr die Nale das Leben schwer genug machte. Oder hat der Tate ein Machtwort gesprochen? Doch er war mit anderen Problemen beschäftigt. 1949, am 17. März, bist du geboren, fast genau auf den Tag ein Jahr nach mir. Hat man dich nicht so wie mich gleich nach der Geburt „ausgestattet", damit du überleben könntest? Doch vermutlich hat die Mama gleich nach der Geburt gesehen, dass du wenig Chance zum Überleben hast. Nur fünf Monate alt bist du geworden. Am Kindergrabstein kein Name von dir eingraviert. Namenlos! Zu groß war die Schande. Niemand hat davon gesprochen, doch irgendwie ist*

*dieses schreckliche Wort ein paar Jahre später auch an meine Kinderohren gelangt. Wasserkopf! Wie oft hab ich mir als Kind an den Kopf gegriffen, gedrückt und gehorcht, ob ja kein Wasser drinnen ist. Erst als erwachsene Frau begriff ich, dass du missgebildet warst und nicht überlebensfähig. Die Leute im Dorf haben später zu mir gesagt: „Ja, dei Vater hat halt det schue gschpunnen. Vielleicht hat dejs 's Liesele geerbt kejt."*

*Wie schön wäre es gewesen, wenn ich eine um ein Jahr jüngere Schwester gehabt hätte! Ob auch du mit mir nach dem Tod von Mama zur Bäuerin gekommen wärst? Die andere Halbschwester, Tates Kind bei der Magd, bin ich erst mehr als sechzig Jahre später suchen gegangen. Zu groß war dieses Tabu.*

*Liesele, Franzele, Loisele, alle drei seid ihr tot. Ihr seid „Engelen", hat man gesagt. Diese ziehen die Mütter in den Himmel hinauf, wenn das Jammertal zu schwer auf ihnen lastet. Liesele, du und die Brüder, ihr habt die Mama viel zu früh hinaufgezogen. Das große Elend kam erst nachher. Vielleicht hat euch auch Mamas Totgeburt des ersten Kindes nach der Hochzeit geholfen, sie in den Himmel hinaufzuziehen. Im achten Monat schwanger, ist die Mama durchs „Schopploch" in den Stall hinuntergefallen. Ein hoher Blutverlust die Folge. Die Mama lang krank, trotzdem im Jahr darauf wieder schwanger.*

*Jedes Jahr ein Kind, ein schizophrener Mann, die viele Arbeit und dann noch du, Liesele. Für dich hat die gesunde Substanz nicht mehr ausgereicht. Liesele, meine kleine Schwester, nur das Wort Wasserkopf ist bis jetzt von dir geblieben. Heute spüre ich zum ersten Mal einen Strom Zärtlichkeit für dich.*

Am See kommt leichter Wind auf. Die Wellen spielen miteinander Fangen. Die große Schwester beginnt zu lachen.

„Wie gut, dass die Mama so viel Humor gehabt hat. Ich weiß noch gut, wie sie wieder singen und pfeifen angefangen hat. Als dein Vater eine Zeitlang in der Landesheil- und Pflegeanstalt war und sie die Alte vor die Tür gesetzt hat, ist endlich wieder der Humor bei ihr durchgekommen. Sie hat auch sehr gut Witze erzählen können. Wenn unserer Mama ein Witz eingefallen ist, hat sie alles liegen und stehen lassen und ist den Steig bis zum Hohen Haus hinaufgelaufen und hat den Nachbarn durch das offene Küchenfenster ihren neuesten Witz erzählt. Weil sie eine laute Stimme hatte, haben die anderen Nachbarn auch mithören können. Ihren Lieblingsnachbar hat sie mitten in der Nacht holen können, wenn es bei der Geburt eines Kalbes Probleme gab."

„Am Sonntagnachmittag hat sie sich ins Bett gelegt. Sie hat sehr gern Liebesromane gelesen. Vielleicht hat sie das Lesen auch mir vererbt. Einmal sollten das Hannele und ich, während sie im Bett gelesen hat, auf die ‚Pipelen' im Freigehege aufpassen. Aber wir sind auf den Kirschbaum gestiegen und haben die reifen Kirschen gegessen. Als die Mama aufgestanden ist und in den Hühnerhag geschaut hat, hat sie laut zu weinen angefangen, weil eine Ratte den Drahtzaun durchgebissen und allen Pipelen beim Genick das Blut ausgesaugt hat. Das ist eins der wenigen Bilder, die mir von der Mama geblieben sind: sie, vor dem Hühnerhag weinend, und alle Pipelen tot. Jahre danach habe ich mich noch geschämt, wenn dieses Bild in mir aufgestiegen ist."

„Am schlimmsten war es für sie, wie sie das vierzehnjährige Hansele geholt haben. Wir waren in der gleichen Klasse und ich bin sehr erschrocken, wie die Alte ihn während der Schulstunde abgeholt hat. Sie ist direkt mit ihm zum Zug und mit ihm in das Dorf zu seiner Tante gefahren. Später sollte er deren Bauernhof erben. Der Oberlehrer muss es gewusst haben, denn er hat es geschehen lassen. Es war mitten im Heumahd. Aber der Mama hat niemand etwas von der Aktion gesagt. Ich weiß noch gut, wie sie geschrien hat: ‚Sou lang han ih ihn kennen in Arsch oputzn, iats, weil er mir a Hilf war, tien sen weck.'"

Bald darauf kommt der Brief vom Abt des Klosters. Der Ärger wird haushoch. In dem Brief wird der Mama mit Herbst die Pacht gekündigt. Kein Mann mehr am Hof, nicht einmal 's vierzehnjährige Hansele. Der Mama wird eine Wohnung über dem Klosterschweinestall und Mitarbeit in der Klosterlandwirtschaft angeboten. Sie nimmt den Brief, läuft direkt zum Abt ins Kloster. Dem Abt verschlägt es Stimme und Gehör. Im Dorf sagen die Leute: „Ma hat se bis in Kloaschtergartn oche schreien kheart." Die Kündigung wird zurückgezogen. Die Mama kann mit ihren drei Mädchen auf dem Hof bleiben.

Die Klosterkirche ist innen bereits renoviert. Während des Krieges waren rund um das Grab der Landesfürsten Hunderte Südtiroler Aussiedler untergebracht. Ob der Boden in Südtirol zu heiß geworden war oder sie „heim ins Reich" wollten, für viele endete die Reise knapp vor dem Hochaltar. So manch einer spähte im Dorf nach einem Mädchen und hatte Glück dabei.

Vor dem Krieg gab es im Dorf vor allem „Schwarze", zu erkennen am Besuch des Sonntagsgottesdienstes, oder heimliche „Nazi". Während des Krieges waren die „Nazi" öffentlich, die „Schwarzen" heimlich. Zum Gottesdienst gingen viele trotzdem. Nach dem Krieg gab es keine „Nazi" mehr, nur Heimkehrer, die ihre Pflicht getan hatten. „Kleaschterer", Klosterbewohner, gab es vor und nach dem Krieg. Die Patres wurden nach der Besetzung Österreichs durch Hitler bis auf den Dorfpfarrer vertrieben.

Die Frauen unterstützten ihre Männer oder schwiegen.

„Sozi" gab es noch keine im Dorf. Sie kamen erst mit dem Bau der neuen Siedlung zwischen Straße und Eisenbahn.

Das Dorf hält den Atem an. Bei einer Gemeinderatswahl eine kommunistische Stimme! „Dejs kann lei der Zuezochne in Bahnwärterhäusl sein", vermuten die Leute. Kommunisten sind gefährlich. „Dia gloubm gar nicht", heißt es.

Das Dorf ist geprägt vom Lauf des Kirchenjahres.

Das Kind geht jetzt zur Schule.

Dieses Jahr darf das Kind zur Weihnachtsmette mitgehen. Zum ersten Mal betritt es die Stiftskirche im Kloster. Es ist wie ein Märchen, die ganze Kirche eine Schatztruhe aus Gold und Edelsteinen, gleich am Anfang ein Gitter mit lauter schmiedeeisernen, bemalten Rosen. Mit Herzklopfen geht das Kind mit der Mama durch das bereits offen stehende Tor. Leise Orgelmusik, goldverzierte Gestalten, Engel mit Flügeln, bunte Bilder an den Wänden, von der Kirchendecke grüßt freundlich die heilige Maria mit dem goldenen Apfel in der Hand, um ihren Kopf ein Kranz von zwölf Sternen. Ein eigenartig süßer Geruch, der dem Kind fast den Atem nimmt, erfüllt die Kirche. „Pass au, dass nit stolpersch, und mach dei Maul wieder zue", flüstert die Mama dem Kind ins Ohr und zeigt zu den Mädchenbänken vorne links vom Altar im Mittelschiff. Das Kind drängt sich in die erste Reihe. Die Augen beginnen ihm zu tränen, das Kind glaubt, im Himmel angekommen zu sein, fehlt nur noch das genügend Bravsein. Ein roter Teppich bedeckt den Boden des Altarraumes. Doch nicht genug. Ein langer, roter Teppich liegt vor dem Altar, an den verschnörkelten Chorstühlen der Patres entlang bis zum Hochaltar ganz vorne im Hauptschiff der Kirche. Durch ein schmiedeeisernes Tor, das die Geistlichkeit normalerweise von den Menschen trennt, kommt der erste Ministrant. Er hält ein großes Kreuz hoch, auf dem der tote Jesus hängt. Eine lange Schar rot gekleideter Ministranten folgt ihm, der Zeremonienmeister an ihrer Seite. Es folgen die Novizen und die Patres. Dem Kind bleibt der Atem stehen. Durch das schmiedeeiserne Tor schreitet der Abt des Klosters. Er neigt seinen Kopf, damit die Mitra nicht am Tor hängen bleibt. Über der Alba trägt er ein goldbesticktes Messgewand, goldglänzende Schuhe, weiße Handschuhe mit einem goldenen Ring am Finger. Ein Pater nimmt ihm die Mitra ab. Darunter hat er eine kleine, runde, weiße Kappe auf. Ob er darunter kahlgeschoren wie der Tate ist?

Die Orgel ertönt laut, die Glocken läuten, alle stehen auf. „Dominus vobiscum." – „Et cum spiritu tuo." – „Oremus ..." Die fremde Sprache klingt im Ohr des Kindes. So hat der Abt bestimmt nicht mit der Mama geredet, als sie mit dem Kündigungsschreiben ins Kloster gelaufen ist und ihm „das Maul" angehängt hat. Das Kind schüttelt den Kopf. Es kann nicht glauben, dass dieser himmlische Bote, viel prachtvoller als der heilige Nikolaus, derselbe Abt gewesen sein soll.

Alle knien nieder. Der Abt setzt sich. Am besten gefallen dem Kind die goldbestickten Schuhe, die weich wie Patschen sind. Das Kind trägt daheim Wollsocken mit aufgenähter Ledersohle.

Die Leute im Mittelschiff und die Kinder in den Seitenbänken dürfen sich setzen. Der Zeremonienmeister gibt das Zeichen dazu. Dann setzt er dem Abt die Mitra auf. Der geht zum Ambo und beginnt zu sprechen. Die Don-Bosco-Schwester bei den Mädchenbänken legt den Finger auf die Lippen. Die Mädchen müssen trotzdem lächeln, denn beim Abt schlägt beim Sprechen irgendwo die Zunge an. „Dear isch lei nouh ‚krowatisch' redn gwehnt", sagt später die Mama.

Der Abt redet von Jesus, wie arm er geboren sei, nur in einem Stall sei für ihn und seine Mama Platz gewesen. Ins hat der Abt ouh lei an Platz übern Schweistall gebm wellen, denkt sich das Kind. Bei der Wandlung kein Huster in der Kirche. Der Abt flüstert einige unverständliche Worte, hebt die große Hostie, dann den Kelch hoch. Ab jetzt ist Jesus im Brot und im Wein, sagt beim Religionsunterricht der Pater. Deshalb müssen ab jetzt die Leute in der Kirche besonders still sein. Auf die Frage, ob der Abt ein Zauberer sei, sagt die Mama: „Ma woaß dejs nie aso genau."

Alle schlagen sich auf die Brust. Der Abt bricht die große Hostie auseinander und beginnt sie zu zerkauen. Die Kälte knirscht in der Kirche. Er trinkt aus dem goldverzierten Kelch, den ihm ein Pater hält. Die Patres, die Novizen, die Ministranten knien vor dem Abt nieder, strecken die Zunge heraus und bekommen eine Hostie. Die

Leute knien beim „Speisgitter" nieder. Der Reihe nach strecken sie die Zunge heraus. Das Kind darf daheim nicht die Zunge herausstrecken. Die Mama sagt, das sei frech. Ein Ministrant hält sogar einen goldenen Teller unter die Zunge. Kein Stück der Hostie darf auf den Boden fallen, das wäre eine große Sünde. Die Mama kommt, streckt dem Abt die Zunge heraus. Der Abt legt die Hostie darauf. Die Mama muss ein wenig lächeln, denn sie hat den Abt seit ihrem Schreiausbruch nicht mehr gesehen. Auf dem Heimweg fragt das Kind die Mama: „Warum sein alls lei Buebm Minischtrantn?"

„Dejs woaß ih ouh nit. Denk nit so viel nach, siesch geaht's dir wie dein Vater."

„Mama, wenn du nit mit'n Prälat gschriern hasch, hattn mir ouh lei an Stall kejt."

Die Mama lächelt beim Betreten der warmen Stube. Vor dem Schlafengehen wird der Weihnachtszelten angeschnitten. Er schmeckt dem Kind gut.

Für das neue Jahr lernt die Mama mit dem Kind einen Neujahrsvers mit einem besonderen Wunsch an die Nachbarinnen:

Ih wünsch dir a guets nuijs Jahr
's Christkindl auf'n Altar
zwoa Engelen, weswegn?
Dass die Hennen recht guet legn!

Die Nachbarinnen freuen sich über Mamas guten Einfall. Das Eiergeld ist oft genug das einzige Bargeld, über das die Frauen verfügen. Ein Gedicht kann sonst kein Kind beim „Nuijahrsabgwinnen" aufsagen. Das Kind bekommt deshalb Anerkennung und hat ein paar Groschen mehr als die anderen Kinder im Beutel.

Die Mama gewinnt dem beschwerlichen Leben meistens eine heitere Seite ab. Sie verkleidet das Kind als Tirolerbub zum „Maschgern" gehen und lehrt ihm auch wieder einen neuen Reim:

Bin a lustiger Bue
lass in Teixl kue Rueh
und die Engelen in Himml
dia lachn darzue.
Bin a lustiger Bue
brauch gar oft a Paar Schueh
und a trauriger Narr
hat oft lang an uan Paar.

Wie lang wird das Kind von diesen ersten Erfahrungen mit Himmel und Engeln und Fröhlichkeit zehren? Die Mama hat nicht einmal vor dem „Teixl“ Angst und vermittelt dies auch ihren Kindern.

Die große Schwester darf zum ersten Mal zum Faschingsball ins Dorfwirtshaus gehen, denn sie ist im Jänner sechzehn geworden. Auch die Mama überkommt die Verkleidungslust. Sie leiht sich von der Klosterküche den größten Kochlöffel aus und kommt als Koch „vermaschgert“ ins Wirtshaus. Die große Schwester wundert sich den ganzen Abend, warum ihr immer ein Koch nachspioniert. Beim geringsten Annäherungsversuch eines Dorfburschen bekommt dieser den Kochlöffel zu spüren. Der Mama entgeht einfach nichts.

Im Mai kommt das Hannele weinend vom Religionsunterricht nach Hause.

„Mama, niemed will fiar d’ Rosi Firmgotl machen!“

„Warum nit?“

„Die Kinder habm ihr ‚Kommunistnfratz‘ nachgschriern. Mama, was isch a Kommunist?“

„Hear lei zun plearn au, Hannele. Ih mach der Rosi Firmgotl. Dejs war decht nouh schiander. Lei weil der Alte Kommunist isch, weard ’s Madl woll decht gfirmt wearn kennen. Wo kam’ mir denn da hin!“

„Mama, was isch a Kommunist?"

„Dia verhoaßn 's Paradies auf dear Walt. War nit aso schlecht, weil wer woaß schue, ob's wahr isch, was ins die Kleaschterer fiar a Paradies verhoaßn. Amol auf dear Walt han ih's nouh nit gfundn. In gscheideschtn war, wenn's in Paradies kuene Manderleit gab, weil dia bringen lei 's Unglück in d' Walt."

Die Mama lässt dem Hannele zur Firmung ein wunderschönes, rotes Kleid mit Plisseerock beim Dorfschneider nähen. Auch für die Rosi bezahlt die Mama den Schneider. Vier Jahre später trägt das Kind dieses Kleid beim Tor zum Rosengitter in der Stiftskirche. Es darf für den Neupriester vom Dorf das Festgedicht aufsagen. Das Kind betont beim Satz „Du bist am Ziel" das „Du" anstatt das „Ziel". Die Don-Bosco-Schwester kann es dem Kind trotz ihres Einsatzes nicht mehr abgewöhnen.

Zwischen „Heimahd" und „Gruemet", dem zweiten Heuschnitt, geht die Mama mit großen Gummistiefeln in die Klosteräcker Unkraut jäten. Davon kann sie den Schneider bezahlen. Am Morgen schafft sie den Kindern die Arbeit an. Die Johannisbeeren müssen gepflückt werden. Das ist Kinderarbeit. Den Kindern der „Summerfrischler" aus Wien füllt die Mama einen Zuber mit Wasser ein. Seit Jahren vermietet sie die leer stehenden Kammern an eine Wiener Großfamilie.

Die große Schwester übernimmt das Kommando bei der Arbeit. Das Kind organisiert sich zum Johannisbeerenpflücken Nachbarskinder. „Noche, wenn mir toun habm, was die Mama ougschaffn hat, kennen mir ouh spielen." Ein Gewitter kommt. Alle Kinder, auch die „Summerfrischler", laufen in den Heustadel. Normalerweise ist es verboten, in den Heustadel zu gehen. Die Kinder klettern auf den Heustock und balgen sich. Die Regentropfen klatschen auf die Dachziegel. Wohlig warm ist es im Heu. Die Kinder bauen sich zwei Kammern. Eine Heuwand ist die Mauer. Die Kleineren spielen „krank sein". Das Kind hat Fieber. Der Doktor muss das Kind untersuchen. Aus einem Heubuschen formt der „Sommerfrischlerbub" ein Abhörgerät. Das Kind muss die Bluse aufknöpfen. Das Heu kitzelt auf der Brust. „Die Lunge ist in Ordnung." Vielleicht hat das Kind Blinddarmentzündung? Der Bub tastet den Bauch ab. Irgendwie kommt er dabei zwischen die Beine des Kindes. Er beginnt es abzutasten, zu streicheln. Es kitzelt eigenartig. Ein Schauer läuft über den Rücken des Kindes, es kribbelt im Bauch.

Plötzlich das Gesicht vom Hannele über der Heuwand. „Was tiets denn ejs da? Ziech dir gach die Unterhose auche und oche von Heistock!" Das Kind wird rot, schämt sich, nicht nur, weil die Mama den Heustadel verboten hat.

In der Beichtvorbereitung hört das Kind das erste Mal das Wort „berühren". Es ist eine Sünde, sich selbst zu berühren. Ebenfalls darf man sich von niemandem „berühren" lassen. Das Kind traut sich nicht zu fragen, was berühren eigentlich ist. Wenn das Kind mit seiner Schwester rauft, berühren sie einander auch, doch dazu sagt man „angreifen". Wenn die Mama erregt ist, kommt ihr die Hand aus, dazu sagt man „watschen". Wenn sich das Kind in der Nacht fürchtet, greift es nach der Hand der Schwester, dazu sagt man „Hand hebm". Wenn der alte Rentner, dem die Mama Kost und Kammer gibt, auf der Hausbank sitzt und über das Knie des Kindes hochstreicht, sagt er, das sei „Kinder streichlen". Das hätten die Kinder gern. Das Kind mag es trotzdem nicht. Bei der Erstbeichte lässt das Kind „berühren" einfach aus.

Zur Erstkommunion macht eine Südtiroler Aussiedlerin, die seit dem Krieg im Haus wohnt, dem Kind mit der Brennschere Stopsellocken. Um ein Haar verbrennt sie dem Kind dabei die Haut. Das Kind bekommt um ein Haar einen Wutanfall. Es kribbelt im Bauch. Es treibt dem Kind die Tränen in die Augen. Doch heute darf das Kind nicht zornig werden, denn Jesus mag keine schwarze Seele.

Zur Erstkommunion morgen muss es ohne Sünde sein, sagt die Don-Bosco-Schwester. Es gelingt dem Kind, den Zorn zu verdrücken. Die Locken fallen wunderschön. Für die Nacht setzt die Mama dem Kind ein Haarnetz auf.

Am Erstkommuniontag trägt das Kind das weiße Erstkommunionkleid vom Hannele. Die Mama hat weiße Strümpfe gekauft, für weiße Schuhe hat das Geld nicht gereicht. Das Kind schämt sich mit den schwarzen Schuhen. Hauptsache, keine schwarze Seele!

Die Musikkapelle spielt zum Einzug in die Pfarrkirche. Die Hostie bleibt am Gaumen kleben. Ob dies eine Sünde ist? Anschließend sind die Kinder mit den Eltern, Paten und Patinnen bei den Don-Bosco-Schwestern zum Frühstück eingeladen. Das Kind hat noch nie einen so schön gedeckten Tisch gesehen. Jedes Kind bekommt einen eigenen, kleinen Gugelhupf. Beim ersten Bissen löst sich die Hostie vom Gaumen. Das Kind schluckt gleichzeitig mit dem Gugelhupf Jesus hinunter. Es muss laut lachen. Später wird der Pfarrer zum zukünftigen Mann der inzwischen erwachsenen Frau sagen: „Da habe ich das Kind zum ersten Mal lachen gesehen!"

Der große Bruder ist vom Dorf seiner Tante auf Besuch gekommen. Das Kind freut sich sehr, dass an seinem Erstkommuniontag der große Bruder da ist. Er ist inzwischen achtzehn Jahre alt. Er bringt als Geschenk eine richtige Schachtel voll Bonbons. Das Kind fällt dem Bruder um den Hals. Das Kind ist jetzt reich. Es holt unter dem Bett den alten Koffer hervor und schüttet die Bonbons zu den Keksen. Es hat sich nämlich zum „Gotlpack" zu Ostern so viel Kekse gewünscht, dass es von Ostern bis Allerheiligen jeden Tag drei Stück essen kann. Die Patin, die Schwester vom Tate, hat dem Kind diesen Wunsch erfüllt. Nun kommt noch für viele Tage ein Bonbon dazu. Es ist ein gutes Gefühl zu wissen: jeden Tag drei Kekse essen und viele Tage ein Bonbon dazu. Die Mama nimmt dieses Gefühl nicht so ernst. Drei Wochen später nimmt sie einen Sack voll Keksen zum Kartoffelanbau mit aufs Feld. Als das Kind die fehlenden

Kekse im Koffer bemerkt, bekommt es einen Wutanfall und wird in den Dorfbach gehängt.

Jetzt muss nicht nur die Wut, sondern regelmäßig die schwarze Seele reingewaschen werden. Jeden Monat zur Beichte gehen. Das Kind nimmt es sehr ernst. Das Gewissen erforschen ist eine schwere Arbeit. Die fünf B, die der Pater im Religionsunterricht aufzählt, verfolgen das Kind bis ins Bett: „besinnen, bereuen, bessern, beichten, büßen". Jedes Mal vor der Beichte sagen: „O lieber Vater im Himmel, ich habe dich durch meine Fehler in Gedanken, Worten und Werken beleidigt." Das Kind kann nicht verstehen, warum Gott beleidigt ist, und sagt sich: Ich bin beleidigt, weil das Hannele immer bevorzugt wird, weil es der Mama und der Nale schöntut. Ich bin beleidigt, weil mich die Mama mit der großen Schwester in den Dorfbach hängt. Das soll ich auch noch bereuen? Bessern geht sowieso nicht, weil die Wut von selbst kommt. Beichten muss ich gehen. Die Buße gibt der Pater auf. Büßen mag ich nicht, aber ich muss, sonst bleibt die Seele schwarz, fertig!

Heute gehen die Erstkommunionkinder zum ersten Mal gemeinsam mit den anderen Volksschulkindern zum Beichten in die Stiftskirche. Sechs wunderschön geschnitzte Beichtstühle sind zur Auswahl da. Bei jedem hängt ein Schild mit dem Namen des Paters. „Na, zun Prälat geah ih nit, zum Schluss kennt er mih und gibt mir nouh die Straf fiar d' Mama au." Es geht zum Pater mit dem fremdländisch klingenden Namen. Ein roter Samtvorhang dient als Tür. „Ich habe mich selber berührt." Endlich hat das Kind das ihm fremde Wort gesagt. Der Pater fragt nach. Das Kind stottert. Von den Bänken her hört es die Kinder tuscheln. Zu lang im Beichtstuhl ist vermutlich eine Todsünde. Der schaurige Satz, den die Don-Bosco-Schwester im Handarbeitsunterricht immer wieder zu den Mädchen sagt: „Ich weiß nicht wann, ich weiß nicht wo, ich weiß nicht wie, aber das weiß ich, wenn ich in einer Todsünde sterbe, bin ich verloren für ewig", geht dem Kind durch den Kopf. Der Pater beruhigt das Kind. Er spürt die Not des Kindes. Nein, sterben brauche es deswegen nicht, doch soll es morgen an die Pforte kommen.

Mit hochrotem Kopf kommt das Kind aus dem Beichtstuhl. Es schlägt die Hände vor das Gesicht, betet die Buße. Zum Pater geht es nicht. Es schämt sich. Am Herz-Jesu-Freitag geht das Kind nicht zur Kommunion. Die Don-Bosco-Schwester schüttelt den Kopf. Das Kind kann nicht sagen, dass es eine schwarze Seele hat, weil es nicht zum Pater gegangen ist und die Lossprechung nicht gültig ist.

In der Nacht träumt das Kind von den armen Seelen. Sie kommen und ziehen das Kind an den Haaren. „Na, ih han kuene Bluemen in Freithof ogrissn", schreit es im Traum. „Drahn dih um und schlaf weiter", sagt die große Schwester. Das Kind wacht schweißgebadet auf, kann lange nicht einschlafen, traut sich fast nicht zu atmen. Es hat noch nie im Friedhof Blumen abgerissen, trotzdem hat es Angst. Die armen Seelen könnten sich irren und das Kind wieder an den Haaren ziehen. „Ich weiß nicht wann, ich weiß nicht wo, ich weiß nicht wie ... verloren für ewig."

„Ich will nicht tot, nicht verloren sein. Ich will mich nicht mehr selbst berühren und von niemandem berühren lassen!" Irgendwann schläft das Kind ein.

Im Garten blühen die Pfingstrosen. Dunkelrote, hellrote, weiße Pfingstrosen, den ganzen Gartenzaun entlang. Die Mama kommt mit Korb und Schere, schneidet jede zweite Blüte ab. Ein Korb voll mit Pfingstrosenköpfen. „Geah darmit zu die Kloaschterfrauen oche und bring ene dia Bluemen fiarn Umgang." Dem Kind beginnt es im Bauch zu kribbeln. Heute hat die Don-Bosco-Schwester in der Schule die Erstkommunionkinder zum Blumenstreuen vor dem „Himmel" ausgesucht. Nur die Allerbravsten sind dabei.

„Voarn ‚Himml' muess ma brav sein, in Himml sowieso, aber vielleicht kimm ih ouh drou, wenn ih so viel Pfingschtroasnköpf bring und wenn sogar dia verschtrittnen Nachbarsbuebm untern ‚Himml' giahn darfn." Unter dem „Fronleichnamshimmel", einer

Art Baldachin, haben der Abt und der Pater, der Pfarrer ist, sowie zwei Ministranten Platz. Die vier Stangen, die den „Himmel" halten, werden von vier angesehenen Bauern vom Dorf getragen. Die Ministranten läuten mit ihren Glocken, damit die Leute früh genug niederknien, wenn der Abt mit dem Allerheiligsten vorbeizieht.

Als das Kind der Don-Bosco-Schwester die vielen Pfingstrosenköpfe bringt, freut sie sich, beginnt sie zu zerpflücken, in die kleinen Rosenstreukörbe zu verteilen. „Sag deiner Mama Vergelt's Gott." Sonst sagt die Schwester nichts.

Das Kind kämpft auf dem Heimweg mit den Tränen. Die alte Hausbewohnerin macht ihr am Abend wieder Stopsellocken. Dieses Mal verbrennt sie das Kind nicht. Die Mama füllt dem Kind in allen Pfingstrosenfarben einen wunderschönen Blumenkorb. „Strahn se hintn nachn ‚Himml'. D' Weiberleit brauchn ouh an Bluementeppich."

„D' Weiberleit brauchn an Bluementeppich", summt die Mama den ganzen Abend vor sich hin.

Die letzten Sonnenstrahlen werfen ihre Schatten voraus. Die Bäume spiegeln sich im See. Die beiden Schwestern erkennen sich im Spiegel.

„Das alles direkt Heraussagen haben wir beide von unserer Mama. Das Hannele ist ganz wie die Alte. Bei ihr geht auch alles hinten herum."

„Wenigstens jetzt nach der langen Zeit könntest du ‚Nale' sagen. Bei mir und beim Hannele hat sie nach dem Tod der Mama nie schlecht über sie geredet."

„Du willst es immer noch schöner sehen. Du warst ja noch klein und hast dich anpassen müssen, und geträumt hast du immer schon gern."

„Vor ein paar Jahren ist mir im Traum der Schluss von meinem Gedicht eingefallen, das ich mit fünf gedichtet habe:

D' Mama
tuet
schimpfn
schreien
Arsch otatschn
Luller gebm
Bett eiche
warfn –
kimpt nit

Die Nachbarn und die Mama haben gelacht, wie ich den Vers aufgesagt hab. Viele Jahre ist mir der Schluss nicht mehr eingefallen. Vor ein paar Jahren hab ich einen Traum gehabt: Ich liege in der Stube in meinem Kinderbett und schaue der großen Stubenuhr beim Weiterticken zu. Immer und immer wieder schlägt das große Pendel hin und her. Ich hab gewartet und gewartet. Als ich aufgewacht bin, hab ich gewusst, dass der Schluss ‚kimpt nit' heißt. Von einem Tag zum andern war wirklich Schluss, ist sie nicht mehr gekommen. Das ‚kimpt nit' war das Trauma meiner Kindheit. Zuerst zu einer Amme, dann hat die Mama die ganze Arbeit machen müssen, war auf dem Feld, hat wenig Zeit gehabt, später ist sie wirklich nicht mehr gekommen. Sie ist einfach umgefallen und tot gewesen."

Die Frau erstarrt. Ein Schauer durchfährt sie. Im Bruchteil einer Sekunde ist der Schmerz wieder da. Das „kimpt nit" ist wahr geworden. Die Mama stirbt viel zu früh, von ihrer Ersatzmutter, der Mutter Kirche, ist die Frau abgenabelt, ist aufgewacht, hat ausgeträumt.

„Wie konnte ich die Mutter Kirche als Ersatzmutter wählen?" Das Bild von der ersten Weihnachtsmette an der Hand der Mama steigt hoch, der Duft des süßen, schweren Weihrauchs liegt wieder in der Luft. Süß und schwer, bis die Frau die Schwere beinahe erdrückte.

„Was hasch iats kejt? Ausgschaugt hasch, as wie wenn iats und aber zun plearn oufangen tasch!“

„Es geaht schue wieder.“

„Ja, kemen isch viel andersch.“

Wenn die Mama auf dem Feld mit der Arbeit fertig ist, geht sie schnell ins Kloster Korn schneiden. Das kann sie besser als die Männer. Dabei bekommt sie auch so manches Problem mit, das der Klosterschaffer mit dem Abt hat.

Einmal, beim „Gruemet“, brauen sich die Regenwolken am Tschirgant zusammen. Kein einziger Taglöhner auf dem Klosterfeld. Das „Gruemet“, bereits gewendet und dürr, liegt in langen Reihen bereit zum Aufladen und Einbringen. Doch die Taglöhner bleiben nach dem Mittagessen im Gesindehaus sitzen. Sie sind entschlossen, nicht mehr um ihren Hungerlohn zu arbeiten. Der Schaffer geht in Gottes Namen zum Abt. Die Leute warten. Mit hochrotem Kopf kommt der Schaffer nach kurzer Zeit zurück. „Seids halt decht so guet und tiets hein nouhamol dejs Gruemet ei. Der Prälat hat nouh kue Oahr fiar enker Ouliegn, aber ih wears ihn schue voarzue beiderbringen.“

Murrend stehen die Leute auf und schaffen es gerade noch vor den ersten Regentropfen. Das „Gruemet“ ist trocken im Klosterstadel. Hinter vorgehaltener Hand macht die Aussage des Prälaten im Dorf die Runde: „Sie, Herr Schaffer, sind fürs Wohl des Klosters und nicht fürs Wohl der Leute zuständig!“

„Woasch nouh, was d’Mama drau gsejt hat?“

„Ja, vo’r Kanzl oche preding se umkeahrt as wie se salber tien!“

„Asiamol isch ihr ouh dertrunnen: Je nachner bein Kloaschter, umso nachner bei’r Höll.“

„Na, gschissn hat sig inser Mama voar die Kleaschterer nicht.“

Annatag, Hochsommer, der heimliche Frauentag.

Die Mutter Anna ist den Frauen im Dorf vertraut. Ein Stück den Berg hinauf im Wald steht die St.-Anna-Kapelle. Das Tosen des Dorfbachs ist zu hören. Unzählige Steine hat er im Lauf der Jahrhunderte mit ins Dorf gebracht. Baum, Stein und Quelle, uraltes Wissen um die Anwesenheit des Göttlichen immer noch im Unbewussten der Frauen da, obwohl den Frauen über Jahrtausende männliche Vorstellungen vorgesetzt, übergestülpt, aufgesetzt wurden. Der Annatag gehört den Frauen. Die Mutter Anna ist eine von ihnen, die es mit ihrem Mann Joachim vermutlich auch nicht immer leicht hatte.

Die Frauen gehen den steilen Weg zur St.-Anna-Kapelle hinauf. Im Wald überkommt sie eine innere Ruhe. Sie sind endlich bei sich selbst. Der Pater vom Kloster gehört dazu. Heute ist der Weg für alle gleich beschwerlich und steil. Kein schmiedeeisernes, rosenverziertes Gitter trennt den Hochaltar von den Menschen. Rosen wachsen meistens nur im Garten, das wirkliche Leben spricht selten eine Rosensprache.

Das Kind spürt beim gleichmäßigen Murmeln der Gebete ein unsichtbares Band, das alle verbindet, ein wohliges Gefühl des Dazugehörens, des Zusammengehörens beim gemeinsamen Singen.

Nach der Andacht bezahlen die Frauen den Frauendreißiger, ihr Frauenopfer. Früher einmal war der Frauendreißiger auch die Bezeichnung für die Zeit zwischen 15. August und 8. September, der besten Zeit im Jahr, um Heilkräuter zu sammeln. Der Stern Spica, der hellste Stern am Abendhimmel, war am 15. August zum letzten Mal zu sehen. Die Griechen feierten da das Fest der Göttin Artemis. Am 8. September erschien der Stern wieder am Abendhimmel. Die Frauen im Dorf kennen den 15. August nur mehr als Hohen Frauentag – Maria Himmelfahrt, und den 8. September als Mariä Geburt. Uralter Frauenkult vereint mit christlicher Kultur.

Annatag – Namenstag – ein wichtiger Tag. Hatschend und lachend kommen die Frauen heim.

Am späten Vormittag des Annatags hat die Mama das Kind zum Klostergärtner geschickt. Drei Nelkensträuße soll das Kind kaufen. „Sag'n, ih kimm amol darfür jetn." Das Kind geht durch ein breites Tor. Ein schwerer, süßer Duft kommt ihm entgegen. Dieses Mal nicht vom Weihrauch, nein, Nelkengeruch, Nelkenschwere des Hochsommers. Ein Nelkengeruchsnebel liegt über den Salatköpfen, Krautköpfen. Eine süße Schwere steigt in den Kopf.

Der Klostergärtner beginnt den ersten Strauß zu binden. Das Kind sitzt auf einer Steinstufe, mitten im Garten, und sieht dem Gärtner dabei zu. Es schaut zu den riesigen Zwiebeltürmen hinauf. Wozu braucht man so hohe Türme? Vielleicht wachsen sie bis in den Himmel? Der Pater erzählt doch immer vom Himmel; doch nur, wenn man nicht sündigt, kommt man in den Himmel.

„Ich weiß nicht wann, ich weiß nicht wo, ich weiß nicht wie, aber das weiß ich: Wenn ich in einer Todsünde sterbe, bin ich verloren für ewig."

Kommt der Himmel? Der Gärtner umhüllt den ersten Nelkenstrauß mit Schleierkraut. Annatag. Kein Schleier dazwischen: für einen Augenblick Himmel.

Da, der Schatten eines Pferdes samt Reiter über dem für den Wintersalat vorbereiteten Beet. Woher kommt er? Wohin reitet er? Das Kind setzt sich auf den Rücken des Pferdes, schiebt den Reiter zur Seite. Lautlos verschwindet er im Schatten. Das Kind weiß noch nicht, dass man den Reiter nicht zur Seite schieben kann, dass es für Frauen keinen Platz im Sattel gibt. Nichts weiß es noch vom Herausschleudern aus jeder Sicherheit, vom Hinunterfallen ins Nichts, hinein in die bodenlose Angst, obwohl es jetzt bereits manches Mal vor Schreck erstarrt; vor allem, wenn es allein einen Mann sieht.

Das Kind wird lange Zeit dem Reiter nachlaufen, mitreiten, so gut und schnell es möglich sein wird. Es wird sich anstrengen, mitzukommen. Der Reiter auf dem Klosterdach wirft seinen Schatten.

Jetzt reitet das Kind schnell mit den drei Nelkensträußen zur „Gotl". Die Mama war heute Morgen gut aufgelegt. „Kouf drei Sträuß und geah! Schluss iats mit'n Unfriedn."

Im Frühjahr hat die Tochter von der Gotl geheiratet. Die Mama und die Kinder vom Tate sind zur Hochzeit eingeladen, nur die große Schwester nicht. Sie ist und bleibt Mamas lediger Balg. Der Balg der Magd, Vaters Seitensprung, ist auch nicht dabei. Nur die legal zur Welt gekommenen Kinder, 's Hansele, 's Hannele und das Kind.

Die große Schwester wundert sich, dass die Mama zwölf Leinenhandtücher mit gesticktem Monogramm der ersten Frau vom Tate aus dem großen Wäschekasten holt und als Geschenk für die Braut mit einer Schleife zusammenbindet. Die Mama ist entschlossen, die angeheirateten Familienbande endlich wieder zu normalisieren. Darum kommt sie mit vollen Händen zur Hochzeit. Der Wäschekastenschlüssel gehört seit dem Rausschmiss der Nale ihr. Lang hat ihr die Schwägerin diesen Rausschmiss nachgetragen, denn seither muss diese mit ihrer Mutter zurechtkommen. Auch das klare Nein der Mama zur Rückkehr ihres Mannes aus Hall hat jahrelang für Verstimmung gesorgt. Nun hat die Hochzeit der älteren Tochter von der Gotl des Kindes manches zurechtgerückt.

Das Kind auf den Stufen im Klostergarten ist längst ein Stück über alle Berge geritten; vor den Augen die Erinnerung an die Mama bei dieser Hochzeit. Die Mama trägt ein graues Kostüm, eine weiße Spitzenbluse und einen grauen Hut mit einem zarten, durchsichtigen Schleier vor den Augen. Für das Kind ist die Mama die Allerschönste, ist es das schönste Kleid, das sich später hinter den Schleier der Erinnerung schiebt, das sich immer wieder einmal vor die „Schreckensaugen" der Mama schieben wird. Das Kind lächelt. Bei dieser Hochzeit hat dem Kind die Cremetorte geschmeckt. Zum ersten Mal im Leben eine Cremetorte, ansonsten zwei Mal im Jahr Cremeschnitte nach Tates Besuch.

Die Mama hat nur zum Streuselkuchenbacken Zeit. Die Zeit, die ihr übrig bleibt, dient sie auf dem Klosterfeld ab, auch für die drei Nelkensträuße.

Von den drei Nelkensträußen ist einer für die Gotl, einer für eine Tochter der Gotl, die Anna heißt, und einer für die alte Frau Anna, die Mutter des Bräutigams. Das Kind spürt ein Kribbeln im Bauch. Es hat Angst, in das neue Haus von Gotls ältester Tochter zu gehen. Warum? Vielleicht eine Vorahnung? „Nein, auf dem Pferd hab ich keine Angst", summt das Kind vor sich hin.

„Was tramsch?", fragt der Klostergärtner. „Da hasch die drei Sträuß zompt Schleierkraut."

Das Kind erschrickt. Kein Reiter im Beet – davongeritten. Das Kind steht auf. Beim Hinausgehen sieht es ein Schneefeld wie ein großer Fisch in der Mitte der gegenüberliegenden Bergkette. Was macht ein Fisch am Berg? Ein Fisch ist nur im Wasser. Das hat das Kind in der Schule gelernt. Im Trockenen kann ein Fisch nicht überleben. Das Kind hat noch nie einen so großen, weißen Fisch gesehen. Im Dorfbach, in den es bei Wutanfällen hineingehängt wird, sind Ratten.

Ratten sausen dem Kind über die Füße, wenn es in der Nacht vom Haus durch den Vorstall zum „Patschklosett" gehen muss. Ein schreckliches Gefühl, und dazu noch im dunklen Vorstall. Das Kind beginnt zu verhalten. „Bachelen" darf es in den Nachttopf, der unter dem Bett steht.

Kürzlich mussten die Kinder sogar zwei Tage in Mamas großen Nachttopf „bachelen". Dann die große Tat der Mama: Ein Tischlerschüler aus der Berufsschule im Kloster kommt und pfeift der großen Schwester, die inzwischen fünfzehn ist und einen festen Busen hat. Die große Schwester ist noch im Stall. Die Mama zieht rasch den Store am Fenster beiseite, der Inhalt des vollen Nachttopfs klatscht mitten in das Gesicht des jungen Mannes. Wau – weg ist er. „Nit schue wieder a Mannets", hört das Kind die Mama sagen. Was heißt das, „nit schue wieder …"?

Wie überlebt der Fisch am Berg?

Warum geht der Fisch am Berg nicht ein?

Das Kind dreht sich noch einmal um, nimmt die Stufen im Klostergarten wahr und geht.

Viele Jahre später sitzt die Frau mit Schülern und Schülerinnen des Stiftsgymnasiums bei einer Lesung im ehemaligen Klostergarten – inzwischen wächst hier nur noch Gras – auf denselben Stufen und spricht über Texte und den Fisch. Der Fisch ist inzwischen zum Delfin geworden. Nur ein heißer Sommer vermag ihn etwas abzumagern. Ansonsten bleibt sein Bauch das ganze Jahr voll und weiß. Aus seinem Maul sprudeln Worte, immer wieder, immer wieder aufs Neue ein uraltes Wort: „kimpt".

> *„Kimpt nit?" Sie will – sie weiß gar nicht, dass sie will – doch sie muss das Haus zurückkaufen. Heute in der Nacht kauft sie es zurück. Sie lässt sich nicht davon abhalten. Es ist neu renoviert, ist sicher viel zu teuer, doch es ist ihr Haus. Das Haus, in das sie so oft gehen wollte. Sie musste es in größter Not verlassen, und als sie es endlich noch einmal betreten wollte, war es abgerissen, dem Erdboden gleichgemacht. Damals hat sie geweint, zornige Tränen. Niemand hat ihr gesagt, dass das Haus abgerissen wird. Jetzt betritt sie das Haus. Der Ruf der Nachbarin: „Aber da lejt ja der Stampfer drei" kostet sie nur ein Achselzucken: „Und – dann liegt er eben drinnen!" Er gehört zu ihrem Haus, hat immer dazugehört, obwohl sie sich nicht an ihn im Haus erinnern kann. Sie öffnet die Kammertür. Wie oft wollte sie diese Tür öffnen, noch einmal die Mama sehen; ein einziges Mal mit geschlossenen Augen, mit gefalteten Händen, mit Frieden um die Lippen – eine ganze Kindheit lang. Nicht dieses schreckliche Gesicht, sondern das Gesicht der Mama, der wirklichen Mama, wie sie war. Doch es kam nicht, nie mehr. Jetzt schaut sie hinein. Mamas Bett ist leer. Daneben liegt der Tate, friedlich, entspannt, zufrieden. Ein Lächeln um*

*seine Lippen. Der Tate, der sich mit drohenden Bildern in ihr Leben eingemischt hat, obwohl er nicht im Haus war, liegt da. – Ich kaufe das neu renovierte Haus samt meinem Vater. Der Entschluss der Frau steht fest. Jetzt, heute, ist es so weit. Mehr als sechzig Jahre ist es her, seit der Vater das Haus verlassen musste.*

Die Frau wacht auf, ein sattes Kribbeln im Bauch, der Tate aufgenommen, endlich mit ihr im Haus – „kimpt".

Am See hören die Schwestern von weitem Glockengeläute. Die Kuhglocken erinnern an längst entschwundene Zeiten.

„Wie gern hab ich Kühe gehütet! Auf dem Feld hab ich träumen können, so lang ich wollte. Die Kühe haben ihr Futter selber gefunden und ich hab dem Zug zugeschaut, wenn er ganz unten im Tal vorbeigefahren ist. Ich hab mir immer gedacht, dass hinter dem Tschirgant die Welt anfängt, eine Welt, in der die Mädchen dasselbe tun können wie die Buben. Ich wollte ja so gern ministrieren."

„Ich hab wie ein Mann arbeiten müssen. In der Früh, noch vor der Schule, bin ich mit der Mama in den Stall gegangen. Mit zwölf hab ich schon melken können. Ich hab der Mama auch bei der Geburt eines Kalbes geholfen. Zum ‚Tolm' hatte ich eine besondere Beziehung, weil ich ihn mit der Mama aus dem Bauch der Kuh gezogen hab. Am Sonntagnachmittag bin ich die zwei Stunden auf die Alm gelaufen und hab dort den ‚Tolm' besucht. Er hat mich von weitem erkannt und ist mir entgegengelaufen. Im Sommer nach dem Tod der Mama bin ich oft zweimal die Woche auf die Alm und hab beim ‚Tolm' geweint, weil ich sonst niemanden an mich drücken konnte. Das Hannele hat nicht so viel arbeiten müssen. Sie ist immer schon die ‚Gescheite' gewesen und hat Hausaufgaben machen müssen. Sie ist zu den Don-Bosco-Schwestern in die Heimstunde gegangen und hat sich so weit wie möglich von der Arbeit gedrückt. Nur am Abend hat sie mit dir abwechselnd den Stall ausmisten und die Kühe striegeln müssen. Du hast das immer gern getan, obwohl du erst acht Jahre alt warst."

„Oft hab ich mir überlegt, wo die Stubenuhr und die große Weihnachtskrippe hingekommen sind. Die Weihnachtskrippe hat die Mama im Herbst vor ihrem Tod dem Rauchfangkehrer verkauft. Mit dem Geld hat sie eine neue Couch gekauft. Wir Kinder waren sehr aufgeregt, als der Nachbar mit einem Lieferauto die neue Couch gebracht hat. Im Winter haben wir zu viert in der Stube geschlafen, weil das übrige Haus kalt war. Du und ich haben hinter dem Ofen geschlafen, das Hannele und die Mama auf der neuen Couch. Das Hannele war Mamas Goldschatz. Manchmal haben auch zwei Nachbarmädchen mit mir hinter dem Ofen schlafen dürfen. Dann bist du auf der Ofenbank gelegen. Ich hab noch eine Erinnerung, wie die Mama in der Früh nach der Stallarbeit in die Stube kommt und ruft: ‚Was sell ih enk hein kochn?' ‚Powidltatschgerln', haben wir gesagt. Die Mama hat immer gekocht, was wir Kinder gern mögen haben."

„Wo die Stubenuhr hingekommen ist, weiß ich auch nicht. Tagelang war Tür und Tor offen. Die zirbenen Möbel hat mein Onkel für mich aufbewahrt. Etwas von den übrigen Möbeln hat die Bäuerin geholt, zu der du gekommen bist. Es hat dann ungefähr drei Wochen gedauert, bis der Onkel das Vieh verkaufen können hat."

„Was hab ich mich für die Mama geschämt! Beim Abladen der Möbel und des Hausrats hat die Bäuerin ihre Schwester am Arm gezupft, eigenartig gelacht und gesagt: ‚Ament isch se gar nouh unwohl gwesn! Siechsch dejs roate Tuech!' Aber es waren nur Preiselbeeren. Ich hab noch nicht gewusst, was Unwohlsein bedeutet. Kurz darauf war mir mehr als unwohl. Alles war anders. Aus mit den Träumen."

Im Herbst vor Mamas Tod gibt es noch einmal ein legendäres Fest bei der Maisernte, das „Türkenausmachen", von dem die Leute noch Jahre nach ihrem Tod reden! Die Hauptarbeit auf dem Feld ist für ein Jahr getan. Das wird gefeiert. Tage vorher beginnen die Vorbereitungen. Im Heustadel werden Tische und Bänke gerichtet. Die Maiskolben, bereits von den dicken Stängeln abgetrennt, liegen in großen Haufen am Stadelboden. Die Stube wird von der Mama ebenfalls ausgeräumt. Beide Tische kommen in die hintere Kammer. Ein großer Tanzboden tut sich auf. Die Mama bäckt Streuselkuchen, schneidet Speck und Brot auf. Aus der Vorratskammer wird der große Kochkessel geholt und mit Wein gefüllt. Den Wein bekommt sie von ihrer Schwester, der Wirtin. Mit Arbeitshilfe im Gasthaus dient Mama den Wein ab. Sie schüttet einen Kübel mit Wasser zum Wein und sagt lachend: „Nit z'starch sell der Glühwein wearn, siesch kriegn se alle an Rausch!" Das Kind weiß noch nicht, was ein Rausch ist. Die Mama gibt Zucker, Zimtrinden und Nelken dazu. Das ganze Haus duftet.

An diesem Tag geht die Mama etwas früher in den Stall. Das Kind mistet bei den Kühen aus. Es kann nun selber mit dem Schubkarren voll Mist zum Misthaufen radeln und den Mist dort auskippen. Den Schweinestall ausmisten mag das Kind nicht so gern. Es hat ein bisschen vor den großen Schweinen Angst und der Schweinemist stinkt sehr. Die große Schwester hilft der Mama beim Melken. 's Hannele ist heute zum Küchenputzen an der Reihe. Eine eigenartige, erwartungsvolle Stimmung ist im Stall.

Nach der Stallarbeit noch schnell sich waschen, dann kommen bereits die ersten Nachbarn. Sie werden von der Mama mit lautstarken Sprüchen begrüßt. Gelächter. Bald ist der Stadel voll mit Leuten, Reden und Lachen. Einige Nachbarskinder sind zum Helfen mitgekommen. Die Kinder teilen sich ihre Arbeitsplätze auf; ihre Aufgabe ist es, den Erwachsenen die Maiskolben auf die Bänke zu legen und die „ausgemachten" Kolben wieder ordentlich aufzuschlichten. Jedes Kind hat mindestens vier Erwachsene zu versorgen. Bei hereinbrechender Dunkelheit wird das Licht eingeschaltet. Endlich gibt es elektrisches Licht sogar im Heustadel.

Das Kind gabelt Wortfetzen auf: „Dear war ouh gscheider still!“, „Hein nouh a Nazi“, „Hat sigs alm schue derrichtet“. Es versteht die Zusammenhänge nicht. Allmählich sickert durch den immer größer werdenden Berg „ausgemachter“ Maiskolben vergangenes Dorfleben durch, so als ob die Tätigkeit des „Türkenausmachens“ die Zunge leichter zum Reden brächte. Oder sind es die Jahre, die inzwischen vergangen sind, oder die lockere Stimmung bei der Mama im Heustadel?

Im Nachbarhaus lebten „Schwarz“ und „Braun“ unter demselben Dach. Der Sohn einer Familie meldete sich noch vor Kriegsbeginn freiwillig zum Kriegsdienst. Sofort nach dem „Anschluss“ wehten bei zwei Familien die Hakenkreuzfahnen im Wind. Sogar für die Frau im mittleren Teil des Hauses war eine Fahne vorbereitet. „In Gottes Namen“ hängte sie die Fahne zum Fenster hinaus – sie war Witwe und ihre Söhne alle im wehrpflichtigen Alter. Noch tagelang sagte sie vor sich hin: „Jetzt gibt es wieder Krieg!“ Gut konnte sie sich noch an den Ersten Weltkrieg erinnern, an das Warten, Heimkehren, Gefallensein.

Einer ihrer Söhne war knapp vor dem „Anschluss“ zu einer Tanzveranstaltung im benachbarten Weiler gegangen. Im Laufe des Abends war der Einfluss von außen, der längst in die hintersten Winkel des Dorfes gekommen war, zu hören. Deutschnationale Lieder und der Hitlergruß wurden mit zunehmendem Alkoholgenuss eifrig geprobt. Noch war die Partei verboten, doch das Denken hatte sich Raum geschaffen. Oder war es immer schon da, drängte es nur jetzt ans Licht? Der Sohn schlich sich davon. Am nächsten Tag horchten ihn die Gendarmen aus. Er wusste von nichts; Verrat im eigenen Dorf musste erst langsam eingeübt werden.

Die Mutter hatte ihren Söhnen bereits eingeschärft, sich jedes Wort genau zu überlegen; ein Wort zu viel konnte die Front bedeuten. Keiner ihrer Söhne rückte freiwillig ein. Verändert kamen alle wieder zurück, mussten wieder miteinander unter einem Dach leben.

Viele von den Heimgekehrten arbeiteten wieder auf den Klosterfeldern. Die anderen waren im Feld gefallen, wie der Tod im Krieg umschrieben wurde. Auch ein Bruder von der Mama ist gefallen. Das Kind versteht lange nicht, was „gefallen" bedeutet. Nach dem Krieg marschieren viele der Heimkehrer als Mitglieder der Musikkapelle am Kriegergedenksonntag zum Kriegerdenkmal. Gemeinsam blasen sie den Marsch „Ich hatt' einen Kameraden, einen bessern findst du nicht". Ein Bruder von der Mama, der am Ende des Krieges die wichtigste Funktion im Dorf ausübte, schlägt die große Trommel. Die Frauen und Kinder beten den Rosenkranz.

Das Kind, das Mädchen, ja sogar noch die junge Frau wird jedes Jahr beim Gang zum Soldatenfriedhof weinen müssen. Wegen der zu Herzen gehenden Töne? Wegen Mamas frühem Tod? Viele Frauen, alte und junge, schluchzen ebenfalls noch viele Jahre nach dem Krieg.

Im Heustadel ist die gute Stimmung verflogen. Doch die Mama erzählt einen Witz und sagt mit Nachdruck: „Gnueg fiar hein!"

Das Machtwort der Mama leitet über zum gemütlichen Ausklang des Abends. Das Kind und das Hannele bekommen ein Stück Streuselkuchen und ein Glas Johannisbeersaft. Heute dürfen sie im braunen Zimmer im oberen Stock schlafen. Am nächsten Morgen erzählen die große Schwester und die Mama immer noch lachend, dass die Nachbarn und Nachbarinnen fast nicht zum Heimbringen waren.

Muttertag! Das Kind hat in der Schule ein Muttertagsgedicht gelernt. Den Frühstückstisch richten, den am Vorabend gepflückten Vergissmeinnichtstrauß hinstellen. Die Mama ist baff, als sie endlich vom Stall hereinkommt und den Stubentisch sieht. Das Kind sagt der Mama mit seiner tiefen Stimme das Gedicht auf. Der Mama kommen die Tränen. Sie drückt das Kind an sich, streicht ihm über den Kopf. Später wird sich das Mädchen oft an diese Zärtlichkeit erinnern, wenn es in der Kammer bei der Bäuerin das Sterbebild der Mama hervorholt – das Einzige, was ihr von der Mama geblieben ist. Das Muttertagsgedicht ist dem Mädchen durch den Schock aus dem Gedächtnis entschwunden. Auf das Gedicht am Sterbebild werden die Tränen tropfen.

Sie ging voran ins Vaterhaus
und ruht von allen Leiden aus
ihr müsst den Weg der Mutter gehn
dann werdet ihr sie wiedersehn

Am Muttertag weiß noch niemand, welchen Weg die Mama bald gehen wird; einen Weg, der das Leben der Familie durch einen plötzlichen Fall für immer verändern wird.

Am Hohen Frauentag, dem 15. August, geht die Mama zur Frühmesse ins Kloster. Nur an hohen Feiertagen wird die Messe für alle Dorfbewohner in der Stiftskirche gefeiert. Leute haben auch gesehen, dass die Mama beichten und „speisen" gegangen ist – ein möglicher Passierschein wenigstens für das Fegefeuer. „Wienigschtns beichtn und speisn isch se nouh gwesen", hört das Kind Wochen später die Bäuerin sagen.

Zu Mittag kocht die Mama für fünfzehn Personen Wiener Schnitzel mit Kartoffelsalat. Die Wiener Familie mit den sieben Kindern und zwei ältere Damen sind zur Sommerfrische da. Alle sagen, dass die Mama die beste Köchin ist. Das Kind will auch einmal die beste Köchin werden.

Heute ist ein großer Feiertag: Maria, in den Himmel aufgenommen. Warum weiß man das bei Maria so genau und bei der Mama nicht, fragt sich das Kind Tage später.

Ein eigenartiges Kribbeln hat das Kind im Bauch, als die Mama zwischen Tür und Angel in der Haustür steht. „Gehst mit uns auf den Locherboden?", fragen die zwei Wiener Damen. „Na, mir tien hein wieder aso die Fiaß weah. Ih lieg mih lieber ins Bett eiche und lesn a bissl. Geah du mit und bet fiar ins", sagt die Mama zum Kind.

Habe ich zu wenig gebetet? War ich zu wenig brav? Warum geht die Mama voraus ins Vaterhaus? Warum muss die Mama von allen Leiden ausruhen? Noch Tage später versteht das Kind das Gedicht auf dem Sterbebild nicht. Die Mama ist doch meistens gut aufgelegt, vor allem seit der Tate in Hall und die Nale bei ihrer Tochter ist. Und sie hat so gerne gearbeitet und Witze erzählt.

Am Abend des Hohen Frauentags beginnt es zu regnen. Am nächsten Morgen die letzten Worte der Mama, die das Kind hört: „Steah au, Zeit isch es!" Das sagt die Mama zur großen Schwester, die sie um halb sechs zum in den Stall Gehen weckt.

Das Kind schläft noch einmal ein. Dann der Schrei, der Fall, die Rufe vom Hannele. Das Kind torkelt in den Stall. „Hat dir die Kueh weahtoun?" – „Geah decht ins Bett, es isch nouh z'friah zun Auschtiahn. Du hasch lei schlecht tramt", sagt die große Schwester.

Wieder zurück, hört das Kind aus Mamas Zimmer das Hannele rufen: „Die Mama, die Mama!" Das Kind reißt die Tür zu Mamas Zimmer auf, ein einziger Blick hinein; dann beginnt das Kind im Hausgang zu schreien, sich am Boden zu „werglen". Schreien, schreien, stampfen.

Der Gast aus Wien kommt die Stiege herunter, läuft im Nachtgewand ins Kloster, um den Pfarrer zu holen und den Arzt anzurufen. Die beiden älteren Damen kommen erschrocken aus der guten Stube. Die Frau des Wiener Gastes und eine der beiden Damen tragen das Hannele zu den Gästekindern in das obere Stockwerk hinauf. Die andere Dame versucht das schreiende Kind, das wild um sich schlägt, zu beruhigen. Irgendwie gelingt es ihr, das Kind auch über die Stiege hinaufzubringen.

Es ist der 16. August, halb sieben Uhr morgens. Um halb acht läutet die Sterbeglocke.

Das Kind weint, schreit im Bett der Sommerfrischlerkinder. Tief drinnen spürt es bereits, was Tage später auch auf dem Sterbebild stehen wird:

Nun trauern wir um Dich gar sehr
Wir haben keine Mutter mehr

Die Sonne am See ist untergegangen. Beiden Schwestern wird kalt.

„Wo bist denn eigentlich du gewesen? Als die Mama gestorben ist, hab ich dich erst wieder beim Begräbnis gesehen."

„Ich hab Schreien gehört. Ich bin vom Stall hereingelaufen und wollte in Mamas Zimmer, aber die Sommergäste haben mich nicht hineingelassen. Sie haben mich in die Küche geschoben und gesagt, dass der Pfarrer und der Arzt im Zimmer sind. Dann am Vormittag haben die Nachbarinnen die Stube ausgeräumt und die Mama aufgebahrt. Sie haben mich erst wieder in die Stube gelassen, als der Sarg bereits geschlossen war. Ich hab die kommenden drei Tage bis zur Beerdigung im Haus bleiben müssen und die Stallarbeit machen. Ich hab allein unten im Haus schlafen müssen, obwohl ich erst sechzehn war. Im oberen Stock waren eine Südtiroler Aussiedlerin und die Sommergäste."

„Was, du hast die Mama auch nicht mehr gesehen? Ich hab immer geglaubt, dass man nur mir die Mama nicht mehr gezeigt hat. Ich weiß noch, wie wir zwei hinter dem Sarg zum Friedhof hinuntergegangen sind. Beim ‚Penznegg' ist die Mama von der Rosi gestanden und hat geweint. Du hast am Grab laut geschrien. Ich hab mich nicht getraut, einen Blick ins Grab zu werfen, und hab beim Weihwassergeben die Augen geschlossen."

Die große Schwester hat einer Tante nie verziehen, dass diese am Sterbetag der Mama nach Innsbruck gefahren ist. Nie hat sie nachgefragt, warum, auch nicht als erwachsene Frau. So blieb der Stachel des Verlassenseins am Todestag der Mama. Eine andere Tante kam, obwohl die Mama wegen der Nazizeit lange Zeit nicht mehr mit ihr geredet hatte.

Die Frau denkt an den ersten Schreiausbruch der Bäuerin, als sie nach dem Begräbnis mit dem Bauer zum Hof zurückkam. Das Hannele, das nicht mitgehen konnte, hatte im Radio Musik gehört. „D'oagne Mueter kam unter der Eard und anstatt betn Radio lousnen! Dejs sein Fratzn!" Damals dachte sich das Kind, dass sich die Mama im Himmel sicher darüber freuen wird, da sie ja auch selber gern gesungen hat.

Es ist Nacht. Die Schwestern stehen auf und gehen schweigend davon. Jede hat die eigenen Bilder dieser Tage bewahrt.

*Der Kirschbaum fällt. Ein starker Baum. Mitten im Sommer, gleichzeitig voll mit Blüten und Früchten. Das Kind greift nach den Kirschen. Der Baum fällt um, viele hundert Blüten darauf. Die Feuerwehr kommt. Es brennt, alles brennt, verbrennt im Fallen. Zu spät. Der Baum fällt zur Erde; das Kind schreit, schreit: „Mama, Mamele kimm!"*

Die Frau wacht auf. Die Muskeln krampfen, das Herz schlägt wild. Die Bilder des Traums kommen zurück. Kirschblüten, Blüten am Boden. „D'Weiberleit brauchn an Bluementeppich", summt die Mama. Die Mama „kimpt"!

Kein Kind mehr.

Keine Zeit für einen Übergang, für ein sich Einüben, für langsam aus der Kindheit herausfallen. Nicht über Nacht, nein, an einem Tag zum Mädchen werden.

Am Morgen die starren Augen der Mama. Das Kind, starr vor Schreck, starrt die Mama an. Es hört den Schrei, diesen durchdringenden, dringlichen Schrei. Dann fällt die Mama, fällt wie ein starker Baum, der den ganzen Wald zusammenhält. Am selben Tag noch fallen die Kinder auseinander.

Das Mädchen starrt bei der Nachbarin durch das fremde Fenster. Es regnet. Verschleierte Fensterscheiben, verschleierte Augen. Eine eisige Kälte zieht in den Leib. Nicht die Augen schließen, offen halten. Irgendwo an der Kirchturmspitze den Blick festmachen, sonst kriecht der starre Blick der Mama gleich wieder in den hintersten Winkel hinein. Das Mädchen spricht nicht, die Kehle ist ihm zugeschnürt. Es kann von der Eintropfsuppe der Nachbarin nur einen Löffel voll hinunterwürgen. Eine fremde Suppe in einem fremden Teller. Dem Mädchen ekelt es vor dem groben Eintropf. Immer noch ein Würgen im Hals.

Vor dem Haus hält das Pferdefuhrwerk. Die Bäuerin kommt, fasst mit der Nachbarin das Hannele unter den Armen, gemeinsam tragen sie sie zum Wagen. Drei Tage vorher hatte sie beinahe Starrkrampf. Sie hat sich beim Schweineausmisten mit der Mistgabel ins Knie gestochen. Sie muss eine Woche liegen bleiben, ansonsten stirbt sie, sagt der Doktor.

So viel Starre auf einmal, denkt sich das Mädchen. Die Mama liegt mit diesen starren, schreckensweiten Augen unter dem Leintuch. Am Morgen, als die Nachbarinnen das Hannele und das Mädchen holen, will das Mädchen unbedingt noch einmal in Mamas Zimmer hineinlaufen, noch einmal die Mama sehen. Die Nachbarinnen drängen es zur Tür hinaus. Der letzte Blick: die Mama mit einem weißen Leintuch zugedeckt. Das Mädchen weiß nicht, ob der Doktor oder der Pfarrer der Mama die Augen zugedrückt hat.

Starre Augen, Starrkrampf haben, heißt das sterben?

Das Mädchen will nicht sterben, will keinen Starrkrampf, ist sprachlos erstarrt, legt sich vierzehn Jahre lang zum Einschlafen auf die Seite und nicht auf den Rücken. Erst bei der Geburt der eigenen Tochter wird sich die Frau zum ersten Mal wieder auf den Rücken legen. Leben gebären, am Rücken liegen, sonst kann die Hebamme nicht helfen.

Wer hilft der Mama bei diesem fürchterlichen Schrei in den Tod?

„Hock dih nebm dei Schwester."

Das Mädchen nickt.

Die Bäuerin zieht die Zügel an. „Huijo – hot!"

Das ratternde Fuhrwerk fährt aus der Kindheit.

# Kapitel 2

Die Angst wird siebenmal stärker.

Ich wache auf. Angst kriecht von den Zehenspitzen über die Fußsohlen, die Waden entlang hoch. Das Herz spüre ich im Bauch schlagen.

Ich liege in einer fremden Kammer. Drei Betten, drei Nachtkästchen, drei Kleiderkästen, ein Waschtisch, ein Tisch mit drei Stühlen stehen hier. Diese Dinge zu zählen erleichtert meine Brust. Über den Betten hängt ein großes Bild. Ein Schutzengel hilft einem Kind, über den reißenden Bach zu gehen. Das Fenster ist leicht geöffnet. Fremde Geräusche klingen an mein Ohr. Der vertraute Geruch eines Misthaufens erinnert mich an daheim.

Wo bin ich? Wie lange ist es her? Ich kenne mich nicht mehr aus.

Ich sehe die Mama mit ihren schreckensweiten, starren Augen und dem Schaum um den Mund. Mama, Mamele, wo bist du?

Da, die Stimme einer fremden Frau: „Auschtiahn!"

Alle sitzen am Küchentisch. Zur Frau, vor der ich Angst habe, soll ich Herta sagen. Ihr Mann Ignaz schlürft gerade den Kaffee hinunter. Zur alten Frau, die mich freundlich anlächelt, sagen alle Mueter. Ignaz sagt zu ihr: „Mueter, gebts mir nouh an Kaffee." Eine zierliche Frau, neben die ich mich setzen muss, heißt Berta. Auf der gegenüberliegenden Seite sitzt das Hannele. Alle schweigen. Die Mueter gibt mir einen Malzkaffee und fragt mich, ob sie mir ein Butterbrot mit Marmelade streichen soll. Ich nicke. Die Tränen stecken mir im Hals, einige tropfen bereits übers Gesicht. „Iats hear lei plearn au", sagt Herta. „Es isch halt amol, wie's isch. Da kann ma nicht machen. Der Herrgott weard schue wissn, warum." Ich verstehe diese Redewendungen noch nicht.

Es ist alles anders, alles Vergangene im Nebel. Doch irgendwie gehen die ersten Tage vorbei.

Die letzten Spätsommertage!

„Gschlein dih! Was tramsch denn wieder voar dih hin?"

Ich erschrecke, als ich die laute Stimme höre. Eben noch bin ich mit den Gedanken ganz woanders gewesen. Ich male mir aus, wie wunderbar es wäre, wenn ich eine Kiste voll bunter Ketten hätte und ich darin wühlen und mich gemeinsam mit den Schulkameradinnen schmücken könnte. Einfach so, beim Spiel. Es müsste kein besonderes Fest sein.

Warum kommen zu Herta keine Kinder? Bei der Mama gab es zwar viel Arbeit, aber immer waren Nachbarskinder da und haben mitgeholfen. Und es war Zeit zum Spielen. Schade, dass das Dorf so weit weg ist. Ich möchte viel lieber im alten Haus mitten im Dorf leben. Warum darf ich nicht träumen, wenn ich mich doch immer beim Arbeiten beeile?

Ignaz macht die Löcher für die „Stangger". Herta und zwei verwandte, ältere Frauen sind beim „Gruemetaufstanggern". Eine der Frauen wirft mir einen aufmunternden Blick zu, der sagt: Du bist brav. Am Sonntag nach dem Umgang bekommst du im Dorfgasthaus ein Kracherle. Ich werde rot im Gesicht. Ich ziehe den viel zu großen Ziehrechen mit den Händen weiter. Kein Gras soll hinter dem Rechen bleiben. Ich habe mich inzwischen zu einer guten Nachrecherin entwickelt. Wenn ich aber aus Versehen die Gabel in die Hand nehme, schreit Herta: „Von an Bauer und nit amol an Stiel recht derhebm! Dejs geits decht gar nit." Den Rechenstiel kann ich ziehen. Und wenn ich den Erwachsenen nachgekommen bin, stelle ich mich hinter den letzten, vollen Stangger und träume weiter. Ich freue mich auf die kleinen Verschnaufpausen, die ich „denken" nenne.

Auf der gegenüberliegenden Seite vom Inn ist das große Schneefeld am Berg zu sehen. Das habe ich doch damals, als ich im Klostergarten die drei Nelkensträuße zum Annatag geholt habe, auch gesehen. Was ist es von hier aus? Ein Hase, ein Engel, ein Fisch? Der Fisch? Ja, es ist derselbe Fisch, den ich im Klostergarten gesehen habe! Wie von selbst formt sich der Vers:

Lieber Fisch, ich sage dir
komm doch näher her zu mir.

Pst! Jetzt hätte ich um ein Haar nach der Mama gerufen. Doch die Mama ist nicht mehr da. Ich glaube jetzt, dass ich ganz in der Nähe von daheim wohne. „Bei der Arbet vergisst se's schneller", höre ich Herta sagen. Was muss ich denn vergessen? Ich darf nicht fragen, nur arbeiten. Aber sobald ich mich traue, werde ich die Mueter fragen, was Starrkrampf ist.

„Was tramsch schue wieder; schaug gscheider, dass nochkimmsch!"

Warum unterbricht mich Herta immer beim Denken? Warum passt ihr nichts an mir? Warum darf ich nicht über die Mama reden? Ich habe doch so oft Zeitlang nach ihr und nach der großen Schwester, und ein bisschen nach dem Haus und dem Stall und nach den Nachbarskindern.

Ob ich mich der Mueter zu sagen traue, dass ich mich vor der Mama auch fürchte? Immer wieder taucht abends vor dem Schlafengehen ihr Gesicht mit den weit aufgerissenen Augen und dem Schaum um den Mund auf. Es ist sicher eine Sünde, sich vor der eigenen Mama zu fürchten. Aber ich fürchte mich ja nicht vor der echten Mama! Wenn sie noch lebte, könnte ich daheim auf dem Feld arbeiten.

„Was plearsch schue wieder? Kempts, mir giehn marendn", sagt Herta.

Alle stellen ihre Rechen beiseite, setzen sich auf den Boden und lehnen sich bei einem Stangger an. Die Nachmittagssonne hat den Boden erwärmt. Die Mueter kommt mit dem Marendekorb aufs Feld. Sie breitet ein Geschirrtuch aus, stellt die Tassen darauf und schenkt den Malzkaffee ein. Dazu gibt es Butterbrot mit Marmelade. Die Mueter streicht mir ein Brot und gibt so viel Marmelade drauf, dass sie gerade nicht herunterrinnt. Während sie das Brot richtet, sagt sie zu mir, dass ich ein fleißiges Mädchen sei. Ich freue mich sehr darüber.

Ignaz lobt mich am Abend für mein sauberes Ausmisten und sagt, dass der Stall so sauber wie die Stube sei. Herta lobt mich nicht. Langsam lerne ich, dass fleißig sein und sauber arbeiten ganz wichtige Dinge sind. Das Ordentlich-Sein-und-Werden drillt mir Herta in jahrelanger Kleinarbeit ein, bis ich selber glaube, dass ich nun ein ordentliches Tiroler Mädchen sei. Im Gegensatz dazu gibt sie mir zu verstehen, dass ich aus einer „schlampigen" Familie und auch sonst aus unordentlichen Verhältnissen komme; dass nur durch einen gewaltigen Kraftakt ihrerseits aus mir mit der Zeit ein „ordentliches" Mädchen werden kann.

Noch vor Schulbeginn muss geklärt sein, wo ich bleiben kann. Im Dorf findet eine Gemeinderatssitzung statt. Wenigstens die zwei jüngeren Kinder sollen zusammenbleiben können. Ignaz und Herta sind noch kinderlos, und vermutlich wird Herta keine Kinder bekommen. So wird im Dorf geredet. Der soziale Druck auf die beiden ist groß, das katholische Gewissen drückt, die Verwandten mahnen. Herta willigt ein, die Kinder aufzunehmen, Ignaz nickt dazu. Berta überbringt dem Bürgermeister die positive Antwort.

„Die Greaßere geaht schue, aber die Kluene isch a selle Mulli", höre ich Herta sagen. „Ih wear ihr dia Sturheit schue nouh ausdertreibm!"

Der Bruder der Mama wird Vormund. Er löst die Bauerschaft auf, verkauft das Vieh und verwaltet das übrig gebliebene Geld. Ab jetzt muss ich, für die Schule oder später für einen Ausflug, zu ihm ums Geld gehen. Es ist für mich sehr peinlich und ich schäme mich dafür. Es kommt mir wie betteln vor. Niemand sagt mir, dass dies ja das übrig gebliebene Geld von Mama ist. Herta sagt nur: „Wenn a Gald brauchsch, geahsch zu dein Onkl. Gald han ih kues!"

Hanna, wie sie inzwischen genannt werden will, kann es sehr gut mit den Erwachsenen. Ich trau mich auch nicht, mit ihr über die

Mama oder über unsere ältere Schwester zu sprechen. Beide gibt es nicht mehr.

Während mir die Mueter am Morgen die Zöpfe flicht, frage ich sie, was Starrkrampf ist und ob man auch lebendig ins Grab kommen kann. Die Mueter erkennt meine Not, beruhigt mich und streichelt mir über den Kopf. Sie sagt, dass meine Schwester nur beinahe Starrkrampf hatte, dass die Mama wegen einer Lungenembolie umgefallen und tot gewesen sei. Dieses Wort verstehe ich noch nicht.

Ich laufe in die Kammer hinauf, hole das Sterbebild aus der Nachtkastlschublade und lächle. Es hat dich wirklich gegeben, Mama. Ich habe das nicht erfunden. Du bist nur jetzt tot. Zum ersten Mal verschwimmen die Worte auf dem Sterbebild nicht vor den Augen. Ich lese sie aufmerksam.

Du warst bemüht bei Tag und Nacht
hast Opfer ohne Zahl gebracht
für Deine Kinder früh bis spät
gesorgt mit Arbeit und Gebet
nun trauern wir um Dich gar sehr
wir haben keine Mutter mehr
doch tröstet uns der Herr und spricht
Die gute Mutter starb euch nicht
sie ging voran ins Vaterhaus
und ruht von allen Leiden aus
ihr müsst den Weg der Mutter gehn
dann werdet ihr sie wiedersehn

Daneben das Foto der Mama, das einzige, das ich von ihr habe. Auf dem Umschlag steht: „Herr, gib ihr die ewige Ruhe" – daneben ein Kreuz.

Was heißt ewig? Warum wünscht man der Mama die ewige Ruhe? Wer ist der Herr?

Die Mama hat doch so gern gearbeitet und war so lustig. Sie konnte wunderschön singen und Witze erzählen.

So ganz stimmt das Gedicht auf dem Sterbebild nicht. Herta arbeitet noch viel mehr als die Mama, es wird viel mehr gebetet als daheim. Zum Essen den „Engel des Herrn" und drei Vaterunser für die Verstorbenen. Vor dem Abendessen knien wir um die Stubenbank herum und beten den Rosenkranz. Ich bete ihn gern. Da ist es immer gleichmäßig ruhig und ich kann dabei träumen.

Es macht mich zornig, dass auf dem Sterbebild steht: „Die gute Mutter starb euch nicht." Das ist eine Lüge. Ich habe sie ja selber tot liegen gesehen.

An diesem Morgen beschließe ich, so fröhlich wie die Mama zu leben und der Mama ein echtes, wahres Gedicht zu schreiben.

Zu Schulanfang starren mich die Schulkameraden und -kameradinnen an. Ich bin schwarz gekleidet und schäme mich dafür. „Wenn epper Nachnter gschtorbm isch, geaht ma a Jahr schwarz", ist der knappe Kommentar von Herta.

Die Lehrerin sagt den Mitschülern, dass im Sommer meine Mama gestorben ist. Ich werde rot im Gesicht und die Tränen schießen mir in die Augen.

In der Religionsstunde sagt der Pater, dass meine Mama jetzt bei Gott im Himmel ist. Warum weiß er das so genau? Gern möchte ich ihn fragen, ob es eine Sünde ist, sich vor der Mama zu fürchten. Ich traue mich nicht. Beim Beichten sage ich inzwischen lieber erfundene Sünden und gehe zu einem der fremdländischen Patres in den Beichtstuhl. Nie mehr will ich zur Pforte bestellt werden.

Ob Ferien oder Schule, Herta schreit um halb sieben in die Kammer hinauf: „Auschtiahn!" Ordentliche Mädchen sind spätestens um sieben wach und angezogen.

Am Morgen ist es in der Küche gemütlich. Herta und Ignaz sind noch im Stall. Die Mueter richtet das Frühstück und flicht mir die

Zöpfe. Ein paar Jahre später wird der Pater, wenn wir Mädchen uns nur mehr einen Zopf machen wollen und einige sogar eine lange Hose anziehen dürfen, sagen: „Lange Hose, schiefe Zöpfe, kurzer Verstand!“ Ich kenne das Wort Sexismus noch nicht.

Ab und zu singt die Mueter beim Zöpfeflechten:

Sotz, sotz, sotz
Esele mein
so lang se klue und winzig sein
reitn's mit die Hearn
wenn se aber wachsn
reitn's mit die Sachsn
Sachsn reitn übern Bach
und dejs Madele hintnnach

Sie erzählt, dass vor dreihundert Jahren ein Krieg dreißig Jahre gedauert hat und dieses Lied sicher aus dieser Zeit stammt. Vom Krieg, der erst seit fünfzehn Jahren beendet ist, singt niemand ein Lied.

Ich höre beim Lied von der Mueter das Wort „Hearn“ heraus und frage sie, wer die Herren sind. Sie ist über meine Frage verwundert. Aber ich will unbedingt wissen, wer der Herr ist, der meiner Mama die ewige Ruhe gibt. Sie erklärt mir, das es Menschen gibt, die anschaffen, und andere, die gehorchen müssen. Auf dem Schulweg überlege ich mir dann, ob Herta auch ein „Herr“ ist. Doch sie gibt nie eine Ruhe. Also kann sie nicht der Mama die ewige Ruhe geben, wie auf dem Sterbebild der Mama für sie gebeten wird.

Im Spätherbst steigt die Sonne nicht mehr über den Bergkamm herauf. Bei der Mama habe ich das nicht so gut gespürt, denn alle haben gemeinsam in der warmen Stube geschlafen. Das Haus von Herta ist erst seit einem Jahr fertig gebaut und hat im ersten Stock vier Kammern. Ich schlafe mit Hanna in einer dieser Kammern, deren Fenster nach Norden weisen. Ich schlafe im Einzelbett neben der Tür. Im Nachtkästchen liegt in der Schublade das Sterbebild von der Mama. Im unteren Fach sind die Schulsachen, die nicht jeden Tag gebraucht werden. Hanna schläft im Doppelbett. In einem der drei Kästen ist die Kleidung von uns. In die Kammer darf ich nur zum Schlafen gehen. Waschen kann man sich beim Küchenbrunnen. Ein Badezimmer gibt es noch nicht und auch keine Zahnbürste.

Ab November sind die Fensterscheiben zugefroren. Dann gibt die Mueter gegen Abend zwei Ziegelsteine in das Backrohr des Küchenherds. Die erwärmten Ziegel umwickelt sie mit Zeitungspapier. Das restliche Papier wird als Klosettpapier verwendet. Im Schulklosett steht sogar noch der Spruch: „Putz den Arsch mit deiner Hand, dann sparst du 's Geld fürs Vaterland!"

Ich hole dann das Nachthemd, wickle es ebenfalls um den Ziegel und lege ihn ins Bett. Im tiefsten Winter wird das Nachthemd auf dem warmen Stubenofen erwärmt. In dieser Zeit erlaubt uns Herta, dass wir uns in der Stube ausziehen und das warme Nachthemd überstülpen.

Ich achte darauf, dass mich niemand nackt sieht. Einmal komme ich in die Stube, als Herta Hanna etwas in die Hand drückt. Ich spüre sofort das Geheimnisvolle und schleiche Hanna in die Kammer nach. Diese wirft schnell ein eigenartiges Stoffstück unter das Bett. Erst als Hanna das Zimmer verlassen hat, bücke ich mich danach. Blut ist daran. Drei Jahre später werde ich glauben, dass ich Krebs habe, weil in meiner Unterhose plötzlich Blut ist. Dreimal hintereinander wasche ich heimlich die Unterhosen aus, bis es Herta endlich bemerkt und sagt: „Dejs kriegsch iats alle Monat!"

Irgendwann in diesem Jahr beginne ich, in die Hose zu machen. Seit Mamas Tod ist dies für mich das größte Unglück. Zwar ist fettes Fleisch essen zu müssen ein großes Problem, aber braune Unterhosen sind eine Schande. „Fellig zechn Jahr alt und in d'Hose scheißn."

Eine Hosenscheißerin. Ich schäme mich zutiefst und kann es doch nicht verhindern. Es zieht sich wie ein brauner Faden durch die Mädchenzeit bis in die Lehrzeit hinein.

Es bedarf eines genauen Planes, wie ich die braunen Unterhosen vorwaschen kann. Um fünf am Nachmittag ist Stallzeit. Ich miste die Kühe aus. Während Herta noch beim Melken ist, laufe ich in die Kammer. Das Gröbste habe ich bereits vorher erledigt. Nun ist die Feinarbeit so schnell wie möglich zu machen. In die Küche laufen, den Wasserhahn aufdrehen, auswaschen und immer horchen, auf der Hut sein, ob ja niemand kommt. Habe ich Glück, dann hänge ich die Unterhosen heimlich im Dachboden zum Trocknen auf und gebe sie danach zur Schmutzwäsche. Pech bedeutet, wenn ich noch vor Ende der Prozedur jemanden höre. Schnell die nassen Unterhosen unter meiner Schürze verstecken, in den Dachboden laufen, die Unterhosen unter dem Kasten verstecken. Am nächsten Abend will ich diese Schwerarbeit noch einmal versuchen. Doch meistens traue ich mich nicht mehr auf den Dachboden zu gehen. Der Kasten ist nämlich von daheim und die Mama könnte mit ihren schreckensweit aufgerissenen Augen heraushüpfen.

Im Frühjahr dann, als Herta den Dachboden aufräumt, findet sie graubraune Unterhosen unter Mamas Kasten. Das Schandgericht beginnt erst recht. Deshalb wundert es mich, dass sie mir mit dreizehn bei roten Unterhosen einen Stoffschutz gibt, den ich dann in einem Kübel einweichen muss, aber bei braunen Unterhosen schreit: „Ih häng dir die derschissnen Unterhosen aufn Gartenzaun, dass die Nachbarsbuebm sehchn, was du fiar a Sau bisch!“

Vom ersten Allerheiligenfest nach Mamas Tod steigt kein Bild in mir hoch. Alles verschwommen, nur Angst, wenn jemand im Dorf stirbt. Schweißausbrüche bis ins Erwachsenenalter hinein; ein Grauen, wenn ich einen Sarg sehe; der Friedhof ein Ort des Schreckens für mich.

Meine Lieblingscousine erzählt mir nach vielen Jahren, sie sei am Tag nach dem Begräbnis meiner Mama mit ihrer Mama zum geschmückten Grab gegangen. Beim Kranz mit der Schleife, auf der die Namen von uns drei Kindern standen, sei auf einmal Bewegung gewesen. Die Schleife habe von selbst eine Acht geformt, die Zahl für Unendlich. Im Volksmund heißt es: „Die Verstorbene hat sich gmahrt."

Die Mama kommt nicht mehr zurück, außer in der Nacht in meinen Träumen.

Jeden Abend in die Kammer hinauf, die Tuchent vor das Gesicht, zum Lichtschalter greifen, das Licht löschen, hinlegen, mit Herzklopfen beten: „Bitte nicht, lieber Gott." Da, die schreckensweiten Augen der Mama; ich bin starr vor Schreck, endlich Tränen, heimlich; langsam löst sich der Druck auf der Brust. Ich schlafe ein.

Erst im Laufe des Winters wird aus den schreckensstarren Augen der Mama eine knochige Hand, die mir an den Hals greift, mir die Kehle zuschnürt. Ja keinen Ton, Hanna im anderen Bett darf nichts hören, sonst „ratscht" sie es Herta. Ich weine lautlos nach der anderen, der großen Schwester.

Als der Pater, der die Religionsstunde hält, Herta einen Brief wegen meiner Überlegung zum Nikolaus schreibt, traue ich mich lange Zeit nicht mehr, meine Gedanken laut auszusprechen.

Wie kann der Nikolaus vom Himmel kommen, wenn er bereits im vierten Jahrhundert lebte? Nein, der Nikolaus kommt nicht wirklich vom Himmel, abgesehen davon, dass er sowieso nur etwas bringt, wenn man brav ist. Wenigstens der Krampus darf dieses Jahr nicht mehr zu den Kindern kommen. Der neue Pater im Kloster hat ihn abgeschafft. Aber in dem Brief, den der Pater Hanna mitgibt, schreibt er Herta, ich hätte die anderen Kinder aufgehetzt. Diese würden nun nicht mehr an den Nikolaus glauben. Zum ersten Mal bekomme ich von Herta mit dem „Pragger" Schläge.

Brav sein, still sein, arbeiten und gehorchen und nicht mehr von der Mama sprechen. In dieser Zeit beginne ich zwischen den Wörtern zu hören und selber zu denken.

Fast fünfzig Jahre später wird die Frau, als sie endlich die Sprache ihrer Großmutter erlernt, im italienischen Wörterbuch das Wort „scritturare" finden, mit der Bedeutung „sich engagieren". Hat es damals schon begonnen, dass sie trotz Schlägen und Rückschlägen ausspricht, was sie denkt und empfindet?

Der Duft des Advents durchzieht das Haus, in dem ich wohne. Bis der Boden gefroren ist, geht Herta zum Wegbau. Männerarbeit!

Jetzt ist endlich eine ruhigere Zeit da.

Ein großes Holzschaff wird hergerichtet. Feigen, Zibeben, Zeltengewürz wurden bereits auf dem Martinimarkt am 11. November gekauft. Birnen und Zwetschgen sind längst gedörrt. Ich komme von der Schule, spüre zum ersten Mal ein heimeliges Gefühl, so, als ob die Mama in der Küche stünde. Derselbe Geruch wie daheim.

Die Mueter kocht wie immer das Mittagessen. Hertas Mutter ist hier und hilft beim Schneiden der getrockneten Früchte. Eine fröhliche Stimmung breitet sich aus. Am Abend wird noch das Mehl für den Teig vorbereitet. Ich schlafe ohne Angst ein.

Am nächsten Tag kommt mir nach der Schule der Duft von gebackenem Zelten bei der Haustür entgegen. In der Küche liegen die Zelten nebeneinander. Angeschnitten werden sie erst nach der Weihnachtsmette. Seit ich den Fisch zum ersten Mal am Berg gesehen habe, gibt es wieder etwas Gleiches wie daheim.

Knapp vor Weihnachten huscht Hertas Mutter mit einer Schachtel an mir vorbei in die Stube. Ein Gefühl sagt mir, dass ich jetzt nicht hineingehen darf. Ich höre eine Stimme „Mama" sagen. Eine Puppe? Wie kann eine tote Puppe „Mama" sagen, wenn ich als lebendiges Mädchen dieses Wort nur heimlich unter der Bettdecke aussprechen kann? Bringt mir das Christkind die Puppe? Wie kann das Christkind eine tote Puppe vom Himmel bringen?

Im Himmel leben alle weiter, sagt der Pater. Menschen, die nicht beichten gehen, kommen in das Fegefeuer. Dort werden ihre kleinen Sünden ausgekehrt, verbrannt, weggefegt. Menschen mit Todsünden sind in der Hölle, brennen, verbrennen für immer.

Vielleicht bringt das Christkind die Puppe aus der Vorhölle. Da kommen alle ungetauften Kinder hin. Ich finde das sehr ungerecht. Was kann ein Kind dafür, dass es niemand getauft hat? Wenn mir das Christkind aus der Vorhölle eine Puppe bringt, lass ich sie immer „Mama“ sagen. Sie beginnt dann wie im Himmel zu leben!

Ich schleiche mich in die Küche. Die Mueter wundert sich, dass ich so nachdenklich bin und auch mit ihr nicht spreche.

Im Advent und in der Fastenzeit ist das Essen noch einfacher als im übrigen Jahr. Am liebsten mag ich den Dienstag und den Freitag. Da gibt es sicher eine Mehlspeise, am Mittwoch und Donnerstag Knödel. Samstag macht die Mueter oft eine gute Vorspeise. Braune Bohnen werden gekocht, ein frisch gemachtes Apfelmus mit den Bohnen vermischt, mit Zucker und Zimt bestreut und mit brauner Butter übergossen. Dieses Gericht nennt sich „Apfelkienzl“. Doch Sonntag und Montag sind meist nicht meine Tage. Oft ist das Schweinefleisch fett und am Montag kocht die Mueter von den Resten Reisfleisch. Jeder Bissen fettes Fleisch treibt mir die Tränen in die Augen. Unter dem strengen Blick von Herta würge ich es hinunter.

Erst mit dreizehn beginne ich aufzubegehren und muss das Fleisch in der Futterküche, dem Raum zwischen Haus und Stall, bis zum Erbrechen fertig essen. Manches Mal hilft mir die gütige Mueter und sagt zu Herta: „Lass des Madl decht in Ruah, wenn se’s nit mag.“ Wutentbrannt schreit Herta dann: „Bein Essn isst se nicht und wenn’s a Mehlschpeis geit, siehcht ma die Zuckerrieß bis in ihr Kammer auche. Ejs steckts dem Fratz huemlig alm nouh eppes zue.

Schluss darmit!“ Die alten Leute werden mit „Ihr“, dem Majestätsplural, angeredet. Ignaz sagt am Morgen zu seiner Mutter: „Habts Ejs hein guet gschlafn?“

Auch das Abendessen wiederholt sich regelmäßig. Montag, Mittwoch, Freitag Kartoffeln in der Schale, Dienstag „abgeschmolzene“ Kartoffeln, Donnerstag Kartoffelgulasch ohne Wurst. Am Sonntag gibt es geröstete Kartoffeln ohne Ei. Ich wundere mich, warum es am Sonntag kein Rührei oder Spiegelei zu den Kartoffeln gibt. Die Hennen legen doch gleich viele Eier wie bei der Mama. Erst Anfang der sechziger Jahre wird es am Samstag geröstete Kartoffeln und am Sonntag Wurst und Käse geben, später sogar ein hartgekochtes Ei dazu.

Ich habe Fieber und muss im Bett bleiben. Ein bisschen fürchte ich mich in der Kammer mit den vielen Kästen und Betten. Herta kommt über die Stiege herauf und bringt mir ein weichgekochtes Ei. Sie sagt: „Iss, dass wieder eppes wearsch.“ Ich muss dreimal schlucken, damit ich die Tränen verdrücken kann. „Hasch Halsweah ouh?“ Ich schüttle den Kopf und sage: „Galts Gott fürs Goggele.“ Sie streicht mir über den Kopf und geht. Das Schluchzen bricht heraus. Vielleicht mag sie mich doch ein bisschen. Es ist fast wie Weihnachten, wenn sie einen weichen Ton mit mir hat.

Knapp vor Weihnachten wird ein Schwein geschlachtet. Ein aufregender Tag. Nach der Schule hängt das Schwein, bereits in zwei Hälften geteilt, in der Futterküche. Ein Bauer, der metzgern kann, kommt und löst das Schwein aus. Die Mueter rührt das Blut für Blutknödel. Mich würgt es im Hals. Lieber den Pragger als einen einzigen Blutknödel essen. Herta salzt den Speck und das Selchfleisch ein und gibt alles in ein Fass. Einsuren nennt man diesen Vorgang. Herta wäscht auch die Gedärme des Schweins, füllt sie mit gut gewürztem, faschiertem Schweine- und Rindfleisch und bindet sie ab. Die Schüblinge, wie diese Würste heißen, werden in der Selchkammer von Hertas Mama geselcht. Der Speck und das Selchfleisch kommen ebenfalls dazu. Weihnachtsschüblinge, ein besonderer Geschmack.

Heiliger Abend! Bereits am Morgen ist eine eigene Stimmung im Haus. Sogar das „Auschtiahn!" von Herta klingt anders als sonst. Die Stube ist zugesperrt. Ignaz hat einen Christbaum vom Wald in der „Schupfe" versteckt. Ich entdecke ihn beim Ausmisten. Hanna kommt bereits mit roten Wangen und kalten Händen mit der Mueter vom Rorateamt im Kloster. Zum Frühstück gibt es Malzkaffee und trockenes Brot. Bis elf Uhr vormittags ist noch Fasttag. Immer noch Advent.

Hanna verschwindet mit Herta in der Stube. Ich helfe der Mueter in der Küche. Berta kommt früher von der Arbeit heim und geht in ihr Zimmer. Die Mueter macht einen Krapfenteig und bereitet die Birnenfülle vor. Ich darf den Abtrieb für das „Nuije Schmalz" rühren. Die Mueter macht sogar den „Honig" aus Zucker und Wasser selber dazu. Sie lässt mich die Birnenfülle für die Krapfen kosten. Sie lächelt dabei und sagt: „Elfe isches, Schluss iats mit Faschtn." Der Milchreis zu Mittag ist für mich schon fast ein Festessen.

Nachmittags muss ich mit Hanna in die Kammer schlafen gehen. Das Nordfenster ist bereits zugefroren. Ich schaue auf die Eisblumen. Mir wird von innen heraus kalt. Ein Bild taucht auf. Ich sehe vor mir die große Weihnachtskrippe daheim. Ganz leise schluchze ich unter der Bettdecke. Plötzlich höre ich Hertas Stimme: „Iats kennts auschtiahn." Etwas früher als sonst beginnt die Stallarbeit. Ignaz lobt mich fürs schöne Ausmisten. Schnell abwaschen und das bessere Gewand anziehen. Berta steht schon in der Küche. Sie näht sich alle ihre Kleider selber. Der Krapfenduft vermischt sich mit dem Weihrauch.

Beim Beten weiß ich plötzlich, dass die Mama am Heiligen Abend italienischen Salat gemacht hat. Ich halte die Tränen zurück, doch die Mueter bemerkt sie und lächelt mir zu. Die Krapfen und das „Nuije Schmalz" trösten mich. Herta richtet in einer Eisenpfanne die Herdglut, die Mueter legt Weihrauch darauf. Hanna darf den Weihwasserkessel tragen. Einen Tannenzweig zum Besprengen hält sie auch in der Hand. Ich bin es ihr neidig. Schnell verdrücke ich dieses Gefühl.

„Im Namen des Vaters und des Sohnes ..." Rosenkranz betend gehen wir in den Stall. Ignaz schreitet mit der Räucherpfanne voran. Hanna besprengt Kühe, Schweine und Hühner mit Weihwasser. Wo ist die große Schwester? Ein Sturzbach von Tränen bricht hervor. Ich getraue mich nicht, mich umzudrehen, denn hinter mir geht Herta. Sie soll die Tränen nicht sehen. Es beginnt mich zu würgen und zu schütteln. Ich denke an die mögliche Puppe.

Stall, Stadel und jeder Raum im Haus wird besprengt und ausgeräuchert. Alle unguten Geister sollen vom Anwesen ferngehalten werden. Uralter Kult, der am Silvesterabend und am Vorabend des Festes der Heiligen Drei Könige wiederholt wird.

Da, die Stubentür steht offen. Der Christbaum leuchtet. Mit bunten Kugeln und silberglänzenden Girlanden ist er geschmückt. Sogar einige Zuckerringe hängen am Baum. Unterm Christbaum steht eine kleine Krippe. Wir knien um die Ofenbank und beten den Rosenkranz zu Ende. Beim „Herr, gib den armen Seelen im Fegefeuer die ewige Ruhe" blinzle ich verstohlen zum Baum und erblicke eine längliche Schachtel. Hanna stößt mich am Arm. Es ist verboten, während des Betens zu den Geschenken zu schauen. Endlich das „Amen".

Herta zeigt auf meinen Platz. Schnell zur Schachtel, den Deckel öffnen. Einen Moment erschrecke ich. Mit geschlossenen Augen, den Mund leicht geöffnet, mit dunklen Haaren und Wimpern, in einem weißrosa Kleid, mit rosaroten Socken und Schuhen liegt die tote Puppe da. Alle warten gespannt. Ich verberge mein Erschrecken und beginne zu lachen. Niemand weiß, dass ich auf einem Foto die tote Mama mit geschlossenen Augen im Sarg gesehen habe.

Ich nehme die Puppe heraus. Die Augen öffnen sich. Ich schüttle sie ein wenig, da sagt die Puppe „Mama“. Bis zur Weihnachtsmette wärme ich die Puppe.

Die Klosterkirche kommt mir bekannt vor. War ich hier voriges Jahr mit der Mama bei der Weihnachtsmette? Nebelschwaden! Hertas Nachbar singt zum Abschluss abwechselnd mit dem Kirchenchor „Wer klopfet an?“ – „O zwei gar arme Leut ...“ Wir gehen in die sternenklare, klirrende Winternacht hinaus. Herta sagt: „Siesch geaht er nit alm Kirchn; aber singen kann er guet.“ Der Weg ist viel weiter als im vorigen Jahr. Vor dem Mund gefrierender Atem, endlich die warme Stube! Die Mueter macht auf dem Weihnachtszelten mit dem Messer drei Kreuze und schneidet den ersten an. Warmen Tee hat sie bereits vor dem Mettegehen vorbereitet. Lautlos fallen ein paar Tränen in den Tee. Niemand erwähnt die Mama. Haben sie alle, außer mir, vergessen? Hanna spricht nicht einmal in der Kammer oben den Namen der Mama aus. Stattdessen: „Guete Nacht. Gelobt sei Jesus Christus.“ – „In Ewigkeit Amen.“ Schnell unter das Bett verkriechen. Die Mama kommt mit ihren aufgerissenen, schreckgeweiteten, starren Augen auf mich zu.

Die tote Puppe mit den Schlafaugen mag ich nicht. Sie bleibt kalt und steif. Nie ist sie zum Leben erwacht.

Heiliger Tag! Erst um acht Uhr ruft Herta: „Auschtiahn!“ „Ja, Herta“, gibt Hanna zur Antwort. Ich kann nicht verstehen, warum Hanna so leicht Herta sagen kann. Mir bleibt dabei immer die Zunge am Gaumen kleben. Heute brauche ich nicht in die Kirche zu gehen. Ich darf sogar am Vormittag lesen. Der Postbote hat zwei Bücher mit dem Stempel „Wien“ gebracht. Was war mit Wien? Wien, Wien, ja, jetzt habe ich es. Von Wien kamen die Sommergäste bei der Mama. Warum wissen sie, wo ich jetzt bin? Für mich ist das Buch von Alma Holgersen „Die drei Hirtenkinder von Fatima“ bestimmt.

Mein erstes Buch! Eine neue Welt tut sich auf. Mit hochrotem Kopf sitze ich beim Ofen und vergesse alles um mich herum. Die Wörter tanzen vor meinen Augen. Ich tanze bis Fatima, wo die heilige Maria den Hirtenkindern erscheint. Wunderschön ist sie, mit einem weißen Kleid und einem hellblauen, zarten Umhang. Sie sagt zärtliche Worte zu den Kindern. Ich blicke zur Puppe auf dem Diwan, die ein Traumkleid trägt. Doch sie ist tot. In meinem Buch lebt jeder Buchstabe und ich bin mittendrin. Ich bin Lucia, das älteste der drei Hirtenkinder. Ihr vertraut die heilige Maria am meisten an. Einen Moment glaube ich, Maria in ihrem blauen Mantel zu erblicken. Wie gütig sie lächelt! Ich schaue zur Weihnachtskrippe. Maria ist mit einem blauen Mantel umhüllt, doch sie lebt nicht. In meinem Buch höre und sehe ich sie.

Auf einmal die Stimme von Herta: „Essn giahn." Für einen Augenblick weiß ich nicht, wo ich bin. Heute gibt es Nudelsuppe mit Würsteln, Wiener Schnitzel mit Kartoffelsalat. Mir fällt Mamas Essen am Tag vor ihrem Tod ein. „Was plearsch schue wieder?" Hertas Stimme klingt ganz anders als die von der heiligen Maria im Buch. Ein paar Tränen machen Kreise auf der Nudelsuppe. Starr blicke ich auf den Teller und stelle mir die Mama gemeinsam mit der heiligen Maria im Himmel vor.

Weiter Almboden. Hochsommer! Ein Polster mit Bergblumen zur Mittagsrast. Die Frau sitzt am Boden und ist leicht benebelt von all den intensiven Gerüchen und Farben. Almrausch, Brunellen, Steinröschen.

Ein Zirbenbaum. Wie vielen Stürmen hat er standgehalten?

Ein Gewitter braut sich zusammen. Noch kämpft sich die Sonne durch immer dunkler werdende Wolken. Ein Blick über den Waldrand auf die andere Talseite. Unten im Tal das Dorf der zwei Kindheiten. Auf dem Weg zum Berg ein Weiler mit Wiesen. Zwei, drei Häuser, eine Kapelle. Ein schmaler Pfad durch die Wiesen.

Tief verschüttete Bilder tauchen auf.

Fünfzig Jahre wie ein Windhauch. Zwei Muttertage steigen gleichzeitig auf.

Im ersten Jahr nach Mamas Tod pflückt das Mädchen, während Herta an der Frühmesse im Kloster teilnimmt, neben der Hausmauer einen Strauß gelber Narzissen und stellt sie in einem Glas auf den Küchentisch. Herta kommt bei der Tür herein. Noch ehe das Mädchen einen Ton herausbringt, geht das Donnerwetter los.

Auf der Alm soeben der erste Donner. Die Frau steht auf, geht, so schnell sie kann, zur Hütte. Noch einmal fällt der Blick auf die andere Talseite. In ihrer Erinnerung taucht sie in den zweiten Muttertag nach dem Tod der Mama ab.

Das Mädchen will Herta zum Muttertag eine Freude machen. Es geht am Vormittag heimlich den steilen Hang zu den Bergwiesen hinauf. Alles ist blau, als ob der Himmel auf die Erde gefallen wäre; blau von Enzianblüten. Die Schürze füllt sich fast von selbst mit all dem Blau. Eine Schüssel für Herta, eine Schüssel für Mamas Grab, eine Schüssel für den Maialtar in der Kammer. Die Mueter hat dem Mädchen für den Altar eine Marienstatue geliehen und ihm gezeigt, wie die Schüsseln gefüllt werden; in die Mitte kommt ein Stein und etwas Wasser, sodass die Enziane Halt haben und aufblühen können.

Gibt der blaue Mantel Marias dem Mädchen Halt, sodass es aufblühen kann? Hallt das Gebet an Mamas Grab bis tief unter die Erde hinein und dringt der Duft der Enziane auch so weit?

Das Mädchen hält Herta am Muttertag eine wunderschöne Schüssel hin, voll mit blauen Enzianen. Dieses Mal lächelt sie.

Schwere Regentropfen klatschen nieder. Durchnässt kommt die Frau bei der Hütte an.

In den Sommerferien richtet Herta auf dem Dachboden ein Matratzenlager. „Wenn iats noche die Summerfrischler kemen, miassts ejs Unterdach doubm schlafen.“ Das Einschlafen ist noch schlimmer als in der Kammer, denn am Dachboden stehen einige Kästen von daheim. Mit Herzklopfen warte ich auf Hanna, die später zu Bett gehen darf. Angewiesen sein, Angst, ob die Mama mit ihrem starren Blick aus dem Kasten hüpft. Sehnsucht nach der wirklichen Mama. Alles verstärkt sich in der Dunkelheit. Regentropfen klatschen aufs Dach. Endlich höre ich Hanna die Stiege heraufkommen und die Gäste mit Herta lachen. Langsam löst sich der Krampf. Abendgebet, einschlafen.

Der erste Sonntag im August ist der Portiunkulasonntag. An diesem Tag kann man einen vollkommenen Ablass gewinnen, hat der Pater am Schulschluss gesagt. Wenn man nämlich für Verstorbene betet, was der Papst vorschreibt, werden diesen alle zeitlichen Sündenstrafen erlassen. Ich weiß zwar nicht genau, was das heißt, aber so viel verstehe ich, dass die Mama dann weniger lang im Fegfeuer warten muss, bis sie in den Himmel kommt. Für mich ist die Mama zwar längst eine Heilige, aber man kann ja nicht wissen, wie streng Gott ist. Ich lese im Kirchenblatt, welche Gebete vorgeschrieben sind, und gehe mit der Mueter zur Frühmesse in die Klosterkirche. Der Dorffriedhof liegt rund um die Pfarrkirche. Bevor ich in die Pfarrkirche hinaufgehe, sagt die Mueter zu mir: „Du muesch aber nit in ganzn Voarmittag beten." – „Eijo!" Einige alte Frauen sitzen bereits in den Kirchenbänken und beten. Es ist eine ganz eigenartige Atmosphäre in der Kirche. So, als ob alle gemeinsam Gott dringlichst umstimmen wollten. Nach jedem vorgeschriebenen Gebet gehe ich zu Mamas Grab und besprenge es mit Weihwasser. So verbringe ich den ganzen Vormittag mit Beten. Die einzige Unterbrechung ist der Hauptgottesdienst in der Pfarrkirche, bei dem ich die Gebete weitermurmle. Zu Mittag habe ich ein gutes Gefühl im Bauch. Ich habe für die Mama den Himmel erbetet.

Jahrtag! Am Morgen hole ich das Sterbebild der Mama aus der Schublade. Es ist von den Tränen ganz verklebt, von viel zu vielen Tränen. Mamas Bild ist ganz verschwommen. Jetzt habe ich nur mehr mein inneres Bild von der Mama und ab und zu beim Einschlafen ihr Gesicht mit den schreckensweiten, starren Augen vor mir. Im Lauf des Jahres hat immer öfter eine knochige Hand nach meinem Hals gegriffen. Oft denke ich mir am Tag eine Geschichte aus, die ich unter der Bettdecke weiterspinne. Dann vergesse ich die knochige Hand. Aber das Herz klopft noch immer in der Dunkelheit. Beim Jahresgottesdienst sehe ich zum ersten Mal seit Mamas Tod meine große Schwester wieder. Ich beginne vor Freude zu weinen. Sie ist so schön geworden, und sie hat eine weiße Rüschenbluse und weiße Schuhe an. Ansonsten ist sie wie Hanna und ich schwarz angezogen. Von Herta bekommt sie wegen der Schuhe einen tadelnden Blick. Aber meine große Schwester hat vor Herta keine Angst. Nach der Messe stehen alle am Grab. Ich erkenne so manche frühere Nachbarin. Ab und zu streicht mir eine über den Kopf. Ich fühle mich traurig und wohlig zugleich, aber ich mag nicht, dass meine große Schwester mit der Familie meines Onkels heimgeht. Ein lauter Schluchzer zum Abschied. Meine große Schwester verspricht, dass sie mich bald besuchen kommt.

Das schwarze Gewand wird gewaschen und im Kasten verstaut. „Iatz isch die Trauerzeit um", sagt Herta. Ich bin trotzdem traurig.

Die Frau betritt mit einer Freundin, einer Theologin, das Kloster. Mitten im modern umgebauten Ausstellungsraum eine alte Tür. Die Hintertür zur Klosterkirche! Wie war sie als Jungscharmädchen stolz, wenn der Pater den Schlüsselbund aus dem Kuttensack holte, die Hintertür aufsperrte und die Mädchen mitten in der Kirche standen. Es war wie auserwählt sein, etwas Besonderes sein.

Jetzt holt wieder ein Pater den Schlüsselbund aus der Tasche und sperrt die Tür auf. „Waren Sie länger nicht mehr hier?" Die Frau errötet und stottert: „Ja, eine Weile nicht. Danke, dass ich meiner Freundin die Kirche zeigen darf."

„Weißt du, ich kann dem Pater nicht sagen, dass ich das Kloster zehn Jahre nicht betreten habe, obwohl mich einige Ausstellungen sehr interessiert hätten. Die Schwelle war nicht zu überschreiten, eine innere Sperre nicht zu überwinden!"

„Warum nicht?"

„Ich hatte Angst zurückzufallen, mich wieder an den süßen, betäubenden Geruch des Weihrauchs zu erinnern, an all die bindenden Erinnerungen meiner Kindheit und Mädchenzeit. Zu viel ist in den letzten zehn Jahren geschehen. Hinschauen, Illusionen erkennen, loslassen, klar sehen, umgehen lernen. Erst heute kann ich eintreten. Es ist verrückt für mich, mit dir durch die Hintertür einzutreten. Schau, da vorne das Bild! Es hat sich tief in meine Seele eingeprägt. Salvator Mundi. Wie oft habe ich als Mädchen überlegt, was diese fremd klingenden Wörter wohl bedeuten. Heiler der Welt. Damals war ich überzeugt, dass die römisch-katholischen Christen und Christinnen die ganze Welt bekehren müssten und ich ein großes Stück dazu beitragen muss.

Unser Jungschargebet lautete: ‚Herr Jesus Christus, du hast uns gerufen zu deinem Dienst. Mit Leib und Leben sind wir dein Eigentum. Arbeit und Spiel, Kampf und Not – oder Tod? –, alles bindet uns an dich. Mach uns stark ...'

Stark wollte ich werden und kämpfen, mich einsetzen für Christus und sein Reich. Für mich waren mehr als das halbe Leben Heiler der Welt und Bekehrung dasselbe. Eine große Aufgabe, die ich als Mädchen wie ein Schwamm aufgesogen habe. Ich wollte unbedingt ein Teil in diesem großen Räderwerk der einzig wahren, römisch-katholischen Kirche sein und mir dabei den Himmel verdienen. Niemand sollte für mich Ablass beten müssen.

Ich könnte stundenlang Texte aufsagen, die sich in mein Hirn eingekerbt haben. Nichts begriff ich noch vom Reiter auf dem Dach, der schwere Schatten in die Mädchenseele wirft. Lei a Madl – nur eine Frau; zugewiesene Plätze, von Männern erdacht. Trotzdem gewachsen."

Fast niemand hat es verstanden, als die Frau ihren Rückzug begann, in ihrer eigenen Heimat ins Exil ging. Extrem, selbstzentriert, dem eigenen Mann das Kirchenamt nicht vergönnen, waren nur einige Kommentare, als ihr Mann nach langem Ringen zum ständigen Diakonat nein sagte.

Vieles im Leben wäre uninteressant, wenn es nicht verboten wäre, schrieb eine Mitarbeiterin einer kirchlichen Frauengruppe. Doch ihr gingen die Augen auf. Das nachkonziliare „Wir alle sind Kirche" wird nur halbherzig von einigen liberaleren Klerikern umgesetzt und bleibt bis auf weiteres ein Traum von aufgewachten Christinnen. Der Boden tat sich unter ihren Füßen auf, als sie den für sie als Frau entscheidenden Satz aus Priestermund hörte: „Ein verheirateter Diakon kann mit seiner Frau leben. Nach ihrem Tod darf er nicht mehr heiraten." In Gottes Namen, können sie mich wenigstens nicht erschlagen, denkt sich die Frau. Trotzdem, es ist der entscheidende Schlag mitten ins Herz, mitten in ihre Frauenwürde.

Man könne ja um Dispens in Rom ansuchen. Und schließlich sei sie um elf Jahre jünger als ihr Mann. Heute kann sie über dieses Trostpflaster nur mehr den Kopf schütteln. Ja, die Gnade von oben, von Herrschaft, ein gnädiges Mittel, die Menschen gnädig zu stimmen. Wer den Thron besetzt, hat leicht gnädig sein.

„Bist du verbittert nach all den Erfahrungen?"

„Dann wäre ich mit dir nicht einmal durch die Hintertür hineingegangen!"

Die Frau ist aufgewacht. Kirche – Charisma und Macht – ist die Erkenntnis. Ob Not oder Tod bindet, ist heute gleichgültig, nur das, was tief in ihrem Inneren spürbar ist, hat Gültigkeit. Viel zu lange hatte sie ein Gottesbild, bei dem Not und Tod von Gott kommen. Es hat sich in den hintersten Winkel geschlichen. Endlich einatmen, ausatmen, aufatmen.

„Siehst du beim Haupteingang das berühmte Rosengitter? Mit zwölf durfte ich dem Bischof und dem gesamten Klerus, vor all den vielen Menschen, ein siebenstrophiges Gedicht aufsagen, das die Tante des Primizianten geschrieben hatte."

Ihre erste öffentliche Bewährungsprobe. Kein Stottern, kein Vergessen. „Neupriester schreite zum Altar / das Opfer darzubringen. / In Dank und Freude sollst du heut / dem Herrn das Loblied singen. / Du bist am Ziel / du hast erreicht / was du ersehnt mit Bangen. / Das Heilandherz / es wartet schon / dich liebend zu umfangen …"

„Für einen Primizsegen soll man sich eine Schuhsohle durchtreten, so viel wert ist er. Und mir hat der Primiziant nach dem Hochamt über die Haare gestrichen und sich bedankt für das schöne Gedichtaufsagen."

„Jetzt verstehe ich erst, wie bei dir eine so starke Bindung entstehen konnte. Auch Freude und Anerkennung bindet, nicht nur Drohung, Schläge und schlechtes Gewissen."

„Wir müssen zurückgehen. Um sechs ist vorne beim Hochaltar Chorgebet. Der Pater kommt fünf Minuten früher und sperrt uns wieder die Hintertür auf."

Schlüsselgewalt – binden und lösen – bibelschwere Worte, sogar für den Ausnahmebesuch.

„In dieser Seitenkapelle haben wir geheiratet, davon später. Schnell noch das Grab der Tiroler Landesfürsten. Schau, unter dem Kreuz stehen drei Marien, christliche Fortsetzung weiblicher Gottesvorstellung."

„Ich mag mich damit gar nicht mehr befassen! Als Theologin bin ich in dieser Kirche an meine Grenzen gekommen. Ich halte Abstand!"

„Schau dir noch einmal das Gesamtkunstwerk an. Es ist sicher eine der schönsten Barockkirchen Österreichs."

„Danke, Pater, vielen Dank für Ihre Großzügigkeit." Er lächelt, die Hintertür fällt ins Schloss. Einen Schritt zurückgegangen. Trotzdem vorangekommen.

Draußen umfängt die beiden Frauen ein ungewöhnlich klarer Spätsommernachmittag. Die Berge sind zum Greifen nah. Zwei Tage später bricht es los, es kommt zu einer der größten Hochwasserkatastrophen in der Geschichte Tirols. Doch heute ist der Reiter auf dem Klosterdach zum Anfassen nahe, so, als ob man gleich aufsitzen und mitreiten könnte. Meinhard II., der Gründer des Stiftes, sitzt herrisch im Sattel. Die Landesfürsten haben gut investiert.

Nein, nicht schon wieder träumen von wegen mitreiten, mitkommen, dabei sein oder sogar selber im Sattel sitzen wollen. Zu lange nachgelaufen, so lange, bis der Atem stockte. Der Reiter auf dem Dach hat lange genug seinen Schatten geworfen. Jetzt glitzert er in der Spätnachmittagssonne.

Du kannst reiten, wohin du willst!

„Da drüben ist das Portal zur Seitenkapelle. Hier sind wir nach dem Hochzeitsgottesdienst herausgetreten. Die Kutsche, almrosenbekränzt, hat bereits mit zwei Pferden und einem Kutscher gewartet. Herrn habe ich keinen gewählt. Wie hätte ich sonst wachsen können? Fünf Studenten des Skigymnasiums haben mir Almrosensträuße überreicht. Mit neunzehn war ich bereits Chefköchin dort. Kochen, bekochen, selber oft auf das Essen vergessen."

„Was ist das für ein Gebäude?"

„Hier war die Verwaltung des Klosters. Von dem Fenster da oben hat man die Mama schreien gehört, damals, als der Abt die Pacht zurücknehmen wollte und der Mama die Wohnung über dem Schweinestall zugewiesen hat. Da links haben meine Großeltern mütterlicherseits gewohnt. Der Großvater, ein schlaksiger, großer Mann, kam aus dem Oberland und hat als Klostermüller gearbeitet. Die Großmutter war ein verschenktes Kind von einem Pfannenflicker aus Sizilien. Doch das hab ich erst mit fünfzig Jahren erfahren! Unter diesem langgezogenen Dach waren die Volksschule, ein Lebensmittelladele und ein paar Kammern für die von der Gesellschaft Ausgegrenzten. Alle haben unter diesem Dach gelebt.

Durch diesen Torbogen bin ich mit Ignaz auf der Kutsche hineingefahren. Hinaus ging es nach dem ‚Bis dass der Tod euch scheidet' mit meinem Mann auf der Kutsche. Die Taufgotl hat mit Tränen in den Augen gesagt: ‚Dieses Fest hätte deine Mama noch erleben sollen!' Doch ich wollte weiter auf der Kutsche bleiben, das Gefühl des Verliebtseins auskosten und nicht auf dem Boden einer Paarbeziehung ankommen. Lange Zeit war ich verliebt in das Gefühl des Verliebtseins. Schon als Mädchen habe ich beim Lesen von Schundromanen, wie sie Herta genannt hat, davon geträumt.

Zwei Tage vor der Hochzeit haben mein Mann und ich bei Schneegestöber Almrosen aus dem Ötztal geholt. Herta hat daraus für die Kutsche eine wunderschöne Girlande gewunden. Ich war überrascht und gerührt. Tage vorher, als die gestickte Bettwäsche, für die ich jahrelang einen Wäschesparbrief eingezahlt hatte, kam, war ihr Kommentar: ‚Du wearsch ouh nouh in dia schiane Bettwäsch eicheplearn.' Gute Aussichten für eine junge Braut."

Jede in ihre Gedanken versunken, verlassen die beiden Frauen das Kloster.

Ich fahre gern zu meiner Taufgotl den Brunnen „einziggeln". Sie hat noch kein fließendes Wasser im Haus. Zuerst wird die Wasserleitung in den Stall gelegt. Obwohl das Einziggeln eine schwere Arbeit ist, macht es mir Spaß. Auch kann ich mit einem Lob von meiner Gotl rechnen. Ich wundere mich immer, wo das Wasser herkommt. „Es ist Grundwasser", sagt die Gotl. Grundwasser, auf den Grund kommen, zugrunde gehen; ich weiß noch nichts von der Bedeutung dieser Wörter. Bald ist der Brunnen bis zum Rand voll. „Brav bisch gwesn." Ich strahle übers ganze Gesicht.

Meistens ist auch die Nale anwesend. Sie hält stundenlang ihren Urenkel auf dem Schoß, erzählt ihm Geschichten oder schaut mit ihm Einkaufskataloge an. Bei den Büstenhaltern sagt sie: „Dejs sein lei augschtangerte Knödl", und blättert schnell um. Ich werde daneben rot im Gesicht.

Einmal erlebe ich einen großen Streit zwischen den Frauen. Dabei haben sich die Nale und ihre Enkelin verbündet. Ich helfe im

Stillen meiner Gotl. Ich bin sehr traurig und fahre weinend mit dem Fahrrad heim. Inzwischen nenne ich es „darhuem", obwohl ich mich noch nicht ganz „huemisch" fühle. Am Abend halte ich es nicht mehr aus und sage zu Herta: „Sie sein hein mit der Gotl beas gwesn." Sie schreit darauf mit hochrotem Gesicht: „Dejs geaht ins alls nicht mieh ou. Und merk dir dejs ua fiar alle Mal: Ma trejt nicht ausn Haus!" Ich kann Herta nicht verstehen. Die Mama ist oft noch zu einer Nachbarin gelaufen und hat erzählt, was ihr missfiel. Dann kam sie wieder singend heim.

Manchmal begleitet mich die Nale nach dem Einziggeln auf dem Feldweg ein Stück heimwärts. Tief prägen sich mir ihre Worte ein. „Enker Mama isch halt viel z'guet gwesn. Sie hat lei alls vertragn. Bochetn von Speck sein zu ihrer Schwester ins Gaschthaus kemen. Und vergiss nie, dass ejs Stampfers seids!"

Hanna weiß bereits, was dieses Wort bedeutet. Sie ist stolz, gescheit, eigenwillig und schön. Mir wird nur mein Eigensinn vorgeworfen. „Was se nit will, tuet se nit, da kannsch se derschlagn. Und was se nit mag, frisst se nit, lieber isst se gar nicht", höre ich Herta zu einer Nachbarin sagen. „Stundnlang hängt se in Trial oche und mullt voar sig hin." „Stampfers Mulli" schreien mir manche Mitschülerinnen nach. Später hebt sich mein Status. In der Hauptschule werde ich „Ann-Molli" genannt.

Ich höre das Pferd samt Reiter galoppieren. Ein langer Schatten fällt ins Klassenzimmer. Mein Herz rast. Rot im Gesicht starre ich die Lehrerin an. Peter darf ins Gymnasium gehen und ich nicht! Ich kann es nicht verstehen. Die Lehrerin streicht mir tröstend über die Haare. „Weißt du, die Mädchen brauchen nicht zu studieren; sie heiraten und bekommen Kinder. Falls du unbedingt Lehrerin werden willst, kannst du später in die Lehrerbildungsanstalt gehen." Das Wort „Anstalt" bleibt mir hängen. In der Nervenheilanstalt ist der Tate. Anstalten sind traurig und dunkel. Mir schießen Tränen in die Augen. „Aber ich kann alles gleich gut wie der Peter.

Ich will auch studieren." – „Du bist ein Waisenkind, dein Vater kommt nicht mehr von der Anstalt heim, deine Mama ist gestorben. Das Gymnasium kostet Geld. Peters Vater hat selber studiert. Man braucht studierte Männer." – „Hanna darf im Herbst nach Innsbruck in die Handelsschule gehen", schluchze ich auf. „Ja, dafür haben sich der Pater und der Schuldirektor eingesetzt. Sie ist außergewöhnlich talentiert und möchte Sekretärin werden!"

Drei Jahre später werde ich Herta verächtlich sagen hören: „Vo'r Volksschuel aus in d'Handlsschuel habm se sie gschickt. In Zeignis alls Uaser und drei Monat spater hat se spinnen ougfangen. Gleich wie ihr Vater. Des hat ma vo dear Gscheidheit!"

Die Lehrerin tröstet mich. „Hör auf zu weinen. Ich schlage dich für die Hauptschule vor!"

Hauptschule? Dieses Wort habe ich doch schon gehört. Ja, die Mama hat gesagt: „Wenn ih die Baurschaft nimme derpack, geah ih in d'nuije Hauptschuel als Schuelwartin. Hoffentlich braucht ma det kuen Mannets darzue. Dejs wear ih schue derrichtn. Mei Lebtig han ih Manderleitsarbet tien miaßn."

Wollte die Mama auch mitreiten mit dem Reiter auf dem Dach?

Ich habe das ganze Schuljahr so viel gelernt, bin die Beste der Mädchen, gleich gut wie der Peter. Es beginnt mich zu schütteln. Das Pferd mit dem Reiter versucht mich abzuwerfen.

Ich mache die Tür zum Klassenzimmer auf und staune. Eine Don-Bosco-Schwester steht an der Tafel. „Komm nur herein, ich bin jetzt deine Klassenlehrerin." Ich schaue mich um. Ein Mädchen und vier Buben kenne ich aus der Volksschule. Alle anderen Kinder vom Dorf gehen weiter in die Volksschule. Peter fährt nach Innsbruck ins Gymnasium. Wie beneide ich ihn darum. Ich setze mich auf einen freien Platz in die dritte Reihe. Neben mir packt ein fremder Bub seine Schultasche aus. Es ist sehr komisch, neben einem Buben in der Bank zu sitzen. Etwas verlegen sage ich: „Griaß dih." Er lächelt mich an. „Ih bin von Ötztole", flüstert er mir ins Ohr.

Meine neuen Klassenkameraden und -kameradinnen kommen aus verschiedenen Orten Tirols. Ich war außer in den Nachbardörfern Mötz und Rietz noch nirgends. Die meisten Mädchen sind sehr schön angezogen und tragen nicht einmal eine Schürze. Außer zur Sonntagsmesse muss ich immer eine Schürze umbinden.

Ich betrachte die Don-Bosco-Schwester. Woher kenne ich sie? In meinem Kopf krabbeln lauter Ameisen. Mir wird heiß. Ein Bild steigt hoch: Ich mit schwarzen Schuhen bei der Erstkommunion, daneben die Don-Bosco-Schwester.

„Ja, ich war schon einmal deine Lehrerin. Träumst du immer noch so viel? Ist deine Schrift inzwischen schöner geworden?" Die anderen Kinder beginnen zu lachen. Ich werde rot im Gesicht. „Ich bin eure Klassenlehrerin und hoffe, dass ihr euch gut benehmt, fleißig seid und sauber arbeitet. Manche Fächer werden andere Lehrer und Lehrerinnen unterrichten. Macht mir keine Schande. Wenn jemand Probleme hat, bitte zu mir kommen." Wie bin ich froh, dass fast niemand von meinen Mitschülern und Mitschülerinnen weiß, dass mein Tate in Hall im Irrenhaus lebt und meine Mama gestorben ist. Nur die Don-Bosco-Schwester weiß alles von mir, mehr als ich selbst weiß. Ich bin ja so froh, dass jetzt manches Mal Fetzen von früher hinter dem Nebel hervorbrechen. Ich weiß jetzt nämlich ganz genau, was am Todestag von der Mama alles passiert ist.

Die Don-Bosco-Schwester sagt zu mir: „Erzähl deinen Mitschülern und Mitschülerinnen etwas von den Sehenswürdigkeiten hier im Dorf!" Stolz verkünde ich mein Wissen: „Das Kloster Stams wurde 1273 vom Grafen Meinhard II. von Görz und Tirol zum Andenken an den in Neapel 1271 hingerichteten letzten Hohenstaufer Konradin gestiftet. Konradin war der Enkel von Kaiser Friedrich II. Im Kloster gibt es auch die Fürstengruft. Dort wurden lange Zeit die Tiroler Fürsten begraben. Der Reiter auf dem Klosterdach ist Meinhard II. Er überwacht das Kloster. Der Bernardisaal ist wunderschön und auch das Rosengitter vor der Blutskapelle. Früher gehörte das ganze Dorf dem Kloster. Stams hat das schönste Kloster weit und breit." Die Don-Bosco-Schwester lächelt. Die Kinder klatschen. Ich bin glücklich.

Bei der großen Landesausstellung im Kloster 1995 wird sich die Frau in die Geschichte des Klosters vertiefen. Sie wird lesen, dass die Gründung des Klosters als Erinnerung an die Ermordung von Konradin erst als Legende einige Jahrhunderte später aufkam und ab der Barockzeit gerne weiterverbreitet wurde. Graf Meinhard II. von Görz und Tirol war mit der Witwe des letzten Stauferkönigs Konrad IV. verheiratet. Er gründete das Kloster einerseits aus Sorge um sein Seelenheil und das seiner Frau und seiner Vorfahren. Damals glaubte man noch, sich den Himmel erkaufen zu können. Auch wollten er und seine Gemahlin ihre religiöse Gesinnung demonstrieren. Andererseits verfolgte er mit dieser Gründung auch politische Absichten. Meinhard wollte sich durch diese fromme Tat die Ansprüche auf das staufische Erbe im oberen Tiroler Inntal sichern und zugleich eine Grablege der Dynastie in Stams errichten. Das Kloster sollte eine Klammer sein zwischen dem alten Tiroler Erbbesitz im Süden und dem neuen Machtbereich nördlich des Brenners.

Wie hat die Frau als Kind die großmütige Tat Meinhards II., zur Erinnerung an seinen enthaupteten Stiefsohn Konradin ein Kloster zu bauen, beeindruckt. Doch weltliche und geistliche Macht waren immer verbunden und wurden hier durch die Legende beschönigt.

„Vor hundertfünfzig Jahren wurde Andreas Hofer, unser großer Freiheitsheld, in Mantua erschossen. Ihr könnt dazu ein Jubiläumsheft anlegen. Erkundet und sucht in Kalendern und Zeitungen, was über Andreas Hofer in diesem Jahr geschrieben wird." Ich blicke die Don-Bosco-Schwester erwartungsvoll an. Deutsch und Geschichte sind meine Lieblingsfächer. „Am Beispiel von Andreas

Hofer könnt ihr sehen, wozu ein Mensch fähig ist, wenn er an Gott und seine Heimat glaubt." Sofort beschließe ich, ein schönes Heft zu gestalten.

Gleich beauftrage ich die Mueter, mir alle Zeitungen aufzubewahren. Sie muss lächeln. „Was tuesch dir denn schue wieder so viel ou, Madl?" Sie streicht mir über den Kopf. Mir wird ganz warm. Ich mag die Mueter ganz gern.

Während Herta im Stall ist, durchstöbere ich den Bauernkalender und den Reimmichlkalender, schneide die mir wichtig erscheinenden Artikel aus und beginne, damit das Heft zu füllen. Auf die erste Seite kommt der Spruch: „Treu sein im Kleinen legt den Grundstein für große Taten." Ich will auch im Kleinen treu sein, um später Großes leisten zu können. Darunter klebe ich ein Bild von Andreas Hofer in grün-roter Südtiroler Tracht. Im Bild kommt er mir wie ein Vater vor, der sein Land vor den Feinden beschützt. Mir fällt der Tate in Hall ein. Er braucht selber Schutz. Deswegen haben sie ihn hinter dicken Mauern eingesperrt. Eine Träne fällt auf Andreas Hofers Bild.

Hoffentlich blättert Herta nicht die Kalender durch. Doch bald beginnt ja die Feldarbeit und dann schaut sie sowieso in keinen Kalender mehr. Und Ignaz wird mich nicht verraten.

Am Sonntag nach dem Gottesdienst schneide ich jede Woche die Zeitungsartikel aus: Aufrufe des Landeshauptmanns zum Beten und Opfern für das verlorene Südtirol, Heldenreden über die tapferen Kämpfer, die das Land vor den aufklärerischen Franzosen retten wollten, Artikel über die ungläubigen und geldgierigen Bayern. Alles klebe ich sorgsam ins Jubiläumsheft.

Fast fünfzig Jahre später, als die Frau endlich wieder einmal das Heft hervorholt, liest sie von mancher Verbitterung einzelner Frauen und Männer, die ihr Leben, ihr Hab und Gut einsetzten und nach den verlorenen Schlachten keinen Dank ernteten. Damals hat sie diese Seite des Freiheitskampfes nicht begriffen. Sie brauchte Helden, um selber stark zu sein. Ihr Heft war natürlich das umfangreichste. Die Don-Bosco-Schwester zeigte es der Klasse. Sie war sehr stolz!

Das Interesse der Frau am politischen Geschehen wurde sehr früh geweckt. Vielleicht, weil Berta in der Gemeinde arbeitete und Ignaz in der Gemeindepolitik mitmischte und sie beide öfters über Politik diskutierten, wenn Herta nicht in der Nähe war. Oder gar, weil die Mama sich immer unverblümt zu Obrigkeit und Politik geäußert hatte.

In der „guten Truhe" findet die Frau nach vielen Jahren wie in einem Spiegel ihre Erziehung bestätigt. Mit siebzehn, sie hat soeben ihre Kochlehre beendet, bekommt sie von ihrer ehemaligen Lehrerin einige Fragen zugeschickt mit der Bitte, sie für eine Umfrage der Don-Bosco-Schwestern zu beantworten. Warum sie wohl ihre Antworten ein zweites Mal niederschrieb und aufbewahrte? Vielleicht, weil sie sich in diesen Fragen existenziell wiederfand.

Die Frage „Interesse für Politik?" beantwortet die Siebzehnjährige folgendermaßen:

*Die Politik ist für uns junge Menschen äußerst wichtig. Ich persönlich befasse mich sehr gerne mit der Politik. Schließlich sind ja wir bis in zwanzig Jahren die Generation, von der die Zukunft unseres Vaterlandes abhängt. Deshalb genügt es nicht, wenn wir nur sagen: „Das sollen die Alten machen, auf uns hört man ja doch nicht!" Jeder von uns soll sich wirklich mit Politik befassen. Es kann und darf uns nicht gleichgültig sein, wer unser Vaterland regiert. Viele von uns sagen: „Mir ist das gleich, wer regiert, die Hauptsache ist, es geht uns gut." Das ist zu wenig. Jeder von uns ist verpflichtet, sich selber ein Bild zu machen, sodass er dann auch aus innerster Überzeugung wählt. Nicht nur einfach jemanden wählen, den die anderen auch wählen, sondern die wählen, die man auch mit dem eigenen Gewissen vereinbaren kann. Kann denn ein Christ mit ruhigem Gewissen jemanden wählen, von dem er weiß, dass der überhaupt nicht an Gott glaubt? Ich glaube kaum. Es kommt auf jede einzelne Stimme an. Wir sind ja ein demokratisches Volk. Deshalb ist es sehr wichtig, dass sich jeder von uns mit Politik befasst, damit auch in Zukunft Österreich so bleibt, wie es unsere Väter aufgebaut haben.*

Das Interesse an der Politik ist geblieben, lange Zeit vor allem an kirchenpolitischen Themen. Die besten Jahre ihres Lebens hat sie sich für eine zeitgemäße Sprache in der Verkündigung der christlichen Botschaft und für eine Strukturerneuerung eingesetzt. Die Frau schüttelt den Kopf, denn ihr wird klar, welche Macht der Reiter auf dem Dach bei der Beantwortung dieser Frage hatte. Die Väter und ein Vatergott hatten bestimmt, aber schon damals war ihr Demokratie sehr wichtig.

„Schluss, aus. Hear au mit dia altn Gschichtn. Det isch Krieg gwesn, fertig, aus." Ich kann nicht verstehen, warum Ignaz nichts vom Krieg erzählen darf. Die Mama ist oft stundenlang bei einer Freundin auf der Bank gesessen und sie haben alte Zeiten aufgewärmt.

In der Nähe gibt es ein bekanntes Gasthaus mit dem schillernden Namen Römisch Deutscher Kaiser, als ob alle, die ein und aus gehen, das Kaiserreich wieder herbeisehnen würden. Doch der Wirt glaubte an einen anderen Kaiser. Er vertraute dem Endsieg des Führers und versuchte ihm dabei zu helfen, indem er durch Bekanntgabe der Namen von einsatzfähigen Mädchen für Nachschub sorgte.

Zwei Mädchen aus Deutschland arbeiteten zu seiner vollsten Zufriedenheit bei ihm. Mamas Freundin besuchte öfters ihre Schwester in diesem Gasthaus und lernte so die beiden Mädchen kennen. Plötzlich bekamen sie den Einberufungsbefehl zum Hilfsdienst in Köln. Ein trauriger Abschied vom noch friedlichen Tirol. In Köln angekommen, gab es Fliegeralarm. Zerbombte Häuser. Not, Verzweiflung und Elend. In manchen Gesichtern sahen die Mädchen, dass nicht mehr alle an den Endsieg glaubten. Sie desertierten, schlugen sich bis ins Klosterdorf durch, klopften mitten in der Nacht bei Mamas Freundin an. Diese machte ihnen auf, versteckte sie auf dem Dachboden, fütterte sie bis Kriegsende durch. Ihr Mann war ein Nazi, der Schwager ebenfalls. Von der einen Dachluke sahen die beiden Mädchen zum Haus des Schwagers, des wichtigsten Parteifunktionärs, von der anderen zum Dorffriedhof. Das Wort „Verrat" schwang bei jedem Glockenläuten in ihren Ohren mit. Doch der Mann von Mamas Freundin hielt dicht.

Als die Amerikaner zu Kriegsende bis in den Klosterhof vordrangen und sich nach hiesigen Nazis erkundigten, zeigte der Mann von Mamas Freundin stolz auf sein Haus, wo auf dem Dachboden die beiden Mädchen warteten. Man kann ja nie wissen. Vielleicht war es ein Milderungsgrund bei den Besetzern oder Befreiern – je nach Einstellung. Auf alle Fälle befreiten die Alliierten die beiden Mädchen vom Dachboden. Endlich konnten sie frei atmen. Sie besuchten dann noch viele Jahre ihre Beschützerin.

Inzwischen ist die Liste der Dorfnazis längst mit Tinte festgeschrieben. Herta bekommt einen Wutanfall, wenn der Name des Schreibers hinter vorgehaltener Hand im Dorf von Ohr zu Ohr geht. Zu nahe ist das Verwandtschaftsverhältnis. Es bleibt beim Gerücht und bei den Wörtern „Umbruch", „Krieg", „Zusammenbruch", „Entnazifizierung", „Verrat". Dazwischen liegt eine unheimliche Leere, die nicht mit Worten ausgefüllt werden darf.

Arbeiten, still sein und kuschen. Hertas Wahlspruch vermischt sich mit dem Leitmotiv der Don-Bosco-Schwester, fleißig, sauber und ordentlich zu sein. Frauen lehren mich die Gebote des Reiters auf dem Klosterdach. „Wo kam ma denn hi, wenn d'Weiberleit nimme tatn, was recht isch." „Gott hat für euch eine besondere Rolle vorgesehen. Die Krönung der Frau ist es, eine gute Mutter zu werden."

Doch allmählich beginne ich den Zügeln des Reiters zu entkommen. Der Fisch am Berg mit seinem dicken Bauch voller Buchstaben bekommt wieder Gewicht. Sogar im Hochsommer, wenn der Bauch des Fisches zu schmelzen beginnt und die Hitze bei der Feldarbeit ein Schwindelgefühl im Kopf erzeugt, entlocke ich ihm seine Geschichten. Berta hat in ihrem Zimmer ein Regal voll Büchern stehen. Ich lese die ersten sogenannten Heimatromane. Ein Schauer kriecht über meinen Rücken, wenn der Jäger aus Eifersucht den Wilderer anschießt und dieser von der Sennerin auf der Alm heimlich gesund gepflegt wird. Die sogenannten „Schundheftln" entwende ich heimlich aus einer Schublade in Bertas Bücherschrank. Endlich lese ich von der Liebe und werde rot dabei. Einmal, ich will gerade aus Bertas Zimmer schleichen, kommt die Mueter die Stiege herauf. Ich werde schon wieder rot, denn sie soll nicht glauben, dass ich etwas stehlen will. „Ih han mir lei a Heftl ausgliechn." – „Isch schue guet, lesn lei a bissl." Wie bin ich da froh, dass sie mir glaubt. Schnell ins Bett und bei Taschenlampenlicht die süße Liebesgeschichte, die sich zwischen dem berühmten Arzt und seiner einfachen Krankenschwester anbahnt, einsaugen, bis die Augen zufallen. Herta darf davon nichts erfahren. Für sie sind Bücher eine Gefahr für mich, und „Schundheftln" lesen ist verboten.

Eine Schulkameradin aus Innsbruck leiht mir Mädchenbücher. Ab und zu entwendet sie sogar ein Buch aus der Bibliothek ihres Vaters, das ich dann innerhalb von zwei Wochen zurückgeben muss.

Die Frage „Was liest Österreichs Jugend?" beantwortet die Siebzehnjährige folgendermaßen:

*In den Büchern können wir uns auch noch nach der Schulzeit weiterbilden. Ich bin eine leidenschaftliche Leserin und lese verschiedene Gruppen von Büchern gern. Vor allem lese ich geschichtliche Bücher gern, wie z. B. Ben Hur, Quo vadis, Der Werwolf (vom Dreißigjährigen Krieg), Der Kanzler von Tirol, Der Untergang des Römischen Reiches, Die letzte Nacht der Titanic, Der Arzt von Stalingrad, 25 Uhr (von der Judenverfolgung), das Tagebuch der Anne Frank, Krieg und Frieden von Leo Tolstoi und von Thomas Mann Königliche Hoheit. Aber auch die Bücher von Wilhelm Hünermann las ich mit Freude, z. B. Brennendes Feuer, Priester der Verbannten, Der Sohn des Scherenschleifers, Der Bäckerjunge von Znaim. Auch Guareschis Don Camillo und Peppone war sehr schön. Doch wie viele junge Mädchen lese ich auch gerne Romane wie z. B. Via Mala, Vom Winde verweht, Angelique und der König. Von Rudolf von Eichthal Der göttliche Funke, Die goldene Spange und Der grüne Federbusch. Auch von Rudolf Greinz die Bücher, wie z. B. Allerseelen, haben mich tief beeindruckt, obwohl sie alle irgendwie schwermütig waren. Sehr interessant sind die Bücher vom Reader's Digest Verlag, wo in einem Buch immer vier Bücher in Kurzfassung sind. Die eigentliche Handlung steht doch drin, trotzdem sind sie kürzer gefasst. Ich glaube, dass ich jetzt meine Lieblingsbücher mitgeteilt habe, und hoffe, dass ich noch viele schöne Bücher lesen kann.*

Die Frau blickt auf ihr Bücherregal. Dessen Inhalt hat sich in all den Jahren stark verändert und erweitert. Viele handsignierte Lyrikbände in Dialekt und Schriftsprache und eine beachtliche Anzahl zeitgenössischer Literatur sind dazugekommen und immerhin auch acht eigene Lyrikbände. Besonders stolz ist sie auf ihre Übertragung von Antoine de Saint-Exupérys „Der kleine Prinz“ ins Tirolerische: „Der kluene Prinz“. Bis nach Australien und nach Afrika wurde er für im Ausland lebende Tiroler und Tirolerinnen versandt. Literatur ist zu einer tragenden Säule in ihrem Leben geworden. Lesungen über die Landesgrenzen hinaus ermöglichen ihr unzählige Begegnungen mit literaturschaffenden und literaturinteressierten Menschen. Ihren alten Traum, Lehrerin zu sein, kann sie sich heute noch erfüllen, wenn sie zu Schullesungen und Textwerkstätten eingeladen wird. Das Leben hält über Umwege einen großen Schatz bereit.

Manchmal nehme ich vor dem Einschlafen das Sterbebild von der Mama aus der Schublade und schaue in ihr Gesicht. Die durch meine Tränen verschwommene Textzeile habe ich mit Tinte nachgeschrieben. Fein säuberlich steht da wieder: „Die gute Mutter starb euch nicht." Ja, sie war eine gute Mama, doch die Lüge im Gedicht, dass sie nicht gestorben sei, ärgert mich immer noch. Obwohl bereits drei Jahre seit Mamas Tod vergangen sind, habe ich „Derweillang" nach ihr.

In der Schule lernen wir ein zu Herzen gehendes Kriegsgedicht. Es beginnt mit der Zeile: „Lang, lang ist's her, schon Jahr und Tag, dass er in ihren Armen lag …", erzählt von der Sehnsucht des Sohnes nach seiner Mutter und wie der Sohn dann endlich auf Fronturlaub heimkommt, eine Glocke vom Friedhof hört und seine Mutter soeben begraben wird, und endet mit den Worten: „… zu spät."

Ich bin von diesem Gedicht so ergriffen, dass ich meine eigenen Worte zu formen beginne. Sie schreiben sich fest auf einem Blatt Papier und beginnen: „Sie hatte so schöne, schwarze Haare, sie waren nur ergraut vom Kummer all der Jahre …" und enden mit dem Läuten der Sterbeglocke und den Worten: „… denn meine Mutter, meine Mutter war tot."

Die Zeilen verschwimmen auf dem Papier, es schüttelt mich durch, ich weine und weine, nehme ein Taschentuch, schnäuze mich – nein, keine Träne aufs Papier, damit es sich ja nicht verklebt und ich dann nicht mehr weiß, was ich geschrieben habe. Irgendwann wird mir leichter ums Herz, ich höre Herta rufen: „Kimm, mir giahn marendn." Noch einmal schnäuzen, den Text ins Nachtkastl zum Sterbebild legen – meinen Text, der nicht wie der auf dem Sterbebild lügt, mein Gedicht für die Mama, endlich etwas, das ganz allein mir gehört, mir und der Mama.

Sie hatte so schöne, schwarze Haare,
sie waren nur ergraut vom Kummer all der Jahre.
Sie war groß und schlank und hatte ein braun gebranntes Gesicht

und auch ein ziemlich hohes Gewicht.
Sie arbeitete immer nur für mich,
doch konnte es nie vergelten ich,
denn damals waren meine Hände noch viel zu klein,
und heute habe ich nicht mehr ein Mütterlein.
Ihre Augen leuchteten hell und blau,
und ihre Hände waren schrundig und rau.
Doch nicht immer war ihr Blick erhellt,
hatte ich wieder etwas angestellt,
schaute sie mich so tieftraurig an,
dass ich diesen Blick nicht mehr vergessen kann.
Ja, ihre Hände waren schrundig und breit,
denn es hatte wohl niemand so viel Arbeit.
Sie schaffte und werkte Tag und Nacht,
manchmal hat sie nicht mehr das Licht ausgemacht.
In der Nacht nähte sie, denn neue Kleider kosteten Geld,
am Tag arbeitete sie unermüdlich auf dem Feld.
Meine Mutter kam nie zur Ruh,
setzte sie sich, brüllten die Kühe im Stall Muh-Muh.
Sie war doch immer für mich da,
rannte auch manchmal herum und rief Hurrah!
Als ich dann später zur Schule ging,
ich noch oft an der Hand meiner Mutter hing.
Ich klagte ihr all meine kindlichen Sorgen,
und in ihren Armen fühlte ich mich geborgen.
Sie fing dann an, mir ein Lied zu singen,
so schön wie die Vögel, wenn sie die Flügel schwingen.
Meine Mutter konnte singen so wunderschön,
dass ich nicht mehr wollte aus ihrer Nähe gehn!
Eines Abends sagte sie besonders lieb: Gute Nacht!,
dann ist sie nie wieder aufgewacht!
Am nächsten Morgen war es so leer,
ich rannte wie irr im Haus umher.

Ich konnte meine Mutter nicht finden,
wer soll mir nun den verbrannten Finger verbinden?
Da hörte ich ein Glöcklein rufen vom Turm,
da kam es mir in den Sinn – nun wusste ich, warum.
Und schon am nächsten Tage,
trug man meine Mutter zu Grabe.
Damals konnte ich noch nicht verstehn,
was es heißt, hinter dem Sarg der Mutter zu gehn.
Meine Geschwister hatten Augen so rot,
denn meine Mutter, meine Mutter war tot!

Wenn die Frau heute dieses Gedicht betrachtet, kann sie nur über die dichterische Freiheit staunen, die sie sich herausgenommen hat. Denn sie hatte keinen verbrannten Finger und sie hörte am Morgen nur Mamas letzte Worte zu ihrer großen Schwester: „Steah au, Zeit isch es!" Verzweifelt suchte sie nach einem reinen Reim auf Turm, für das Läuten der Sterbeglocke für ihre Mama.

Immer wieder hole ich das Gedicht aus der Schublade. Ich überlege, wem ich es zeigen könnte. Ich bin sehr stolz, dass es ebenso schön klingt wie das Kriegsgedicht. Aber ganz besonders wünsche ich mir, dass jemand meine Sehnsucht nach der Mama im Gedicht mit mir teilt.

Seit mir mein Lieblingslehrer ins Poesiealbum geschrieben hat, „aber dich, eine meiner fleißigsten und pflichtbewusstesten Schülerinnen, werde ich nie vergessen", muss ich oft an ihn denken. Meine Mitschülerinnen schwärmen für Schüler aus der vierten Klasse, doch mir sind die zu blöd. Ich wahre mein Geheimnis und male mir vor dem Einschlafen folgende Geschichte aus: Die Frau des Lehrers wird sehr krank und stirbt. Er heiratet dann mich, braucht mich nie mehr zu vergessen, und wir sind glücklich bis ans Lebensende. Verschämt lege ich mein Gedicht ins Naturlehreheft und hoffe, dass es beim Einsammeln nicht herausfällt. Tagelanges

Warten. Mein Herz schlägt wild, als mir der Lehrer das Heft auf die Bank zurücklegt. Beim Öffnen zittern meine Hände. Das Gedicht liegt immer noch zwischen den gleichen Seiten. Im Heft steht wie immer „Gesehen“. Hat er das Gedicht nicht gesehen? Während der restlichen Stunde muss ich mit den Tränen kämpfen. Nie mehr habe ich mein Gedicht jemandem gezeigt. Ich habe aufgehört, den Lehrer anzuhimmeln.

Als die junge Frau später über ihre Jugend nachzudenken beginnt, klärt sich manches für sie. Immer schwärmte sie für ältere Männer. Außer Heirat gab es für sie auch keine Möglichkeit, sich jemandem anzunähern. Als sie das erste Mal mit einem Schulkollegen aus der Berufsschule ins Kino ging und er ihre Hand hielt, schrieb sie ihm anschließend, dass sie rein in die Ehe gehen wolle. Aus war es mit dem Flirt. Die Jugend rein zu überstehen, wie es die Don-Bosco-Schwester lehrte, war wirklich kein Spaß.

Ich beginne mit den Buben in meiner Klasse zu raufen, stecke die Schuhe von einer Mitschülerin in die Klomuschel, die dann verstopft ist. Ich drücke den nassen Tafelschwamm über die Haare eines Schulkameraden aus und bin in der Klasse sehr vorlaut. Ich fühle mich von den Internatsschülern wichtig genommen, wenn sie mir mein Speckbrot abbetteln. Mein Sulzebrot dagegen bringe ich nur schwer los. Ich darf kein halbes Jausenbrot zurückbringen, da kennt Herta kein Erbarmen. Einmal macht mich ein witziger Einfall zum Tagesgespräch in der Klasse. Es ist Mai. Ich belege ein Brot mit toten Maikäfern, die ich mit Speck zudecke. Davon informiere ich am Morgen alle Mitschülerinnen. Endlich läutet die Pausenglocke. Ich biete das Brot einem Schüler an, in den fast alle Mädchen verliebt sind. Lächelnd nimmt er es an, beißt kräftig hinein, die Mädchen kichern. Beim zweiten Bissen spürt er die Maikäfer, schreit auf, läuft mir nach und möchte es mir in den Mund stecken. Wir werden von der ganzen Klasse umringt, mein Lieblingslehrer kommt und es folgt eine mir peinliche Klassenbucheintragung. Aber mein Einfall hat dem Beschenkten doch gefallen. Er schaut zu mir her und mir kribbelt es im Bauch. Endlich bin auch ich ihm aufgefallen! Eine Zwei in Betragen ist mir nach diesem Vorfall ziemlich sicher. Ich beginne mir einen Plan auszudenken, wie ich zu Hause dem Pragger entkommen kann.

Mir fällt ein, was uns die Kindergartenschwester von Don Bosco erzählt hat. Er wollte in Turin die verwahrlosten Buben für sich gewinnen und ihnen Heimat geben. Er hat sie aber nicht mit Schlägen erzogen, sondern mit Lob und Anerkennung und vor allem mit viel Spaß. Seine Buben lernten seiltanzen, zaubern und Fußball spielen und sie spürten, dass er jeden Einzelnen mochte. Ich sehe wieder das große, schwarze Album mit den vielen Fotos vor mir, den heiligen Don Bosco, seine Mutter Margarete, seinen Bruder, seinen Schüler Domenico Savio, und die vielen fröhlichen Buben um Don Bosco geschart. Bereits als Kleinkind war ich von seinen Ideen begeistert.

Nach der Zeugnisverteilung, die meine Vermutung bestätigt, gehe ich auf dem Heimweg in den Wald und hole mir eine schöne, lange Haselnussrute. Die ganze Verwandtschaft ist auf dem Feld bei der Heuarbeit. Ich warte den Augenblick ab, bis die Mueter zum „Neunerlen" ruft. Alle versammeln sich um den Küchentisch. Ich öffne die Küchentür, reiche Herta den Haselnussstock und das Zeugnis gleichzeitig. Alle müssen lachen und der Pragger saust ausnahmsweise nicht über mein Hinterteil und meinen Rücken.

Am Nachmittag beim „Heuschoppen" im Stadel fallen mir die Schlussverse eines Kindergedichts ein: „Schmetterlinge singen: Kind sei gut, Gott mag keinen, der uns wehe tut." Während Heublumen und Schweiß an meiner Haut kleben, sinniere ich darüber nach, ob Gott Erwachsene mag, die Kinder schlagen.

Ignaz und ich sind allein auf dem Feld. Er stößt ein Loch ums andere in die Erde. Schweiß rinnt ihm über das Gesicht. Die Arbeit ist schwer und erfordert seine ganze Konzentration. Ich reiche ihm einen Stangger um den anderen, die er tief ins Loch hineinstößt. Ich mag gern mit Ignaz arbeiten. Er ist meistens gut aufgelegt. Wenn Herta nicht dabei ist, erzählt er mir von früher. Eine Mitschülerin hat mir das Buch „Im Westen nichts Neues" geliehen. Ich brenne darauf, mit Ignaz darüber zu sprechen.

Herta musste heute zum Arzt fahren. Am Morgen hatte sie verweinte Augen. Allmählich fällt mir auf, dass sich solche Morgen regelmäßig wiederholen. Viele Jahre später wird mir der Grund dafür bewusst werden. Jetzt wundere ich mich zwar, dass Herta kein Kind bekommt, aber ich traue mich nicht, nach dem Grund zu fragen. Ich weiß noch nicht, wie das mit dem Kinderkriegen ist. Doch seit ich Romane lese und es mir dabei oft ganz heiß wird, vermute ich, dass die Kinder nicht nur vom Küssen kommen. Vier Schulkameradinnen aus der Nachbargemeinde, mit denen ich ein Stück Schulweg teile, tuscheln und kichern öfters miteinander. „Wissts ejs, wo die Kinder heakemen?" – „Was, dejs woasch du nouh gar nit? Ja bisch nouh nie darbei gwesn, wenn a Kueh a Kalbl kriegt hat?" – „Eijo!" – „Ganz gleich kemen die Kinder auße." Ich bin schockiert. Die Frage, wozu es da den Vater braucht, stelle ich nicht. Ich ahne, dass es etwas mit dem „Berühren" zu tun haben muss.

Ignaz wischt sich mit seiner großen, schwieligen Hand über die Stirn. Der Duft von gemähtem Gras steigt mir in die Nase. Eine eigenartige Schwere liegt über dem Feld. Das Stadele mit den Stanggern leert sich immer mehr. Ich schlucke drei Mal und frage: „Ignaz, wie isch es bei dir in Krieg gwesn?" – „Mei Madl, da driber zun redn, bisch nouh viel z'jung." – „Na, ih lesn ja alleweil von Earschtn Waltkrieg. Hasch du ‚Im Westen nichts Neues' ouh glesnt?" Ignaz stößt den nächsten Stangger tief in die Erde und blickt zum Fisch auf der gegenüberliegenden Talseite. Seine Worte fallen tief in meine Seele.

Sein jüngerer Bruder war bei einem tragischen Unglück, bei dem er aus Versehen aus dem Flobertgewehr einen Schuss abgab, verwundet worden. Da der Bruder zunächst aufsprang und keine Schmerzen hatte, suchte die Familie keinen Arzt auf. Dies taten sie auch aus Angst, dass der Nachbar, der ein Nazi war, den Vorfall melden könnte. Zwei Monate später begann die Kugel zu wandern und Ignaz musste mit dem Fahrrad mitten in der Nacht den Arzt vom Nachbarort holen, obwohl er damals erst dreizehn war. Doch bald darauf starb der Bruder.

Ignaz war achtzehn, als sein älterer Bruder mit einundzwanzig Jahren im Feld vermisst war. Der Bruder konnte sehr gut Zither spielen und war bei allen beliebt. Sein Vater lag schwer gemütskrank danieder. Eine Woche nach der Vermisstmeldung bekam Ignaz seinen Einberufungsbefehl. Seine Mutter und beide Schwestern mussten ab jetzt die kleine Landwirtschaft allein führen. Nach Vaters Tod 1944 bekamen sie eine Zwangsarbeiterin aus der Ukraine zugewiesen, die die Familie viele Jahre nach dem Krieg immer wieder besuchte. Für Ignaz hat es keine Hintertür gegeben, um der Einberufung zu entgehen. Die Familie war gegen Hitler und katholisch.

Er, ein sensibler, junger Mann, kam 1943 mit vielen anderen Tirolern nach Norwegen. Gott sei Dank konnte er Ski fahren und lernte das Langlaufen für den Spähtrupp in den endlosen Weiten Norwegens. Nächtelang in Schneelöchern, erfror er sich die Zehen. Und doch rettete ihm der Schnee sein Leben. Er kam in ein Lazarett noch Trondheim. In der folgenden Nacht traf seinen Kollegen in seiner Stellung eine Granate.

„Dejs hat ouh mih treffn kennen“, sagt Ignaz.

Noch einmal ist er knapp dem Tod durch Erschießen entronnen. Beim Rückzug kam der Befehl, alle zurückgelassenen Dörfer in Brand zu stecken. Auf seine Frage, warum man denn alles verbrennen muss, wenn der Krieg ja doch schon verloren ist, nur ein Achselzucken vom Leutnant und der Befehl: „Schweig!“

„Dejs han ih det nit verstandn, dass mih dia Frag 's Lebm hat koschtn kennen. Boade Briader toat und ih leb." Ignaz schüttelt den Kopf.

Die Mueter wartete trotzdem viele Jahre auf die Rückkehr des vermissten Sohnes. Nach Jahren kommt ein Freund des Ältesten und sagt, dass er ihn hat im Feld fallen sehen.

Fallen auf dem Feld und nicht mehr aufstehen, auf dem Feld begraben, wo auf dem Feld?, denke ich mir. Der letzte Stangger ist gereicht, die Mueter ruft zum Mittagessen. Das Heu trocknet in der Sonne. Ich stolpere, falle, stehe auf und geh vom Feld.

Mich interessiert brennend die unmittelbare Kriegsvergangenheit. Im Geschichtsunterricht ist sie ausgeklammert. Obwohl ich später viele Bücher lesen und Gespräche über Krieg mit dem Hausgärtner im Lehrbetrieb führen werde, bin ich geprägt von der Schulzeit. Mit siebzehn schreibe ich zur Frage „Stellung zu Krieg und Frieden?":

> *Oft wirft man uns, der jungen Generation, vor, dass wir überhaupt nicht wüssten, wie gut es uns ginge. Wir hätten keinen Krieg und auch sonst keine derartigen Schicksalsschläge erlebt, und seien trotzdem unzufrieden. Aber es geht uns wirklich gut, sogar zu gut. Doch haben nicht auch unsere Eltern und Großeltern schon wieder vergessen, wie es vor 20 Jahren in der Welt aussah? Mir kommt manchmal vor, sie wollen nicht mehr daran erinnert werden und stürzen sich deshalb so in die Genüsse des Lebens. Ist es uns da zu verdenken, dass wir es ihnen nachmachen? Steuern die Großen dieser Erde nicht schon wieder langsam einer solchen Katastrophe zu, wie sie damals war? Immer und immer wird zwischen den einzelnen Staaten, ja sogar in unserem Vaterland selbst ein kalter Krieg geführt. Niemand ist zufrieden, alle wollen es noch besser haben. Ich glaube, es wäre gut, wenn wieder einmal grad für ein halbes Jahr ein Krieg käme, damit die Menschheit wieder zur Besinnung käme.*

*Doch wenn es wirklich zu einem Krieg noch einmal kommen sollte, wird wohl von der ganzen Menschheit nicht mehr viel übrig bleiben. Hoffen wir, dass wir alle auch ohne Krieg zur Einsicht kommen, dass das Irdische nicht das Höchste ist, was zu erstreben ist.*

Siebzehn Jahre und bereits schicksalsschwere Sätze niedergeschrieben, zur Einsicht gekommen, dass es uns zu gut geht, gewusst, dass sich die ältere Generation auch in die Genüsse des Lebens stürzt. Woher kamen diese Sätze? Die Frau weiß es nicht. Es lag in der Luft: Alles, nur nicht genießen. Dem vollen Leben abschwören, lange, bevor der Brunnen voll, bevor die Blume aufgeblüht ist. Nur keinen Eigensinn, keinen Selbstwert aufkommen lassen. Nur so können gefügige Menschen werden, die jedem erstbesten Populisten bis in den Krieg nachlaufen. Das Schlimmste von allem, niedergeschrieben von einem Mädchen: Ein Krieg müsste kommen, um die Menschheit zur Besinnung zu bringen.

Wie oft hat sie gehört: „Ja, der Hitler tat schue auraumen mit den Gsindl, dejs hein umchespringt. Niemed globt mie eppes, kue Reschpekt voar an Pfarrer oder an Leahrer. Wo weard dejs hinfiahrn?" Doch wohin hat der totale Gehorsam geführt?

Die Hände der Frau zittern. Sie kann fast nicht glauben, dass sie selbst diese Sätze geschrieben hat, dass sie in so jungen Jahren das Jenseitige bereits wichtiger fand als das Irdische. Dass das Wichtigste war, die vorgegebene Mädchenrolle zu leben, und dass sie deswegen immer ein schlechtes Gewissen hatte, wenn sie sich eigene Bedürfnisse erlaubte.

Mit dreißig Jahren begann ihr Immunsystem zu rebellieren. Angst fährt in die Knochen, heißt es im Volksmund. Es war vermutlich nicht nur die wirklich erlebte Angst, sondern auch all die im Kopf eingetrichterten Forderungen, die sie glaubte erfüllen zu müssen. Immer verlangte sie von sich selbst mehr, als ihre Kräfte erlaubten. Nach sieben Jahren Schmerzerkrankung, als sie das erste Mal auf Kur nach Ischia fuhr, sagte ihre Physiotherapeutin dort zu ihr: „Ich glaube, Sie tun für Ihren Geist sehr viel, aber Sie lieben Ihren Leib viel zu wenig. Was haben Sie für verborgene Wünsche?" – „Ich bin allen Frauen ihre schönen, großen Ohrringe neidig!" – „Warum tragen Sie dann selbst keine?" – „Weil ich die kleinen, goldenen, üblichen Ohrringe nicht mag!" – „Dann lassen Sie sich jetzt Löcher stechen und kaufen sich eine Palette von bunten, großen Ohrgehängen. Jeden Morgen wählen Sie die für diesen Tag passenden aus und sagen sich: Ich habe schöne und gute Hände. Mit diesen schmücke ich jetzt meine Ohren."

Die Ohrringe standen für das Hinhören auf eigene Bedürfnisse. Die Zeit auf der Insel steht auch noch viele Jahre später für die Achtsamkeit mit sich selbst.

Insl

Auf ar
Insl landn
und lei mie
von Mejr
umspielt
wearn
und lei mie
in mih
eiche hearn
und wieder
mir salber
zur Insl
wearn

Ein strafendes Gottesbild aufzuarbeiten, war wohl der schwerste Rucksack im Leben der Frau, den es zu entrümpeln galt. Die Stellung zur Religion der Siebzehnjährigen war folgende:

*Jeder Mensch braucht eine Religion. Wo soll man auch sonst den Sinn des Lebens finden, als in der Religion? Trotz allem Irdischen gibt es doch noch etwas Höheres und Besseres. Wir haben das Glück, dass wir die richtige Religion auf unserem Lebensweg mitbekommen haben. Ich glaube wirklich, dass es die richtige Religion ist, und wir können dankbar dafür sein.*

*Man sieht es immer wieder in der Geschichte, wenn der Mensch keine Religion mehr hat, wird er schlimmer als ein Tier, denn dann will er mächtiger sein als der Herrgott. Die Religion ist sehr wichtig in unserem Leben. Wenn einem Schweres widerfährt, findet man nur in der Religion den Trost. Wer könnte einem sonst schon Trost spenden in der Not? Auch das Gebet brauchen wir in unserem Leben. Ohne Gebet können wir einfach nicht standhaft bleiben. Deswegen sinken ja so viele junge Menschen, und auch Ehen scheitern oft nur deswegen, weil nicht mehr gebetet wird. Nie war die Zahl der Selbstmörder so groß wie jetzt, wo die Menschen wieder glauben, sie könnten ohne den Herrgott auskommen. Sie haben dann einfach keinen Halt mehr, wenn ihnen etwas Schweres passiert.*

*Ich glaube wirklich, dass wir nur, wenn wir unsere Religion auch aktiv ausüben, unser Leben meistern können. Wir müssen uns ja nur auf dieser Welt auf ein anderes, ewiges Leben vorbereiten, und wie schrecklich wäre es, wenn wir in diesem Leben versagen würden und dafür dann ewig büßen müssten?*

Die Frau sitzt da, blättert noch einmal in ihren Aufzeichnungen, als ihre Freundin bei der Tür hereinkommt.

„Wie schaust du heute drein?“

„Soll ich dir einen Satz vorlesen?“

„Ja, gern.“

„Wir müssen uns ja nur auf dieser Welt auf ein anderes, ewiges Leben vorbereiten, und wie schrecklich wäre es, wenn wir in diesem Leben versagen würden und dafür dann ewig büßen müssten.“

„Woher hast du diese schreckliche Lektüre? Von einer fundamentalistischen Sekte?"

„Nein, diesen Satz habe ich selbst mit siebzehn Jahren geschrieben und es tatsächlich auch geglaubt. Lies dir nur die Beantwortung der Frage ‚Stellung zur Religion?' durch."

Die Freundin nimmt den fast vergilbten Zettel und beginnt zu lesen. Die Frau spürt, dass sie sich ihre spirituelle Mitte nicht aus dem Herzen schneiden kann. Aber diese hat sich mit den Jahren gewandelt. Sie hat ihre missionarische Ader abgelegt, braucht niemanden mehr für Christus und „seine" Kirche zu begeistern, weiß, dass es keine richtige und keine falsche Religion gibt. Aber es gibt Fehlformen, erdacht von Menschen, und die Gottheit wird dafür missbraucht.

Die Freundin, zwanzig Jahre jünger, legt den Zettel aus der Hand und sagt: „Jetzt erst begreife ich, was du mir damals, als wir gemeinsam durch die Hintertür in die Klosterkirche gegangen sind, erzählt hast, und dass du den Ablösungsprozess so radikal durchführen musstest."

„Ja, wenn man, so wie ich, mit dreißig an Grenzen stößt, der Leib krank wird und die Seele in einem Aufschrei sich meldet, gibt es nur zwei Möglichkeiten, entweder sich gehen lassen oder dem Leben eine andere Richtung geben. In dieser Zeit der Krise habe ich mit dem Schreiben begonnen. Schale um Schale hat sich wie bei einer Zwiebel gelöst. Als dann mein Gedichtband ‚Stolperer' erschienen ist, konnten so manche meiner Bekannten nichts damit anfangen und haben gesagt: ‚Du bisch decht alm a so a netts Weibets gwesn und iats schreibsch aso kritisch.' Für manche war ich sogar eine Nestbeschmutzerin im kirchlichen Bereich."

„In deinen außergewöhnlichen Passionstexten kommt aber eine tiefe, christliche Spiritualität durch."

„In meinem Innersten bin ich Christin, doch kann ich vieles von der Institution nicht mehr mittragen. Am leidenschaftlichsten werde ich immer noch, wenn die Religion als Erziehungsmittel missbraucht und ein strafendes Gottesbild verkündet wird. Eigentlich fühle ich mich als Dissidentin."

„Mir geht es auch so. Obwohl ich Theologin bin, könnte ich nicht mehr in der Institution mitarbeiten, schon gar nicht als Frau. Aber sag mir, warum du schreiben konntest: ‚Nie war die Zahl der Selbstmörder so groß wie jetzt'? Das kann ich nicht nachvollziehen."

„In den späten fünfziger Jahren haben sich meine Tante und zwei junge Männer aus dem Klosterdorf das Leben genommen. ‚Dia hat ma ouh nit oft z'Kirchn gsehchn', hat es im Dorf geheißen."

„Du bist wirklich einen weiten Weg gegangen und hast dich trotz allem nicht entmutigen lassen."

„Ja, das stimmt. Aber es steckt auch ein wahrer Kern in meiner Beantwortung, denn ich glaube, dass in jedem Menschen eine spirituelle Sehnsucht grundgelegt ist und sie im Wesentlichen einer Religion zum Ausdruck kommt."

*Ich gehe im Eichenwald, westlich des Dorfes, spazieren. Da, auf einmal sehe ich vom Himmel ein brennendes Flugzeug direkt auf das Kloster abstürzen. „Bitte, bitte, guter Gott, nicht auf das Kloster!" Ich laufe, so schnell ich kann, vom Eichenwald zum Dorf zurück, durch den westlichen Torbogen, durch den Torbogen im Verwaltungsgebäude. Ein heißer Rauchschwall kommt mir entgegen, meine Augen beginnen zu brennen. Ich schaue zu den Klostertürmen, Gott sei Dank, nur der rechte Turm brennt. Die Feuerwehr ist bereits beim Löschen. Nein, nein – das Kloster darf nicht verbrennen, nur der Reiter auf dem Dach!*

Schweißgebadet, mit einem Brennen in den Augen, wacht die Frau auf. Es ist halb drei am Morgen. Noch benommen steht sie auf, tappt hinüber zu ihrem Mann. „'s Kloaschter brinnt!" – „Geah, kimm hea, dejs hasch gwieß lei tramt." Dankbar kuschelt sie sich zu ihm. Sein warmer, gleichmäßiger Atem beruhigt sie. Irgendwann schläft sie ein.

Je älter die Frau wird, umso mehr möchte sie über ihre Herkunft wissen. Doch von Herta ist nichts zu erfahren. Jedes Mal, wenn sie nachfragt, sagt sie nur: „Was hasch hein darvou, wenn dejs oder sall woasch? Kannsch decht nicht mieh machen!"

Einmal kommt die Frau vom Besuch einer Cousine mütterlicherseits und sagt zu Herta: „Iats mueß ih dir eppes vo meir Groaßmueter derzählen." Doch Herta schreit nur: „Sei still, ih woaß alls, ih will vo dia altn Gschichtn nicht mieh wissen!" Die Frau wollte Herta nur sagen, dass die Großmutter auch entzündete Finger hatte.

Die Tanten der Frau waren inzwischen alle verstorben. So sucht sie im Klosterdorf Mathilde auf, neben der sie die ersten drei Ehejahre wohnte. Damals erzählte ihr Mathilde, dass sie ihre Mama und auch den Tate gut gekannt hatte. Jetzt starrt die Frau Mathilde ungläubig an. Sie kann das Unglaubliche, das sie soeben gehört hat, noch nicht erfassen. Ihre Großmutter ein verschenktes Kind von einem Pfannenflicker aus Sizilien?

„Ja, dejs isch wahr. Wenn Leit dei Mama 's earschte Mal gsehchn habm, isch oft die Frag kemen: Habts ejs in Dorf da Zigeiner?"

Die Frau sitzt da, in ihrem Kopf schwirren die Gedanken durcheinander. Seit einiger Zeit schon hat sie gespürt, dass es ein Familiengeheimnis geben muss. Zuerst ist ihr aufgefallen, dass ihr jüngster Sohn ein südländisches Aussehen hat. Sie fragt bei ihrer großen Schwester nach, ob sie Genaueres wisse. Die lakonische Antwort lautet: „Ja, epper kimpt vo duntn auche." Mehr wisse sie auch nicht.

Ein Familienfoto, das der Frau eine Cousine mütterlicherseits bald darauf in die Hand drückt, macht sie erneut stutzig. Auf ihre Frage, warum zwei Onkel, zwei Tanten und die Mama so dunkel seien, sagt die Cousine: „Schaug amol inser Groaßmueter auf den Bild richtig ou. Dia schaugt da drau decht ganz sizilianisch aus." Ihre Mama habe immer gesagt, dass ihre Mama ein verschenktes Kind von einem Pfannenflicker aus Sizilien gewesen sei. Der Frau gibt es einen Stich. Ja, es stimmt, die Großmutter erinnert die Frau an die alten Frauen auf der Kurinsel Ischia. Als sie 1985 wegen ihres Rheumas das erste Mal im Hafen von Napoli auf die Fähre nach Ischia gewartet hat, glaubte sie, bereits hier gewesen zu sein. Das südländische Leben war ihrer Seele vertraut.

Die Frau beginnt das Foto zu studieren. Nur die Mama der Cousine und noch eine Tante gleichen dem schlaksigen, blonden Großvater auf dem Foto.

Seither lässt die Frau das Familienbild nicht mehr los. Sie braucht Gewissheit. Deshalb hat sie heute Mathilde aufgesucht, die ihr nun die gleiche Geschichte erzählt. Fünfzig Jahre alt musste sie werden, bis sie um ihre eigene Herkunft weiß. Die nächsten zwei Stunden reißen Löcher in den zementschweren Familien- und Dorfteppich. Warum haben der Frau die väterlichen Verwandten, zu denen sie nach dem Tod der Mama gekommen ist, nie etwas davon gesagt?

Ob der Urgroßvater in einem Planwagen mit Frau und Kind von Sizilien bis nach Hippach im Zillertal heraufgekommen ist? Vermutlich stirbt hier seine Frau bei der Geburt des jüngsten Kindes Maria Anna 1869. Er schenkt dieses Mädchen der dreißigjährigen Viktoria G. aus Hippach. Eineinhalb Jahre später heiratet diese den Landesbeamten Karl G., der aus dem Klosterdorf stammt. Sie ziehen nach Hötting, wo erst nach sechs Jahren die Tochter Johanna und nach weiteren sieben Jahren der Sohn Franz geboren werden. Sieben Jahre nach der Geburt von Franz stirbt der Vater Karl. Sein Bruder Johann Josef G. und dessen Frau Kunigunde wohnen in einem Weiler östlich des Klosterdorfs. Da ihre Ehe kinderlos ist, übernehmen sie 1889 die vierzehnjährige Johanna, den siebenjährigen Franz und die zwanzigjährige adoptierte Tochter Maria Anna. Johann Josef lebt aber nur bis 1896. Warum die Mutter der Kinder dem zustimmte, ist unbekannt. Sie stirbt 1902 in Hötting. Maria Anna, die Großmutter der Frau, heiratet 1902 den Klostermüller

Alois S. aus Imsterberg. Sie bekommen eine Wohnung im Verwaltungsgebäude des Klosters und haben somit Einblick in das Alltagsleben der Patres und der Klosterangestellten. Maria Anna gebiert sieben Kinder. Die jüngste Tochter Johanna, die Mama der Frau, kommt 1913 zur Welt.

„Eppes mueß ih dir nouh sagn", sagt Mathilde. „Mir habm fellig nebm deine Groaßeltern ouh a Kloaschterwohnung kejt, weil inser Vater isch Kloaschtertischler gwesn. Dei Groaßmueter hat grad aso gschwollene Händ wie du kejt. Übern Buggl hat se alm a Schultertuech gwicklt, weil ihr aso 's Gnagg weahtoun hat. In Tag voar se gschtorbm isch, habm Manderleit nebm ihnene Haustür a Loch augrabm. Ih bin viar gangen und han dei Groaßmuter gfragt, fiar was da a Loch gmacht weard. Sie hat lacheter drau gsejt: ,'s Grab fiarn Kloaschterschaffer!' Woasch, den hat niemed eppes gmegt. In nagschtn Tag, es isch der 9. Oktober 1936 gwesn, isch dei Groaßmueter toat in Bett glegn." Mathilde wiegt ihren Kopf hin und her und sagt: „Wear woaß, ob dejs nit die Straf fiar ihrn freflhaftn Ausspruch gwesn isch?"

Beide Söhne der Großeltern, die Onkel der Frau, waren überzeugte Nazis. Ob dazu die Klosternähe beigetragen hatte? Wollte man mit der Gegenbewegung den „Kleaschterern" etwas heimzahlen? Der älteste Sohn wurde wie sein Vater Klostermüller. Knapp vor der Einverleibung Österreichs ins Großdeutsche Reich heiratete er. In der Zeit des Naziterrors war er Ortsgruppenleiterstellvertreter. Als dem Ortsgruppenleiter dieser Posten gegen Ende des Krieges zu heiß wurde, übernahm er dessen Stelle. Der Onkel hatte ein ungewöhnliches Aussehen, fast wie ein sizilianischer Weinbauer, und war während des Krieges immer gut gekleidet. Die Familie musste wenig arbeiten. Oft saßen sie auf der großen Bank vor dem Verwaltungsgebäude des Klosters und beobachteten das Dorfgeschehen.

Der Nachbar des Onkels, der Klostertischler, war ein überzeugter Hitlergegner. Die Kinder beider Familien wuchsen gemeinsam auf und die Frauen hatten ein übliches nachbarliches Verhältnis.

Die Männer mit ihren unterschiedlichen Überzeugungen ließen einander in Ruhe. Nach dem Zusammenbruch wollte sich der Onkel erschießen. Seine Frau lief händeringend zur Nachbarsfamilie und brachte weinend heraus: „Mir habm ouh drei Kinder!“ Sie fiel vor dem Klostertischler auf die Knie: „Bittschia, sag nit gegn ins aus, mir habm enk ja nie eppes toun!“ Der Klostertischler als überzeugter Christ versprach es ihr und hielt sein Versprechen. Der Onkel erschoss sich nicht, wurde eingesperrt, aber relativ bald entnazifiziert, und kam als ehrenwerter Bürger ins Dorf zurück.

Sein Bruder Alois, sieben Jahre jünger, sah aus wie ein sizilianischer Mafioso. Er zog bereits 1934 nach Deutschland. 1936 heiratete er in Königsberg eine Ostpreußin. Er fiel wie Tausende und Abertausende Männer, die einer mörderischen Diktatur auf den Leim gingen, auf dem sogenannten Feld der Ehre.

Die Tanten, die in der Zwischenkriegszeit in den besten Häusern in St. Anton oder Kitzbühel arbeiteten, brachten mit ihrer eleganten Kleidung einen Hauch der großen, weiten Welt ins Klosterdorf. Die älteste Tante, Maria, ebenfalls dunkelhäutig, erzählte noch knapp vor ihrem Tod, dass ihr ein Pater die Kommunion verweigert habe, weil sie fleischfarbene Strümpfe trug. Die Mama als Jüngste, bei der auch die Gene ihrer Mama durchkamen, wurde als „Schoppaus“ behandelt. So nennen die Leute ein Kind, das möglichst bald nicht mehr daheim gefüttert werden muss. Sie und noch eine Schwester konnten mit der Naziideologie nichts anfangen und zerstritten sich mit ihren Brüdern und den anderen Schwestern.

Es war auch kein Wunder, dass ansonsten biedere Männer mit braven Frauen vom südländischen Aussehen der Tanten angezogen wurden. Im Dorf ging hinter vorgehaltener Hand sogar die Runde, dass eine Tiroler Politikerlegende ein Nahverhältnis zu einer Tante habe. Ein Jahr nach dem Tod der Mama trank diese Tante in einem Innsbrucker Hotel, in dem sie arbeitete, Essigessenz und musste siebenundvierzigjährig innerlich verbrennen. Wonach brannte wohl ihr Herz?

Die Tanten der Frau hatten außergewöhnliche Stimmen und ein Gerücht besagt, dass sie sogar dem Zar von Russland vorsingen mussten. Ob Nazi oder Nichtnazi, der Kirchenchor des Klosterdorfs konnte ohne sie kein Hochamt gestalten.

Das Foto fällt auf den Boden.

Spurensuche.

Ich fahre mit meinem Mann nach Sizilien. Ich atme tief durch, blicke zum verhangenen Berg.

Palermo. Die Zeiten verschwimmen. Mein Ich bricht durch.

Ich denke an meine Großmutter. Vergangene Woche habe ich das erste Mal mein eigenes Großmutterdasein gespürt. Es war ein eigenartiges Gefühl, das schlafende Kind zu betrachten, das Kind meiner Tochter.

Meine eigene Mama konnte kein Kind von mir auf den Schoß nehmen, auch nicht einem einzigen Kind von ihren drei Töchtern beim Schlafen zusehen. Mit dreiundvierzig fiel sie wie ein Baum um und war tot. Von meiner Mama die Mama, meine Großmutter, konnte auch kein Enkelkind genießen. Als meine Mama mit ihrem ersten Kind heimkam, lebte ihre Mutter nicht mehr. Meine Großmutter sei dunkel, eigenartig, eine Andere gewesen. Sie hat zwei Söhne und fünf Töchter zur Welt gebracht. Davon waren die beiden Söhne und drei Töchter dunkelhäutig, eine davon meine Mama. Meine Großmutter wusste auch nichts von ihrer Mutter. Diese konnte ebenfalls kein Enkelkind an sich drücken. Sie starb viel zu jung. Wie viele Generationen zurück ließe sich dasselbe Schicksal verfolgen? Ich weiß es nicht, sitze da, langsam lichtet sich das Grau über dem Meer, der Berg kommt durch. Heiße Luft aus Afrika sei zu erwarten, sagen die Einheimischen.

Lavagestein, gelb duftend die Oberfläche bewachsen. Der Berg bestimmt das Leben, überall Kakteen, Stacheln und Blüten. Wohin trägt mich die Fahrt? Das Landesinnere karg, auch hier überziehen

Blüten das Land. Gelb, blau, der Klee kardinalrot. Kein Kardinal hat hier seine Residenz. Die frühere Kornkammer Roms in sattem Grün. Die Saat ist aufgegangen, verfallene Bauernhäuser künden von besseren Tagen. Schaf- und Rinderherden erinnern an Almen. War hier mein Urgroßvater, bevor er mit seiner Frau aus seinem Land fortzog, Hirte?

Plötzlich sehe ich das Meer. Großstadt in einem riesigen Talkessel. So viele Berge? Bereits Goethe hat sie bestaunt. Einen davon hat er als den schönsten der Welt besungen. Er war seekrank. Da war „Berg in Sicht" sicher ein Hoffnungsblick.

Die Katakomben von Palermo. Ein Leichenwagen vor der Kirche. Den Hinterbliebenen werden die Hände geschüttelt. Verwandte kommen. Dazwischen ein Straßenkehrer. Schnell kehrt er die Reste des vergangenen Tages zusammen. Respekt vor den Toten, kein schlechtes Wort mehr, der „Dreck" auf der Schaufel.

Die Tote vor der Kirche im Nacken, führt mich ein gewölbter Gang in die Tiefe. Die Toten starren mir ins Gesicht. Ein Schauer kriecht empor, erfasst mich durch und durch. Im Reich der Toten nichts verloren, jedoch vermutlich beim Zahlen des Eintritts das Geld für das erste Sommerkleid meiner Enkelin. Ich friere, steige eilig aus der Tiefe empor. Die letzte Bestattung war 1920. Ein Kind, dessen Vater auf Reisen war. Der Arzt ließ es einbalsamieren, damit es der Vater bei seiner Rückkehr noch einmal sehen könne. Als der Vater kam, glaubte er, sein Kind schlafe.

Von meiner Urgroßmutter ist hier sicher kein Kind einbalsamiert. Mein Urgroßvater war auch kein Reisender. Trotzdem ist er als Pfannenflicker mit seiner Frau und einem Planwagen voller Kinder bis nach Tirol gekommen. Seine Frau, meine Urgroßmutter, verstarb bald darauf. Er musste aus Not zwei Kinder verschenken, eins davon ins Klosterdorf. Ist er später noch einmal in seine Heimat zurückgekehrt?

Hier finde ich keine Spur von meinen Urgroßeltern. Meine Großmutter, das verschenkte Kind, ist in der Nähe des Klosters aufgewachsen. Ein blonder, schlaksiger Klostermüller hat sie später geheiratet. Sie starb achtundsechzigjährig. Im Schatten der Zwiebeltürme, in fremder Erde, ist sie begraben, so wie ein Sohn von ihr, der nicht mehr vom Krieg heimkehrte.

Ich blicke in die Kirche. Der Leichenwagen steht bereits vor dem Altar. Der Pfarrer liest auf Italienisch das Evangelium: die Erweckung des Lazarus. Christliches Abendland tief im Süden.

Auf dem Friedhof stolpere ich über die Reste von Hühnerknochen, der Pappteller daneben. Monumentale Grabstätten, Gesichter von Verblichenen blicken mir entgegen. Aber niemand sieht meiner Großmutter ähnlich. Kehrte keines ihrer Geschwister in ihre Heimat zurück?

Beim Autobus warten die Mitreisenden. Sie waren bei den „Mummys“. Aus dem Mund des englischen Reiseleiters klingt dieses Wort fast zärtlich, so wie „Mama“.

Im Normannenkloster begegnen sich wieder die Kulturen. Auf einer uralten Tafel sind Aufschriften auf Lateinisch, Griechisch und Arabisch. Heute sind oft zweisprachige Ortstafeln ein Problem.

„Zwölf, das ist das Ziel der Zeit, Mensch bedenk die Ewigkeit.“ Die Uhr auf Monreal schlägt zwölf Mal. Der Uhrenklöppel gibt noch schnell eine Viertelstunde zu.

Der letzte Halt beim Dom, daneben die Residenz des Kardinals. Am Grabmal Friedrichs II. frische Blumen. Ausschließlich deutsche Gäste legen hier Blumen hin.

„Warum keine Sizilianer?“

„Fremdherrschaft bleibt Fremdherrschaft“, ist die Antwort des Reiseleiters.

Wer von meinen Ahninnen muss in der Fremde ruhen?

Auf der anderen Seite des Domplatzes steht das drittgrößte Opernhaus Europas. Ganz oben, rechts außen „Gottvater“. Herrschaft für ewige Zeiten. Daneben ein südländischer Markt. Ich denke an das Sommerkleid für meine Enkelin, das Geld herausgestreift beim Eingang in die Unterwelt.

Ich präge mir für meine Enkelin Leonie ein Bild ein. Einmal werde ich ihr eine Geschichte erzählen und sie wird beginnen: „Ich war in Sizilien auf den Spuren meiner Großmutter. Am Portal des großen Opernhauses saß eine wunderschöne Göttin auf dem Rücken einer Löwin, zwei Posaunen in der Hand. Die erste hielt sie am Mund. Daraus ertönte ein himmlischer Klang. Die zweite Posaune hielt die Göttin in ihrem Schoß."

Die Posaunen verklingen. Ich kehre zurück ins Jetzt.

*Eine Nebelwand. Plötzlich ein scharfer Wind. Talschluss, nur ein kleines Haus. Anklopfen, eine Frau steht am Herdfeuer. Übernachtung möglich? Noch nicht für Übernachtungen bereit. Schnell bei einer anderen Tür hineingehen. In der Stube ein Platz frei. In der Kammer daneben ein Blick auf eine uralte Frau, die hinter einem Nebelschleier liegt. Am Morgen in der Stube nichts mehr zum Anziehen finden. In der Kommode nur Gerümpel. Davonlaufen, weiter, immer weiter.*

Der Wecker klingelt, das Herz rast, aufwachen. Der Urgroßmutter hinter dem Schleier auf der Spur?

Über dem Meer dichte Nebelschleier. Die Straße von Messina nach Villa San Giovanni nicht zu sehen. Wie kam wohl der Urgroßvater auf das Festland? Wie ging es dabei der Urgroßmutter und den Kindern?

Auf der Fahrt zu den Liparischen Inseln muss ich immer wieder die Augen schließen. Die vorbeiziehenden Felsen lauter Kunstwerke, Dome, Schlösser, ausgespülte Tore, Göttinnen, Götter, alles aus längst vergangenen Zeiten. Eine Göttin in den Felsen wird die ägyptische Mumie genannt, ertönt es aus dem Bordlautsprecher. Sogar Johannes Paul II. könne man mit ein wenig Fantasie in den Felsen erkennen. Il papa, klingt es auf Italienisch. Ich erkenne kein kirchliches Oberhaupt, doch neige meinen Kopf voll Staunen vor dem Meer.

Auf Vulcano kommt mir Schwefelgeruch entgegen. Der Berg lebt. Der Geruch in den warmen Quellen nebensächlich. Für eine Stunde schmerzfrei. Die Lust erwacht. Im Wasser ist Heil, doch von der Urgroßmutter keine Spur. Ich bücke mich beim Heraussteigen noch einmal, hebe einen Stein vom Boden auf. Auf dessen Unterseite die Form eines Totenkopfs, der Mund weit offen, doch eine Spur?

Al cantora. Weites Tal, reife Orangen und Zitronen. Im Ort hinten im Tal Sonntagvormittagsstimmung. Ich öffne eine Kirchentür. Ein Sonnenstrahl fällt auf einen rotsamtenen Barocksessel. Im Dom von Palermo war der Sonnenstrahl auf das Sternzeichen des Stiers gefallen.

Einen steilen Weg zum mittelalterlichen Ortskern hinaufgehen. Auf den Stufen einer versperrten Kirche sitzt eine alte Frau. Für sie ist kein Platz auf dem rotsamtenen Barocksessel. Die Glocken beginnen zu läuten. Die Alte sieht auf meine Hände und fragt: „Dolore?“ Mir kommt die Via Dolorosa in den Sinn und ich sage: „Si, si, venticinque anni.“ – „Oh!“ Unsere Blicke treffen sich, beide wissen wir um den Schmerz.

Hier, ja von hier könnten die Urgroßeltern gewesen sein. Von hier aus könnte der Urgroßvater mit seiner Frau und den Kindern aufgebrochen sein. Al cantora – ein Gebirgstal, da hätte er es auch in Tirol ausgehalten. Die einfachen, zum Teil verfallenen Häuser rühren mich an. Eine junge, viel zu dicke Frau hängt Wäsche auf. Blumen blühen in Fülle. Wir gehen wieder zum Hauptplatz hinunter. Festlich gekleidete Menschen kommen aus der Kirche. Wer saß heute auf dem Barockstuhl? Wie sagte Jesus? „Wenn ihr in ein Dorf geht, nehmt nichts mit, nur einen Wanderstab und einen Beutel. Geht barfuß. Wenn sie euch nicht aufnehmen, schüttelt den Staub von euren Füßen.“

Wir setzen uns am Dorfplatz auf eine Bank. Durchzugsstraße, Männer diskutieren im Schatten eines Baums. Da – er kommt! Genau so hat mein Onkel ausgesehen. Es drängt mich, zu dem Mann hinzulaufen, obwohl ich vor meinem Onkel immer Angst hatte. Der Mann geht zum Dorfbrunnen und trinkt. Motorradfahrer bleiben stehen, kühlen ihren heißen Kopf und trinken ebenfalls. Ich gehe über den Platz, bücke mich. Das frische Wasser hüpft mir in den Mund, schmeckt süß wie Honigmilch. Langsam beginne ich den Erzählungen von Mathilde zu glauben. Am Abend spüre ich das Wasser aus dem Brunnen immer noch auf der Zunge.

Schwarze Erde, fruchtbare Gärten, der Blumenkohl von hier sei etwas Besonderes, sagt der Reiseleiter. Heute weht ein scharfer Nordwind. Der Rauch zieht nach Süden, die Sicht ist klar. „Alle Menschen hier blicken zum Ätna. Der Berg hat eine magische Anziehung, er ist ihr Schicksal." Die Fahrt geht durch ein Dorf. Vor drei Monaten gab es hier ein Erdbeben. An den Rissen in den Hauswänden ist es noch sichtbar. „Wegen Erdbeben Bewohner vorübergehend ausgezogen", steht auf Plakaten. Die Kirche eingerüstet. Gerüstet für einen neuen Anfang? „Im Berg brodelt es immer", höre ich den Reiseleiter sagen.

Die Straße schlängelt sich höher. Akazienwälder, winzig kleine Gärten, blühende Apfelbäume. Vor den Fenstern Geranien, Lavagestein neben den Häusern. Die Bewohner hatten Glück. Nur zwei Häuser unterhalb der Straße wurden von der Lava begraben. Vier Häuser verschonte der letzte Lavastrom. Der Baumwuchs hört auf. Nur mehr Ginster, Steinbrecher wird er von den Einheimischen genannt. Er bricht das Lavagestein auf und drängt ans Licht. Schwarz die Erde. Nach einem Vulkanausbruch können die Menschen erst wieder nach fünfundzwanzig Jahren anpflanzen. Erst seit kurzem kann man wieder auf zweitausend Meter Höhe hinauffahren. Vor eineinhalb Jahren kam das Feuer vom Berg. „Bis hier ist die Lava heruntergestiegen in 2001", steht auf Deutsch auf einem Haus. „Dieses Fenster hat die Lava geküsst", gleich daneben. Herunterspielen notwendig, ansonsten gäbe es nur die Flucht. Ein Madonnenbild in einer Lavagrotte, das Göttliche gibt Halt.

Ich gehe zu einem der Krater. Vierhundert sind es in diesem Gebiet. Verschiedene Tierköpfe aus Lava bewachen das Tor. Auf dem Südhang verbrannte Erde, samtrot angehaucht, dazwischen einige Grasbüschel. Irgendwann hat der Berg den Kopf einer Gottheit herausgespuckt. Er steht an der Grenze des begehbaren Weges, an der Schwelle zur Unterwelt bewacht er das Leben. Stirb und werde, nirgends so deutlich sichtbar wie hier.

Ich denke an meine Vorfahren. Wie glücklich wäre ich, wenn ich meine Großmutter, von der ich meinen Vornamen bekam, gekannt hätte. Und erst die Urgroßmutter? Was war sie wohl für eine Frau? Doch hier, an der Schwelle zu Leben und Tod, an der Kante zur Unterwelt, verschmelzen die Zeiten, die Generationen, die Kulturen. Alles vergeht, alles kommt wieder, immer neu, täglich wird das Leben neu geboren.

Am Fuß des Berges Catania. Nein, Catania liegt nicht am Fuß des Ätna, Catania ist Ätna! Der Name bedeutet „Fließende Hitze". Im Zentrum der Stadt die Via Ätna. Der Blick vom Meer zum Gipfel und umgekehrt. „Schwarze Perle" wird die Stadt auch genannt. Die Asche des Ätna wird mit Zement gemischt, dunkel die Mauern, hell die Struktur der Häuser der Reichen. Vor eineinhalb Jahren lagen vierzig Zentimeter Asche in der Stadt. Die Maurer brauchten sich nur zu bücken. Unter der heutigen Stadt immer wieder eine Stadt. Der Eingang zu diesen unterirdischen Städten verschlossen, ein Irrgarten. Auf dem Fischmarkt brodelndes Leben. Ein Stück davon habe ich im Blut. Ich bin glücklich. Danke dir, Großmutter! Überall spüre ich dich.

In einer Seitennische auf dem Fischmarkt ein faszinierendes Bild von diesem Markt. Soeben erklärt es der Lehrer den staunenden Schulkindern. Ein Mönch hat es geschaffen. Im 17. Jahrhundert strömte die Lava aus den Zwillingskratern an der Stadtmauer vorbei bis zum Hafen. Der Fischmarkt auf Lavagestein! Der Berg gibt und nimmt. Die Eroberer machten es ihm nach.

Im großen Stadtpark die Statue des letzen Eroberers von Catania geköpft. Daneben, auf dem Haupt von Maestro Bellini, rasten Tauben. Die Göttin im Park lächelt in die Abendsonne, in der einen Hand einen Krug, in der andern hält sie eine Schale zum Berg.

Das Tal der Tempel. In Enna, am Nabel von Sizilien, abzweigen nach Süden. Hinein in die Tiefe, hinunter ins Tal. Doch der Schatz ist nicht im Tal vergraben. Rundherum Höhepunkte, Mai, Orgasmus der Natur, Gleichgewicht der Farben. Das Jahr im Zeichen des Stieres. Der Kampf der Zeiten vorbei. Gelb, Blau, Grün, Rot beherrschen das Land. Das Rot von dunkelrot bis orange – Mohnblumen und Klee. Dann der Blick auf den Hügel! Der Tempel der Korngöttin, strahlend, als ob er erst gestern erbaut worden wäre! Lange Zeit diente er als Kirche. So blieb er erhalten. Fruchtbarkeit immer notwendend, ob von Demeter, Eva oder Maria. Wo Korn gedeiht, kann Leben wachsen. Davon spricht der Mahlstein im Museum. Der Tempel des Zeus in seiner Maßlosigkeit zerbrochen. Erdbeben waren stärker. Der Tempel von Hera, der Gemahlin von Zeus und Schutzgöttin der Ehe und der Frauen, überdauerte die Zeiten. Die Arbeiten des Herakles Steinbrocken wie Erbrochenes. Die Säulen erzählen von der Pfiffigkeit des Zeus, der mit Göttin und Frau schlief, nach neun Monaten zwei Geburten. Alles Leben drängt zum Licht. Ausgehöhlte Olivenbaumstämme. Trotzdem setzen sie Früchte an. Wer aber wohnt in den Stämmen? Der Geist der Götter und Göttinnen? Der Geist ihrer Ahnen und Ahninnen? Demeter sorgt noch immer für Leben.

Die Stadtmauer diente später als Grabstätte. Im Museum spricht mich ein Mädchen an: „Parla Italiano?" – „No, sono tedesco." Sie heißt Carla, vielleicht neun Jahre alt. Sie schaut auf meine verformten Hände und Füße. In ihrem Blick Mitgefühl, wir verstehen uns auch ohne Worte. Schulkinder rufen: „Bambini, bambini!" Ich habe den Sarkophag bereits betrachtet. Bin gerührt. In Alabaster die Geschichte eines zweijährigen Kindes abgebildet. Am Fußende das

Kind auf dem Wagen seines Vaters – Pferde im Galopp, Lachen Freude. An einer Längsseite das Kind im Bett – Krankheit, die Mama sitzt am Kopfende, Großvater und Großmutter daneben. Ein Doktor kommt. Noch einmal Hoffen! Ein kurzes Aufatmen, doch das Kind hat die Grenze bereits überschritten. Am Kopfende das Grabmahl des Kindes. Die zweite Längsseite leer. Die italienischen Kinder sind leise geworden.

Zu spüren sind die Schatten des Todes.

Beim Hinausgehen ein Affenbrotbaum. Der Gärtner beim Zurückschneiden. Schon der Kleine Prinz hatte auf seinem Planeten damit seine liebe Not. Jeden Tag die Triebe zurechtschneiden, ansonsten zerspringt sein Planet. Wie oft zu Unrecht die Schere?

Im Bus noch einmal ein Blick zu den Hügeln. Fünf Tempel auf einen Blick. Ich sehe einen uralten Olivenbaum. Der Stamm siebenmal verzweigt.

Als ich nach zwei Wochen wieder im Flugzeug sitze und die Insel unter mir im blauen Dunst entschwindet, weiß ich bis ins Innerste meines Empfindens, dass mir diese Erfahrung niemand mehr nehmen kann. Auch wenn ich die Herkunft meiner Urgroßeltern nicht näher verorten kann, lebt ein Stück dieser Insel in mir weiter, treibt die südländische Leidenschaft auch mich an.

Die Gedanken der Frau kehren zurück. Neben ihr sitzt Mathilde und schweigt. Die Frau wagt kaum zu atmen. Nach einem Seufzer taucht Mathilde in ihre eigene Familiengeschichte ein, und damit tief in die Geschichte des Klosterdorfs.

„Wir haben im Klosterdorf gewohnt, da war schon immer mehr los als in anderen Dörfern. Mein Papa war der Klostertischler. Als mein um zwei Jahre jüngerer Bruder am 12. März 1938 vom Ministrieren im Kloster heimkam und rief: ‚Wir haben jetzt Hitlerzeit!‘, bekamen wir Angst, dass unser Papa nun eingesperrt wird. Seit Ende 1937 wussten wir, dass er in Gefahr lebt. Er war nämlich Heimwehrführer. Dies war während der Dollfuß- und Schuschniggzeit eine vaterländische Vereinigung. Daheim wurde immer politisiert. Oft kamen am Abend Stiftsangestellte zum ‚Huengert'. Wir zwei ältesten Kinder verkrochen uns irgendwo in der Stube und spitzten die Ohren.

Es war zwischen Weihnachten und Neujahr 1937. Wir saßen beim Abendessen. Unser Papa hatte bereits die Heimwehruniform an, weil er auf Gleiswache gehen musste. Wir hörten schwere Tritte auf der Treppe, dann ging die Haustür auf und es klopfte an der Küchentür. Der Kommandant des Gendameriepostens stand in der Tür. Er grüßte höflich und sagte zum Papa: ‚Kommen Sie mit, nur einen Augenblick!' Wir Kinder starrten den Uniformierten an, die Mutter fragte: ‚Was ist denn los, Herr Inspektor?' – ‚Keine Angst, liebe Frau, es ist nur eine Routinesache.' Die beiden Männer verließen die Küche. Wir Kinder fragten die Mutter: ‚Was kann das sein? Der Postenkommandant ist doch noch nie gekommen.' Unsere sonst so ruhige Mama hantierte ungewöhnlich laut beim Spülbecken. Plötzlich unterbrach sie ihre Arbeit und horchte. Auch wir Kinder hörten es. Vom Keller drangen Stimmen und Geräusche herauf. Genau unterhalb der Küche waren eine Holzablage und ein Stellage, auf der Rodeln, Ersatzreifen für die Fahrräder und sogar die Weihnachtskrippe aufbewahrt wurden. Die Mama ging ans Fenster, zog den Vorhang zurück und legte das Gesicht an die Scheibe. Mein älterer Bruder trat zu ihr und sie legte den Arm um seine Schultern. Es war Vollmond und mein Bruder sah, wie der Papa, der Postenkommandant und ein zweiter Gendarm aus dem Keller kamen und etwas wegtrugen. ‚Was machen die bloß?', murmelte unsere Mama. Plötzlich legte sie die Hand an den Mund und flüsterte: ‚Um Himmels willen, doch nicht …!' Sie lief aus der Küche über die Treppe hinunter vor das Haus. Fünf Minuten später war sie wieder zurück. ‚Gott sei Dank', sagte sie und ließ sich auf einen Stuhl sinken.

Kurz darauf kam der Papa. Er war sehr blass und seine Hände zitterten. Er ging zum Küchenkasten, nahm die Schnapsflasche heraus und schenkte sich ein Glas ein. Er kippte es hinunter und setzte sich an den Tisch. Er bat uns Kinder, beim Nachtgebet fest dem Schutzengel zu danken, und stammelte: ‚Heute hat er uns wirklich beschützt.' Wir überlegten vor dem Einschlafen, ob der Schutzengel wie ein Gendarm aussah.

Erst nach dem Krieg erfuhren wir Kinder die Wahrheit. Der Gendarm war zwar ein Sympathisant der Nazis. Von einem betrunkenen SA-Mann hatte er gehört, dass man dem ‚Hahnenschwänzler', so hießen die Angehörigen der Heimwehr, die auf den Mützen eine Spielhahnfeder hatten, in dieser Nacht die Bude in die Luft sprengen wolle. Ein solches Verbrechen konnte er nicht zulassen. Deshalb kam er, um mit unserem Papa den Keller zu durchsuchen, in dem die Bombe versteckt war. Der Vorfall blieb im Dorf geheim, doch nach dem ‚Anschluss' wurde der Postenkommandant sehr schnell strafversetzt. Der SA-Mann verschwand nach Deutschland, kam nach dem Anschluss als SS-Mann wieder ins Dorf zurück. Auch er musste zum Militär und gilt seit Stalingrad als vermisst.

Bereits im Spätwinter 1937 spürten wir, dass etwas Schlimmes in der Luft lag. Dazu kam noch, dass Anfang März ein großes Nordlicht über Österreich zu sehen war. Im Dorf wurde geflüstert, dass das Krieg bedeute. Am Morgen des 12. März saß ich betend mit meinem Bruder auf dem Bett. Da hörten wir, wie mit Gewehrkolben an die Haustür geschlagen wurde. Herein kamen fünf Burschen vom Dorf, einer ein Bauer, die anderen nur Knechte. Sie trugen schwarze Knickerbocker, weiße Hemden und am Ärmel die rotbraune Hakenkreuzschleife, dazu weiße Stutzen und schwarze Stiefel. Sie vermuteten Waffen im Haus und machten eine Hausdurchsuchung. Doch unser Papa hatte die Waffen wegen uns Kindern in einem Schuppen versteckt. Sie rannten auch in unser Zimmer. Obwohl unser Herz raste, beteten wir mutig weiter. Von diesen Burschen lebt schon lange keiner mehr. Einer ist in seinem Haus verbrannt, drei sind für ihren Führer gefallen und einer hat noch im höheren Alter Selbstmord begangen. Keiner hatte im Leben ein bisschen Segen.

Wir Kinder gingen am 12. März wie immer in die Schule. Wir glaubten, der Lehrer, den wir gern mochten, würde wegen der Machtübernahme durch Hitler gleich entsetzt sein wie wir. Doch wie enttäuscht wurden wir, denn er begrüßte uns mit ‚Heil Hitler' und lobte den Führer über alles. Nach der Schule lief ich mit meiner Freundin Emma zu unserer Lehrerin, die im Schulhaus wohnte. Zu dritt weinten wir sehr lange miteinander. Die Lehrerin wurde bald darauf zuhinterst in ein Seitental versetzt. An die Schule kam eine junge, fanatische Lehrerin, die uns Kindern das Leben schwermachte. Die Religionsstunden wurden abgeschafft, die Kreuze entfernt und an deren Stelle große Führerbilder aufgehängt.

In der Schule lernten wir nur noch deutsche Geschichte, da Österreich jetzt ein Teil von Deutschland war und Ostmark hieß. Wir mussten über die Germanen und deren Götter, die mich überhaupt nicht interessierten, lernen. Sport war das wichtigste Fach. Einmal hatten wir am Inn in der Au mit der Lehrerin, die Emma und ich nicht mochten, einen Sportwettkampf. Die BDM-Mädchen, Angehörige des weiblichen Zweigs der Hitlerjugend, bemühten sich, viele Punkte zu bekommen. Emma und ich wollten die Lehrerin ärgern und stellten uns dumm. Beim Laufen sollten wir über eine ein Meter hohe Schnur hüpfen, blieben aber immer hängen. Dann mussten wir über ein zwei Meter tiefes Loch hüpfen, landeten aber bewusst im Loch. Beim Herausziehen rutschte immer mehr Sand ins Loch. Da ist die Lehrerin vor Wut aufgehüpft. Ich glaube, sie hätte uns am liebsten im Loch eingegraben, doch gegen unser Dummstellen konnte sie nichts tun.

Zu Schulbeginn bekamen wir die BDM-Uniform mit weißen Blusen mit eingesticktem Hakenkreuz und schwarzen, kurzen Krawatten mit einem Lederknopf, durch den die Krawatte gesteckt wurde.

Am 9. November wurde in der Schule das Horst-Wessel-Fest gefeiert. Horst Wessel war ein siebzehnjähriger Hitlerjunge, der in Berlin beim Marsch zur Feldherrnhalle erschossen und wie ein Heiliger verehrt wurde. Wir mussten alle in der Uniform kommen, die Mädchen in BDM-Uniform und die Knaben in der HJ-Uniform. Emma und ich haben ausgemacht, dass wir die Jung-Vaterland-Uniform anziehen. Jung-Vaterland war eine Vereinigung von jungen Österreichern zu Schuschniggs Zeiten, daher verboten. Am nächsten Tag saßen alle anderen mit ihren Uniformen in den Bänken. Emma und ich saßen ganz unschuldig mit grüner Bluse, blauem Rock, grünweißer Krawatte und grün-weißer Mütze mit einer großen, herabhängenden Quaste in einer Bank. Der Lehrer kam zur Tür herein, sah uns und rastete völlig aus. Er nahm einen Stock, fuchtelte und tobte damit herum, schrie und schickte uns nach Hause. Dort wussten sie von all dem nichts. Auf dem Martinimarkt am 11. November traf Papa den Bürgermeister, der auch Ortsgruppenleiter war und Papa nicht mochte. Er machte Papa zur Sau und hielt ihm vor, dass er die Kinder aufhetze. Papa wusste aber nichts von unserem Auftritt in der Schule. Der Bürgermeister erzählte ihm den Vorfall und Papa antwortete darauf: ‚Euer Tausendjähriges Reich wird wohl nicht an einer Kinderbluse hängen!' Der Bürgermeister gab nur noch die Anweisung, dass die Kinder so etwas nicht mehr tun dürfen, ansonsten werde er den jeweiligen Vater einsperren. Papa hat uns gebeten, so etwas nicht zu wiederholen.

Damals gab es den Begriff ‚Wendehälse' zwar noch nicht, aber Menschen, die bisher als treue Österreicher galten, trugen nach dem ‚Anschluss' plötzlich das Hakenkreuz am Revers. Ein Musterbeispiel dafür war der Volksschuldirektor. Noch einen Tag vor dem Anschluss hatte er zwei Buben, die zu spät zum Schulgottesdienst kamen, geohrfeigt. Am Tag nach dem ‚Anschluss' stand er vor der Kirchentür und nannte die Kinder, die herauskamen, ‚Pfaffenbengel' und sagte, sie bräuchten nicht mehr in die Kirche zu gehen, die Zeit der Pfaffenherrschaft sei endgültig vorbei.

In der Schule hatten die Kinder kleine, aus Blech gestanzte Hakenkreuze an langer Nadel erhalten, die sie anstecken mussten. Als mein Bruder zu Mittag nach Hause kam, riss es ihm der Vater von der Jacke und warf es in den Abort. ‚Sag einfach, du hast es verloren.'

Die Nazis im Dorf mussten seit langem auf den ‚Anschluss' vorbereitet gewesen sein. Anders ist es nicht denkbar, dass über Nacht Dutzende Hakenkreuzfahnen von den Häusern wehten, sogar vom Kirchturm, und dass die Männer im Dorf von einem Tag zum andern uniformiert waren. Von da an konnte man fast niemandem im Dorf mehr trauen.

Mitten auf dem Dorfplatz bei der großen Linde wehte ebensfalls eine Hakenkreuzfahne auf hohem Mast. Am Fuß des Mastens war eine Art Altar aufgebaut, auf dem ein großes Hitlerbild stand, umrahmt von Blumen. Links und rechts standen SA-Männer, und alle, die vorüberkamen, mussten den deutschen Gruß leisten, also die rechte Hand heben. Einmal kam eine alte Bäuerin vorüber, ohne die Fahne zu grüßen. Der SA-Mann herrschte sie an: ‚Grüß die Fahne!' Darauf die Bäuerin: ‚Griaß dih ouh, aber wohea woasch du, dass ih Fanni hoaß?' Der SA-Altar blieb nur ein paar Tage stehen, da die Leute lieber einen Umweg machten, als daran vorüberzugehen. Bald schon waren Fahne, Führerbild und SA-Männer verschwunden.

Ein paar Tage nach dem ‚Anschluss' mussten die Schulkinder entlang der Bundesstraße Aufstellung nehmen, da die deutsche Wehrmacht durchmarschieren sollte. Schon um halb elf war so gut wie das ganze Dorf an der Straße, Männer und Frauen, die Schulkinder und natürlich die Nazis in ihren braunen und weiß-schwarzen Uniformen. Die Kinder hatten papierene Hakenkreuzfähnchen erhalten. Alle waren gespannt, wie wohl die deutschen Soldaten aussahen. Waren sie zum Fürchten? Da kamen zwei Radfahrer aus dem Nachbardorf. ‚Sie kommen, sie kommen, drei Kompanien Infanterie! Zackige Burschen!', riefen sie aufgeregt und fuhren ins nächste Dorf weiter.

Und dann kamen die Deutschen von Mötz her; sie marschierten ohne Tritt, voran drei Reiter. Alle trugen, soweit man aus der Ferne erkennen konnte, Helme und Gewehre. Als sie näher kamen, erkannte man, dass sie viele Blumen am Waffenrock trugen. Hundert Meter vor dem Spalier der Dorfbewohner hielt die Truppe an, Kommandos erschallten, dann setzte sich der Zug in Bewegung. Nun erklang plötzlich der Marschtritt, rums, rums, rums, als die Knobelbecher, die Armeeschuhe, auf die Straße schlugen. Der Zug kam näher, drei Säbel flogen aus den Scheiden der drei Reiter, blitzten auf und senkten sich. Ein Kommando erschallte klar und scharf: ‚Augen rechts!'

Jetzt war sie da, die deutsche Wehrmacht, im donnernden Stechschritt; die Fähnchen wogten in roten Wellen auf und ab, die SA-Männer brüllten: ‚Sieg Heil!' Irgendwo pochten Trommeln Schlag auf Schlag, die Reiter defilierten mit gesenkten Säbeln vorüber; dann Gesichter unter den Helmen, junge Gesichter, braun gebrannt, ein Lächeln auf den Lippen, fröhliche Augen. Minutenlang zog Kompanie um Kompanie mit gestreckten Beinen rums, rums, rums vorüber. Erst als der letzte Mann vorbei war, ging der Stechschritt in normalen Marschtritt über, die Säbel versanken in den Scheiden, die Trommeln verstummten, der Spuk war vorbei.

Aber war es ein Spuk gewesen? Nein, nein und noch einmal nein! Es war ein faszinierendes militärisches Schauspiel gewesen, mit einer Exaktheit und Grazie, wie sie bis jetzt nicht zu erleben gewesen waren. Nein, diese Soldaten waren nicht zum Fürchten, dachten sich die meisten Dorfbewohner.

Der Gendarmeriepostenkommandant wurde abgezogen, neue Gendarmen kamen. Der Bürgermeister wurde ebenfalls abgesetzt. Ein schon lange vorher bekannter Nazi wurde Ortsgruppenleiter. Bei den ‚Hahnenschwänzlern' gab es Hausdurchsuchungen. Junge Männer in weiß-schwarzen Uniformen machten sich einen Spaß daraus, unseren Papa, den früheren Heimwehrführer, auszuplündern. Sie nahmen alles mit, was an die Heimwehr erinnerte: Uniform, Kappe mit Spielhahnstoß, Koppel, Überschwung und Bajonett und natürlich das Gewehr. Zum Abschluss überreichten sie ihm ein Hitlerbild: ‚Dass du das ja an gut sichtbarer Stelle aufhängst, sonst …‘ Unser Papa hängte es wirklich auf, aber auf die Rückseite klebte er ein Dollfußbild.

Ein Wendehals im Dorf war auch der bisherige Sekretär des Abtes, ein, wie es schien, erzkatholischer Mann, der jeden Tag zur Messe ging und bei jeder Gelegenheit den Ring des Abtes küsste. Er verließ nach dem ‚Anschluss‘ das Abtbüro und wurde Sekretär des Ortsgruppenleiters. Eines Tages kam er zu unserer Mama und beglückwünschte sie zur Geburt meines kleinen Bruders: ‚Da wird der Führer eine Freude haben, dass Sie ihm wieder einen Jungen geboren haben! Kann ich ihn sehen?‘ Er beugte sich zur Wiege, die vor ihm stand, lüftete ein wenig die Decke, hob seine rechte Hand und sagte: ‚Heil Hitler, Poppele!‘

Mitte der dreißiger Jahre hatte man eine Hängebrücke über den Inn gebaut. Es war eine kühne Konstruktion, zwei mächtige Steintürme, zwischen denen sich die dicken Stahlseile über den Fluss spannten. In Erinnerung an den ermordeten Bundeskanzler wurde sie Dollfußbrücke genannt. Der Name stand auf einer Bronzetafel, die im südlichen Pfeiler eingelassen war.

An einem Sonntagvormittag kamen einige Nazis zu unserem Papa. ‚Wir haben heute eine schöne Aufgabe für dich! Los, komm mit!‘

Er ging mit meinem ältesten Bruder vor die Tür. Dort empfingen sie mehrere Nazis in Uniform. Sie lachten und lärmten, als ginge es zu einem Volksfest. Alle zogen die Wirtsgasse hinunter, überquerten die Straße und gingen in Richtung Inn zur Dollfußbrücke. Dort standen Männer mit Schlapphüten und fast bodenlangen Mänteln. Einer kam auf unseren Papa zu und sagte: ‚Sehen Sie die Leiter da? Und sehen Sie das Werkzeug, den schweren Hammer und den Meißel? Sie steigen nun auf die Leiter und meißeln das Dollfußschild heraus!‘ – ‚Und wenn ich es nicht tue?‘ – ‚Sie haben doch Familie. Sie wollen doch sicher Ihre Familie wiedersehen, oder?‘

Unser Papa sah den Mann an und dann seinen Sohn, dem er kurz über den Kopf strich. Er ging zur Leiter, bückte sich nach dem Werkzeug, stieg die Leiter hinauf, bis er die Bronzetafel erreicht hatte. Die Menge begann zu klatschen, als er den ersten Schlag tat. Vorsichtig stemmte er den Beton rund um die Tafel weg, um sie nicht zu beschädigen. Dann hielt er den Meißel schräg, um unter die Tafel zu kommen. Langsam, Schlag für Schlag, löste sich das Dollfußschild aus der Verankerung. Mörtel stäubte herab, sodass die Männer mit ihren langen Mänteln zurücktreten mussten. Als er die Tafel fast zur Gänze gelöst hatte, ließ er Hammer und Meißel fallen, riss mit einem Ruck die schwere Bronzetafel heraus, hielt sie in einer Hand, holte weit aus und schleuderte sie in den Inn. Meinem Bruder blieb fast das Herz stehen, denn er begriff, warum der Papa das getan hatte. Nun würde die Brücke für immer den Namen Dollfußbrücke tragen, da die Tafel für immer im Inn ruhen würde.

‚Zufrieden?', fragte unser Papa, als er wieder auf der Erde stand. ‚Warum haben Sie die Tafel in den Inn geworfen?' – ‚Was hätte ich sonst tun sollen? Sie ins Museum stellen?' Der Mann im langen Mantel machte eine wegwerfende Geste, stieg ins Auto, das hinter den Büschen stand, und fuhr mit den anderen Männern weg.

Auf dem Rückweg ins Dorf sprach kaum jemand ein Wort.

In den sechziger Jahren fand ein Bauer die Bronzetafel beim Inn, nahm sie mit nach Hause und schnitt einige Stücke für eine Reparatur davon weg. Der Rest der Tafel lehnte viele Jahre an seiner Stadelwand, bis einer seiner Söhne den Zusammenhang ahnte und sie mit in sein Haus nahm."

In der Erinnerung der Frau steigt auf, dass ihr bereits als Kind ein Schauer über den Rücken lief, wenn sie den Namen dieses Hauses hörte. Etwas Schreckliches musste in dem Haus geschehen sein.

Erst kürzlich war die Frau in dem Haus zu Besuch. Der jetzige Besitzer drückte ihr eine lange Liste in die Hand mit 178 Personen, die am 10. Dezember 1940 von der Landesheil- und Pflegeanstalt Hall nach Hartheim zur Vergasung transportiert wurden. Auf der Liste standen auch der Name eines Kindes und eines Mannes mit der Adresse dieses Hauses. Das Mädchen, das sogenannte „Deppele", war geistig behindert, trotzdem hatten es die Großeltern und die Eltern gern. Und die Kinder, die mit ihm in der Klasse waren, mochten es auch, denn es stellte seine Fragen geradeheraus, so, wie sie ihm einfielen. Eines Tages kam das „Deppele" nicht in die Schule. Hinter vorgehaltener Hand erzählte man sich, dass die Gestapo Vater und Tochter am Morgen abgeholt hatte. Der Abtransport des „Deppele" war damals bereits gesetzlich gedeckt, denn das Euthanasiegesetz, unter das auch geistige Behinderung fiel, war bereits in Kraft. Wieso und unter welchem Vorwand der Vater vom „Deppele" abtransportiert wurde, konnte man im Dorf nicht verstehen. Er schielte, war halbtaub und stotterte. Aber er war ein ausgezeichneter Viehzüchter und führte seinen Hof mustergültig. Bei einer Rauferei hatte er einmal einem Mann einen Fußtritt ins Geschlecht gegeben und der war vermutlich deswegen gestorben. Dies war ihm ins Gemüt gegangen und er war 1937 für einen Monat im Irrenhaus in Hall. Aber deswegen ihn nach Hall abtransportieren und dann in Hartheim vergasen?

In der Dorfchronik aus den sechziger Jahren ist vermerkt, dass das „Deppele" und sein Vater einen geistigen Defekt hatten und in der Nazizeit in die Irrenanstalt nach Hall gebracht wurden und dort gestorben sind.

Die Frau schreckt auf, hört wieder die Stimme von Mathilde.

„Bereits im Dezember 1938 hörten wir in der Schule, dass man ab jetzt statt Weihnachten am 21. Dezember das Julfest feiert. Statt ‚Stille Nacht, heilige Nacht' mussten wir ‚Hohe Nacht der klaren Sterne' lernen. Am 21. um fünf Uhr abends mussten alle Schüler und Schülerinnen am Dorfplatz erscheinen. Der Lehrer zündete ein großes Feuer an, wir bildeten einen Kreis und sangen: ‚Hohe Nacht der klaren Sterne …' Dabei hüpfte der Lehrer wie das Rumpelstilzchen um das Feuer und hat immer wieder gerufen: ‚Flamme lodre, Flamme steige'. Meine Freundin Emma und ich mussten uns das Lachen verbeißen und dachten uns, dass Weihnachten doch viel schöner ist.

In der Schule wurden wir mit nationalsozialistischen Phrasen vollgestopft und mussten dem BDM, dem Bund Deutscher Mädel, beitreten. Es traf uns tief, dass bereits im Sommer 1939 das Kloster aufgelöst wurde und die Patres innerhalb von drei Stunden nur mit einem Koffer Gepäck das Kloster verlassen mussten. Nur ein Pater durfte als Pfarrer im Dorf bleiben. Wir hatten große Angst, dass unser Papa seine Arbeitsstelle verliert, doch er behielt sie. Die ‚Gaubonzen', die ja jetzt im Kloster saßen, schätzten seine Tiroler Bauernstuben, die damals in Mode waren.

Als im Herbst Hitler Polen überfiel und damit der Krieg begann, mussten im Klosterdorf mit Ausnahme einiger Nazibonzen alle Männer ab achtzehn einrücken. Auch unser Lehrer war dabei. Dann kam unsere fanatische Lehrerin, die ab jetzt von uns verlangte, auf alle Fälle am Sonntagnachmittag zur BDM-Stunde zu erscheinen. Der Schulungsraum war im Kloster im Anschluss an die zwei Türme im Parterre. Die Dümmste in der Schule, nur ein paar Jahre älter als wir, war unsere Führerin. Emma und ich gingen nicht hin, denn wir erfuhren, dass die Führerin während der BDM-Stunde über die Priester spottete und über die Kirche schimpfte.

An einem Sonntagnachmittag im Februar 1940 radelten Emma und ich den ganzen Nachmittag aus Protest immer wieder bei den Fenstern vorbei, hinter denen die BDM-Stunde stattfand. Plötzlich kam die Führerin wutentbrannt heraus und schrie: ‚Wisst ihr nicht, dass es eure Pflicht ist, in die BDM-Stunde zu gehen!' Ich antwortete: ‚Wissen Sie nicht, dass unser Führer gesagt hat, dass jeder Mensch nach seiner Fasson selig werden kann. Im Übrigen brauchen Sie nicht über die Kirche zu schimpfen.'

Am nächsten Morgen mussten Emma und ich in der Klasse nach vorne gehen. Unsere Lehrerin schrie und tobte, dass ich Führerworte ‚verschandelt' hätte. Ich sagte darauf: ‚Es wäre besser, wenn wir in der

BDM-Stunde für unsere Soldaten Socken stricken würden, statt über unsere Kirche zu spotten. Solange die Führerin dies macht, gehen wir sicher nicht hin.' Darauf zog sie mich an den Zöpfen und schrie: ‚Ich lasse mich von dir nicht belehren.' Dann musste ich mit ihr zum Bürgermeister gehen, der bereits über diesen Vorfall informiert war. Den ganzen Weg dorthin riss die Lehrerin an meinen Haaren. Der Bürgermeister schrie, dass er mich schon noch weichkriegen werde. Ich spürte in mir eine so große Kraft, dass ich sagte: ‚Die BDM-Führerin war in der Schule immer die Dümmste. Von der lassen wir uns sicher nichts gefallen und unsere Religion lassen wir uns auch nicht verspotten.' Darauf schrie der Bürgermeister: ‚Ich lasse dich in den Luftschutzkeller sperren.' Der war ganz tief unten im Stiftskeller.

Plötzlich klopfte es, und meine Mama stand hochschwanger mit einem Spazierstock in der Hand in der Tür, denn draußen war es sehr eisig. Der Bürgermeister fragte: ‚Was willst du da?' Darauf die Mama: ‚Als kinderreiche deutsche Mutter werde ich wohl das Recht haben, meine Tochter zu verteidigen?' Gleichzeitig fuchtelte sie mit dem Spazierstock vor meinem Gesicht herum. ‚Nimm deinen Fratz mit, mit dem wirst du nicht viel Freude erleben.' Mama erwiderte: ‚Das lass nur meine Sorge sein, nicht deine', und ging mit mir nach Hause. Eine Nachbarin hatte gesehen, wie die Lehrerin mich an den Haaren ins Gemeindeamt zog, und Mama informiert.

In diesem letzten Schuljahr bekam ich in Betragen eine Drei, und ich zerriss vor den Augen der Lehrerin mein Zeugnis. Ich konnte mein Pflichtjahr beim Reichsarbeitsdienst zu Hause machen, da wir eine kinderreiche Familie waren.

Ins Klosterdorf kamen immer mehr Todesnachrichten und Vermisstenmeldungen. Die größte Euphorie war vorbei. Trotzdem konnte man niemandem trauen. Wir horchten am Abend immer den ‚Ausländer', obwohl darauf die Todesstrafe stand. Oft kam auch unser Pfarrer vorbei und hörte mit. Anschließend diskutierten er und meine Eltern über die Kriegslage. Einmal kam ein Gendarm und sagte, dass eine Anzeige vorliege, dass wir den ‚Ausländer' horchen würden. Papa sagte, dass er ruhig beim Radio probieren könne. Es war ein kleiner Volksempfänger, wo man genau wissen musste, wie man den ‚Ausländer' überhaupt hereinbekam. Ich lief in meine Kammer und betete inbrünstig, dass der Gendarm den Sender im Radio nicht finden möge. Der Gendarm drehte immer zu schnell weiter. Nach drei Stunden gab er es auf.

Nach meinem Pflichtjahr daheim musste ich in ein BDM-Lager nach St. Christoph-Moserkreuz." Mathilde wiegt ihren Kopf hin und her. „Wenn ich heute zurückschaue, bin ich stolz auf mich, wie ich als Mädchen gegen die Dorfnazis Widerstand geleistet habe. Und weißt du", sagt sie, „es war schon eigenartig, wie wir nach dem Krieg alle zusammen im Klosterdorf weiterleben mussten."

Jahreszahlen-Schularbeit! Plötzlich bin ich wichtig in der Klasse. „Bitte, sag mir hein ein, mir ouh, mir ouh!" Schnell mache ich mit einigen Mitschülerinnen und sogar Mitschülern aus, wie wir uns während der Schularbeit verständigen können. Doch ganz umsonst setze ich nicht meine eigene, gute Note aufs Spiel. Als Gegenleistung muss mir das Mädchen mit der schönsten Schrift die Überschriften im Geschichteheft schreiben. Nur ein einziges Mal soll auch bei mir „sauber" im Heft darunterstehen. Die Don-Bosco-Schwester betritt das Klassenzimmer, schaut mich an und sagt: „Komm heraus und setz dich mit dem Rücken zur Klasse ans Pult." Ich werde rot, trotzdem bin ich stolz. Sie öffnet die Tafel. In unterschiedlichen Farben stehen Jahreszahlen von verschiedenen geschichtlichen Ereignissen da. Unsere Aufgabe ist es, zu den Jahreszahlen die Ereignisse ins Heft zu schreiben. Ich bin in der Hälfte der vorgesehenen Zeit fertig. Irgendwie gelingt es mir sogar vorne, doch manchen Mitschülern und Mitschülerinnen die richtigen Antworten zu signalisiern. Als Einzige der Klasse habe ich alle Jahreszahlen mit den Ereignissen richtig verbunden.

In den Sommerferien schreibe ich als Fleißaufgabe alle gelernten Jahreszahlen, von der Gründung Roms, 753 v. Chr., bis zum Untergang des Heiligen Römischen Reiches Deutscher Nation, 1866 n. Chr., in ein Heft. Herta wird mit einer Notlüge abgespeist: „Mir miaßn dejs übern Summer tien!" So kann ich ab und zu nach der Nachmittagsjause in meine Kammer verschwinden und schreiben und erst wieder zum Ausmisten im Stall erscheinen. Überhaupt bin ich jetzt mutiger und widerspreche Herta öfter. Ich bin schließlich jetzt bald dreizehn Jahre alt.

Als Einzige in der Klasse muss ich noch immer eine Schürze tragen. Nur eine gutmütige Freundin kommt nach vielen Erpressungsversuchen meinerseits – „Ih red nimme mit dir, ih nimm dejs Madl aus der Siedlung als Freindin, ih geah nach der Schuel nimme zu enk huem" – ab und zu ebenfalls mit einer Schürze zur Schule. Bei dieser Freundin daheim ist immer etwas los und es muss nicht immer alles aufgeräumt sein wie bei Herta. Oft sage ich zu ihr: „Tuet mir enker Ougricht huemelen!"

Wenn wir nach Hauland zum Rodeln gehen, müssen alle Mädchen eine Schürze tragen. Bei den engen Keilhosen darf ja keine Pofalte sichtbar sein. Das könnte die Bubenblicke auf uns pubertierende Mädchen richten.

Weil ich immer öfter mit meiner Schürze ausgelacht werde, wage ich Herta zu fragen: „Ih bin nouh die Uenzige vo'r Klass. Kannt ih in d' Schuel ouh kuen Schurz mieh oulegn?" Die Antwort ist kurz und bündig: „Dejs war nouh schiender, mir habm an Schurz oukejt und du lejsch ouh uen ou!" So zwingt sie mich, mir einen Plan auszudenken – ich verstecke meine Schürze auf dem Schulweg hinter einem Bildstock und ziehe sie auf dem Heimweg wieder an – doch o Schreck; nach dem Schulgottesdienst, auf dem Weg von der Kirche zum Schulhaus, kommt mir Herta auf dem Fahrrad entgegen. Schnell verstecke ich mich zwischen meinen Mitschülerinnen. Sieht sie mich ohne Schürze? Die Antwort erfahre ich beim Heimkommen. Sie wartet bereits mit dem Pragger auf mich. Ich schreie und stampfe, laufe in meine Kammer, sperre von innen die

Tür zu, reiße das Fenster auf und singe laut die erste Strophe der Landeshymne: „Ach Himmel, es ist verspielt, ich kann nicht mehr lang leben. Der Tod steht vor der Tür, will mir den Abschied geben ..." Herta hämmert an die Tür: „Mach au, du Saufratz, ih wünsch dir, dass du ouh amol selle Fratzn kriegsch, wie du uer bisch." Bei mir aber lindert sich mein Schmerz. Die Nachbarin öffnet ihr Küchenfenster und winkt mir zu.

Es ist nicht mehr aufzuhalten. Ich will dazugehören und nicht immer wegen meiner altertümlichen Kleidung ausgelacht werden. Am unliebsten ziehe ich das Pustertaler Dirndl an. Das Oberteil ist sehr eng geschnitten. Ich schäme mich ja sehr mit meinem Busen und ziehe beim Turnen immer eine Jacke an. Noch heute sehe ich den hellblauen BH vor mir, den mir Herta eines Morgens in die Hand drückt: „Den lejsch iats ou!" Der BH ist von der Tochter der Sommergäste aus Stuttgart. Ich werde rot und beim Anprobieren beschleicht mich ein eigenartiges, schauriges Gefühl, wie damals, als ich dem Pater beim Beichten sagte: „Ich habe mich selber berührt." Ich schäme mich sehr. Am Sonntag, nach der Jungscharstunde, hänge ich den weiten, schwarzen Rock des Dirndls über einen Zaunpfahl und renne los. Ein langer Riss quer durch den guten Wollstoff. Gott sei Dank, dieses Gewand bin ich los! Meine Notlüge kommt mir ohne Stottern über die Lippen. Gebeichtet wird sie auch nicht, denn wer weiß, ob der Pater Herta gegenüber dichthält.

Ob Gott wirklich will, dass wir Mädchen nicht schön sein dürfen? Langsam kommen mir Zweifel. Ich bin hin und her gerissen, denn ich mag die Religionsstunden sehr gern, vor allem die Erzählungen aus der Bibel. Bei der Schulmesse am Herz-Jesu-Freitag darf ich vor den Volks- und Hauptschulklassen die Lesung lesen: „Brüder, mir, dem Geringsten unter allen Heiligen, wurde die Gnade verliehen, den Heiden den unergründlichen Reichtum Christi zu verkünden und allen die Verwirklichung des Geheimnisses aufzudecken, das von ewigen Zeiten her verborgen war in Gott, dem

Schöpfer des Alls." Hier komme ich mir wie der heilige Apostel Paulus vor. Ich will mich für Gott und sein Reich einsetzen und nicht mehr eitel und schön sein. Als ich am nächsten Herz-Jesu-Freitag heimlich die neue, rosarote Jacke, die mir die Nale nach dem Besuch beim Tate in Hall gekauft hat, anziehe, fährt mir Herta mit dem Fahrrad nach, nimmt sie mir und schlägt sie mir um den Kopf. Heulend komme ich in die Kirche, und der Paulusbrief kommt nur zögerlich über meine Lippen. Wollte ich schön sein? Am Nachmittag, beim Nachhausefahren mit dem Traktor, sagt Ignaz: „Ih han kheart, dass du frech wearsch. Ih muen, du woasch, wo du heakimmsch. Herta muents lei guet mit dir." Mir schießt die Röte ins Gesicht, Zornestränen steigen auf, ich fühle mich verraten. Oft höre ich, wie Herta mit Ignaz schimpft, und jetzt hilft er zu ihr. An diesem Abend rede ich auch im Stall kein Wort. In der Kammer hole ich Mamas Sterbebild und mein Gedicht für Mama hervor und weine lang.

Herta wird immer laut, wenn Ignaz sich selber einen Schnaps einschenkt. Sie gibt zwar den Männern, die ins Haus kommen, ab und zu ein Schnapsl, doch allein darf Ignaz keinen trinken. Ignaz ist ein guter Musikant und spielt das erste Flügelhorn. Am Sonntag, während Herta in der Frühmesse ist, kann er in der Stube üben. Ich mag es, wenn ich am Sonntag, bis Herta von der Messe kommt, im Bett bleiben und Ignaz beim Spielen zuhören kann.

Am Silvestertag zieht die Musikkapelle von Haus zu Haus. Sie spielen ein Ständchen und wünschen ein Gutes Neues Jahr. Jeweils ein Schnaps und etwas Geld für die Musikkasse sind der Lohn. Herta und ich gehen an diesem Tag etwas früher in den Stall, die Mueter richtet das Abendessen. Meistens gibt es noch einmal Krapfen und Nuijes Schmalz, da wir zu Silvester das zweite Mal Räuchern gehen. Berta liest oder näht in ihrer Kammer. Dann kommt Ignaz mit zwei Musikanten, die ihn links und rechts halten, bei der Stalltür herein. Mir fällt fast die volle Mistgabel aus den Händen. Herta will zum Schimpfen anfangen, doch die beiden Männer beschwichtigen sie, sagen, dass es ja so kalt war und die Leute den „Salberbrennten“ aufgedrängt haben. Ignaz hat glasige Augen, rote Wangen, grinst über das ganze Gesicht, macht lallend einen Witz zu Herta hin und will ihr einen Kuss geben. „Schlaf gscheider dein Rausch aus!“ Sie geht mit ihm ins Haus, hilft ihm beim Ausziehen, und bald darauf schnarcht Ignaz auf der Ofenbank. Ich verstehe nicht, warum sie heute mit Ignaz nicht mehr schimpft, aber sonst oft wegen einem einzigen Schnaps laut schreit. Ausnahmsweise darf ich am Abend die Räucherpfanne tragen.

Im Februar schickt mich Herta mit einer bauchigen Flasche Marillenlikör zu meiner Gotl in den Nachbarweiler. Ich fürchte mich sogar am Tag, wenn ich irgendwo einem Mann begegne. Nur vor Ignaz habe ich keine Angst und auch nicht vor dem Pater, der ja ein Priester ist. An einer Wegkreuzung kommt mir ein Mann entgegen. Ich laufe so schnell ich kann weiter, blicke immer wieder zurück und schaue, ob der Mann mir ja nicht folgt. Mit Herzklopfen bleibe ich auf halbem Weg zur Taufgotl stehen. Mir fällt der Marillenlikör in meiner Tasche ein. Ich hole die Flasche heraus, öffne sie und trinke einen Schluck. Warm rinnt der Likör die Kehle hinunter, noch einen Schluck und noch einen. Mir wird wohlig warm, die Angst verkriecht sich im Schnee, ich muss plötzlich laut lachen, fast so wie Ignaz am Silvesterabend. Aber was mache ich jetzt nur? Ich kann doch nicht der Gotl die angebrochene Flasche bringen. Ich werfe die Flasche der Angst in den Schnee nach. Auf dem weißen Schnee bildet sich ein gelber Fleck. Singend stapfe ich weiter. Lachend trete ich in die Stube bei der Gotl, und sie sagt: „Hein bisch aber guet auglegt, so gfallsch mir!“

„Gotl, mir isch aber die Marillenschnapsflasche ochegfallen und hin gwesn!“ – „Isch ja gleich, ih sag der Herta uafach nicht.“ Dankbar schaue ich die Gotl an. Ich mag sie sehr gern. Ob sie merkt, dass sich in meinem Kopf alles ganz lustig dreht?

In diesem Winter nehme ich mir vor, kein Rorateamt zu versäumen. Am Abend bettle ich die Mueter: „Bittschia, Mueter, geahts ejs ouh morgn zmorgeds mit?“ Wie froh bin ich, wenn sie ja sagt, denn allein fürchte ich mich sehr. Eines Morgens komme ich noch halb verschlafen aus meiner Kammer herunter. „Hein, Madl, kann ih nit mitgiahn. Es isch fescht eisig. Du kannsch ja ouh amol ua Rorate auslassn.“ – „Eijo Mueter, geahts decht mit, ih mecht huijre alm Rorate giahn.“ – „Na, hein kann ich decht nit mitgiahn!“ – „Bittschia, bittschia, Mueter, geahts halt decht mit. Allue fürcht ih mih. Ih mueß ouh d’Schuel auschperrn. Ih lass enk eihängen.“

Herta kommt soeben vom Stall herein. „Hear au, der Mueter schia tien. Entweder du geahsch allue oder du bleibsch da. Da eiche frisst dih niemed.“ Irgendwie kommt mir ihre Stimme sanfter vor als sonst. Vielleicht ist sie stolz auf mich, weil ich so eifrig zur Rorate gehe. Die Don-Bosco-Schwester hat mich bereits gelobt. Die Mueter nickt mir zu. Ich blicke zum Tisch, eine Butterschnitte wäre wunderbar, doch ich darf nichts essen und nichts trinken, denn ich möchte zur Kommunion gehen und da muss man nüchtern sein.

Wir machen uns auf den Weg. Es ist noch stockfinster. Der Schnee knirscht unter unseren Füßen, ein eisiger Wind pfeift uns entgegen. Niemand außer uns beiden ist unterwegs. Wir kommen zur Anhöhe. Die Mueter leuchtet mit der Taschenlampe auf den Boden. Eine hauchdünne Schneedecke liegt über der großen „Eisgalle“. Vor ein paar Tagen war Tauwetter und dann kam die große Kälte. Wir tasten uns Schritt für Schritt voran. Auf dem anderen Weg ins Dorf sehe ich am Waldrand ein Licht. Angst kriecht in mir hoch. Immer noch fürchte ich mich vor dem Mörder, der vor zwei Jahren in der Bezirksstadt seine Frau erschlagen und über die Kellerstiege geworfen hat. Nachbarn haben sie dann tot im Keller gefunden. Der Mann versteckte sich auf halbem Weg zur Klosteralm in der „Jagerhütte“, denn er war im Kloster als Holzarbeiter eingestellt. Obwohl er nun schon lang im Gefängnis sitzt, habe ich immer noch Angst, er könnte mit der Hacke vom Wald herunterkommen und mich erschlagen. Ich klammere mich ganz fest an die Mueter. Das Licht kommt näher, ich bin erleichtert. Es ist eine Frau vom „Gej“, das sind mehrere Weiler außerhalb der Klostermauern. Sie geht auch zur Rorate. Leichter Schnee beginnt vom Himmel zu fallen. Meine Angst lässt nach. Wir kommen ins Dorf, begegnen noch einigen Leuten, die auch auf dem Weg in die Klosterkirche sind. Ich sehe meine Schulkameradin, laufe mit ihr voraus, öffne die schwere Kirchentür, gehe durch das verschnörkelte, schmiedeeiserne Gitter, vorbei am Grab der Landesfürsten, zu den Mädchenbänken vorne seitlich vom Altar. Der Chor beginnt zu singen: „Tauet Himmel den Gerechten …“ Dann ertönt die Stimme eines Klosterpaters: „Dominus vobiscum!“ – „Et cum spiritu tuo“, ist die Antwort aus unseren Kehlen. Bei diesen altvertrauten Klängen fühle ich mich daheim. Beim Hinausgehen suche ich wieder die Mueter. Sie bleibt nämlich immer in der hintersten Bankreihe. „Galts Gott, Mueter, dass ejs mitgangen seids.“ Sie streicht mir über den Arm und sagt: „Du bisch a Madl!“

Ich verstehe nicht, was dieser Satz bedeutet, doch heute bin ich besonders stolz, dass ich die Schule aufsperren darf. Langsam wird es Tag, die Schulwartin bringt allen, die beim Rorateamt waren, eine warme Milch und ein Stück Brot. So ganz nebenbei sagt sie zu mir: „Auf dich kann man sich wirklich verlassen.“ In der Religionsstunde stellt mich der Pater als Vorbild hin. Ich mag das nicht so gern, denn ich will nicht als Frömmlerin gelten, vor allem nicht bei den Buben. An diesem Vormittag schauen wir alle immer wieder beim Fenster hinaus, denn die Schneeflocken werden dichter und dichter.

Am unliebsten ist mir die Zeichenstunde. Meine Hand ist ungelenkig, ich bringe einfach nicht aufs Papier, was ich mir vorstelle, oder auch nicht die Zeichnung, die uns der Zeichenlehrer aufgibt. Zudem ist er auch noch ein richtiger Künstler. Er wünscht sich von uns, dass wir unsere Fantasie anstrengen und die Farben einfach fließen lassen. Ständig bin ich mit meinen Schulkolleginnen beim Verhandeln: „Du zeichnsch mir voar und ih sag dir darfiar ei." Ob in Geschichte, Deutsch oder Erdkunde, ist mir egal, sogar in Naturlehre kann ich behilflich sein, denn ich lerne die chemischen Formeln einfach auswendig. In Mathematik brauche ich selber Hilfe, denn ich habe wenig Vorstellung für Maße und Körperberechnungen. Während des Ausmistens im Stall fragt mich Ignaz immer wieder: „Wie viel Quadratdezimeter hat ein Quadratmeter? Wie viel Kubikdezimeter sind in ein Kubikmeter?" Ich kann mir die Menge des Mists, den ich im Karren zum Misthaufen radle, leichter vorstellen.

Nach der Stallarbeit sitze ich beim Küchentisch und versuche einen Frühlingsstrauß aufs Papier zu bringen. Mindestens fünf Zeichenblätter sind bereits im Herd gelandet. Herta kommt vom Stall herein: „Wie viel Blattlen hasch hein schue wieder verschmiert? Iatz kansch noche amol zu dein Onkl um a Gald giahn. Ih kann decht nit alle Wochn an Zeichnblock koufn. Muesch du, mir habm an Galdscheißer." Es gibt mir einen Stich in der Brust, denn ich spüre wieder einmal, dass ich hier nur aufgezogen werde. Tränen rinnen mir über die Wangen. „Pass au, siesch verschmiersch dejs Blattl ouh wieder!" Aber sie läuft über die Stiege hinauf und kommt mit einem kleinen Bild, das im oberen Hausgang hängt, zurück. Auf dem Bild sind zwei Edelweiß und drei Enziane abgebildet. Herta setzt sich zu mir an den Tisch und zeichnet mir mit ihren schwieligen Händen die Blumen vor. Dankbar sage ich zu ihr: „Galts Gott, Gotl!" Obwohl sie seit mehr als einem Jahr meine Firmgotl ist, bringe ich das Wort „Gotl" immer noch schwer über meine Lippen. Wenn sie jedoch so wie gerade jetzt gut zu mir ist, bin ich immer ganz gerührt. Auch auf das vorgezeichnete Blatt fallen noch Tränen. Ich lasse sie trocknen und male dann die Enziane mit der schönsten blauen Farbe an. Dabei ergeben sich von den Tränen wellige Konturen bei den Blumen. In der nächsten Zeichenstunde schenkt mir der Zeichenlehrer einen anerkennenden Blick.

Palmsonntag! Die Mueter kommt mit einem Ölzweig von der Frühmesse bei der Haustür herein. Ich laufe über die Stiege hinunter und rufe: „Guetn Morgn, Mueter!“ Ignaz und Herta sind gerade mit der Stallarbeit fertig. Heute, am Feiertag, gehen beide danach zum Amt. Die Mueter richtet das Frühstück, bleibt dann hinter Ignaz stehen, bis er seine erste Schale Malzkaffee ausgetrunken hat. Dann schenkt sie ihm nach. Herta sieht dies gar nicht gern, doch sie schluckt ihren Ärger hinunter, denn vor der Mueter hat sie Respekt. Berta kommt noch ein wenig verschlafen vom oberen Stock. Ich bin immer froh, wenn sie auch beim Tisch sitzt, weil ich dann weniger Angst vor Herta habe. Heute darf ich das erste Mal das neue Gewand anziehen, das mir Berta aus einem Kleid von Herta umgenäht hat. Es ist lilafarben und hat einen Plisseerock. Berta ist mit dem Sitz des Kleides an mir zufrieden. „Leg dir nouh a Firtig ouh, siesch hasch dejs Gwand nouh voarn Kirchn outarlt.“ Herta will, dass ich ordentlich angezogen in die Kirche komme.

Nach dem Kirchgang muss ich das Gewand immer schnell ausziehen. Es gibt ein Kirchengewand, ein Sonntagnachmittagsgewand, ein Schulgewand und ein Gewand für Arbeit und Feld. Im Stall trage ich über dem Arbeitsgewand eine blaue Kleiderschürze.

Herta flicht mir zwei feste Zöpfe, zieht ihr Sonntagsgewand an und gibt mir ein paar „Palmkatzln“ in die Hand. Sie wirft noch schnell einen Blick zu Ignaz: „Dass dih ja gschleinsch und nit nouh a Weil umedum blasesch und noche wieder z'spat zun Kirchn kimmsch!“ Ignaz grinst und verschwindet in die Stube, wo sein Blasinstrument hängt. Er fährt später mit dem Moped ins Dorf. Aus dem Nachbarweiler kommt die Taufgotl mit dem Fahrrad. Zu viert machen wir uns auf den Weg.

Die Tür der Pfarrkirche ist bereits geöffnet. Sie füllt sich rasch. Aus der Sakristei kommen die Patres mit Ölzweigen in den Händen und bilden einen Kreis um den Altar. Ein beeindruckendes Bild, denn die Patres sind nur selten alle in der Pfarrkirche. Nach der Palmweihe verteilen die Ministranten gesegnete Ölzweige an alle.

Ich bin wieder einmal sehr traurig, dass ich nur ein Mädchen bin und nicht ministrieren darf. Gemeinsam mit den Patres ziehen alle in Erinnerung an den Einzug Jesu in Jerusalem von der Pfarrkirche in die Klosterkirche. Dort wartet auf dem roten Teppich vor dem großen Portal der Abt des Klosters. In der Kirche ertönt laut das „Hossianna unserem König!". Ich bin zu Tränen gerührt, dass ich ganz vorne beim Seitenaltar in den Mädchenbänken knien kann und dazugehöre. Nach dem Hauptgottesdienst werden alle Kreuze in beiden Kirchen mit violetten Tüchern verhängt zum Zeichen der Trauer in der Karwoche.

Ich mag diese Woche sehr gern. Auf dem Feld ist noch fast keine Arbeit. Herta putzt das Haus gründlich. Ich muss die Teppiche klopfen, die Winterschuhe zum Verräumen putzen und mit Zeitungspapier ausstopfen. Am Gründonnerstag und Karfreitag und Karsamstag am Vormittag wird in der Kirche das Stundengebet gehalten. Jeder Ortsteil und jeder Weiler hat seine bestimmte Stunde zum Beten in der Blutskapelle. Ich gehe mit dem Nachbarsmädchen, das in die vierte Klasse Hauptschule geht, zum Kinderstundengebet am späten Vormittag. Dabei erzählt uns der Pater am Gründonnerstag vom letzten Abendmahl Jesu und am Karfreitag Jesu Leidensgeschichte. Am Karsamstag ist immer eine feierliche Stimmung, wenn der Leichnam Jesu im Grab liegt. Die bunten Osterkugeln ums Grab hat der Pater, der aus dem Ruhrgebiet stammt, abgeschafft, da sie ihm zu kitschig waren. Manche Leute im Dorf sagen: „Dia Deitschn habm kue Gfiehl fiar an altn Brauch."

Am Nachmittag schmücke ich die Marterlen in der Umgebung mit den ersten Frühlingsblumen. Dieses Jahr ist Ostern sehr spät. Ein paar Himmelschlüssel und Hänsel-und-Gretel-Blumen nehme ich mit heim. Ich betrete die Küche und frage Ignaz, der gerade mit Herta beim „Marenden" ist: „Wenn holsch noche mei Schwester ab?" Meine Stimme zittert und Tränen rinnen mir über die Wangen. „Brauchsch nit plearn, es geaht ihr ja wieder besser!", sagt Herta mit einer selten weichen Stimme. Die Mueter drückt mir ein Wasserglas in die Hand und ich gebe die Blumen und Wasser hinein, laufe in die Kammer und stelle es auf Hannas Nachtkästchen.

Plötzlich muss ich ganz fest an meine große Schwester denken, die in Vorarlberg in einem Gasthaus arbeitet. Ich schluchze laut auf und habe großes Heimweh nach ihr. Sie hat mir auf Ostern eine Karte geschrieben und da stand, dass sie im Mai auf Besuch kommen wird.

„Ih geah se iatz von Zug holen", ruft Ignaz in die Kammer herauf. Ich schaue zum Schutzengelbild über dem Doppelbett und flüstere: „Bitte, heiliger Schutzengel, hilf, dass die Hanna wieder normal isch." Die Mueter bleibt vor der Kammertür stehen und sagt: „Iats hear lei rearn au, iats isch se gwieß wieder nett mit dir. Die Faschtnzeit isch ouh viar, hasch gwieß vo dein Geburtstag die Zuggerlen aukaltn. Schleck decht uas derweil!" Ich verzichte nämlich die ganze Fastenzeit auf Süßigkeiten, denn ich will für Jesus ein Opfer bringen, wenn er schon für uns Menschen am Kreuz gestorben ist.

Ein bisschen klopft mir das Herz, doch ich freue mich auch auf Hanna. Bei meinem Besuch mit Herta in der Weihnachtszeit in der Landesheil- und Pflegeanstalt war sie ganz komisch, hat fast kein Wort geredet. Nach dem Besuch habe ich gehört, wie Herta zu Berta sagte, dass sie auch Elektroschocks bekommen hat.

Die Leute im Dorf sagen: „Iats hat 's Hannele ouh nouh zun Spinnen ougfangen. Dejs hat se gwieß vo ihrn Vater gerbt." Herta sagt: „A selle Gscheide und noche spinnen oufangen!" Ich schäme mich sehr. Seit Hannas Nervenzusammenbruch im Spätherbst vergangenen Jahres passt Herta noch besser auf, dass ich ja nicht heimlich Bücher lese – „siesch fangt se ouh nouh zun Spinnen ou." Zu Berta höre ich sie sagen: „Leich ihr nit alm Biacher, siechsch eh, was ausekimpt."

Hanna ist vor drei Jahren in die Handelsschule nach Innsbruck gekommen. Der Oberlehrer und der Pater hatten sich für sie eingesetzt, weil sie Klassenbeste war. In Innsbruck wohnte sie bei den Don-Bosco-Schwestern. Im zweiten Jahr konnte sie nicht mehr bei den Schwestern bleiben, da sie die Hausregeln nicht befolgt hatte. Sie wohnte dann bei der Familie einer Schulkameradin in Innsbruck, nachdem unser Vormund ein Machtwort gesprochen hatte, dass sie nicht alle Tage nach Innsbruck fahren könne. Herta hatte sie zuerst nicht „sicher" in der Stadt. Ich weiß immer noch nicht, was mit „sicher haben" gemeint ist. Vermutlich hat es etwas mit den Buben oder mit Schönsein zu tun. Hanna kam nämlich bald einmal anstatt mit den zwei Zöpfen mit einem Pferdeschwanz samt Masche und mit einem Kofferradio in der Hand nach Hause. Herta, die auf dem Acker beim Kartoffellesen war, hörte die Musik, ließ die Haue fallen, rannte Hanna entgegen und riss ihr das Kofferradio aus der Hand: „Schalt sofort den Radio aus!" Sie packte sie bei den Haaren: „Mach dir an gscheidn Zopf. Mit dir mueß ma sig ja schamen. Wearsch ouh nouh a so a Flitsche!" Die Tochter von Mamas Bruder, unserem Vormund, sitzt nämlich öfters mit einem Klosterangestellten auf einer Bank am Waldrand, während wir im Heu- oder Gruemetmahd sind. Einmal hab ich sogar gesehen, wie sie sich küssten.

Nach dem Abschluss der Handelsschule begann Hanna in Innsbruck in einem Radiogeschäft zu arbeiten. Ihre Chefin gab ihr in ihrer Wohnung ein Zimmer und war sehr großzügig zu ihr. Nach drei Monaten hatte sie ihren ersten Nervenzusammenbruch, und Herta sagte zu Berta: „Wear woaß, ob se mit dear nit eppes kejt hat. Warum tat se siesch an jungen Madl a selles Zimmer eirichtn? Wear woaß, ob dejs Hanna nit in Kopf gschtiegn isch und sie deswegn in religiösn Wahn kriegt hat." Ich weiß nicht, was „mit ihr eppes kejt" bedeutet, und beim Wort „religiöser Wahn" überkommt mich immer ein Schauer.

Ich höre, wie Ignaz mit dem Moped kommt, und schaue hinaus. Hanna steigt vom Gepäckträger und kommt die paar Stufen zur Haustür herauf. Sie sagt schnell „Griaß dih!" zu mir, geht in die Küche, redet und redet auf Herta und die Mueter ein. Zu mir sagt Herta: „Geah nouh mit 'n Ignaz in Acker auße fiarn Oaschterkorb an Kren holen!" Sie will mich nur wegschicken, deswegen horche ich noch hinter der Tür. „Ejs kennts enk nit viarstellen, oubundn habm se mih bein Bett und noche den Strom durchlassn. Wissts, wie dejs schiachtoun hat!" Herta will meine Schwester beschwichtigen, aber sie wird erst recht aufgeregt und sagt: „Aber ih bin gscheid, hat der Professor gsejt, ih wear nit wie der Tate!" Mir kommen die Tränen und ich laufe schnell zu Ignaz aufs Feld hinaus.

„Schaug, Göt, was ih fiar a groaße Krenwurzl gfundn han!" Zu Ignaz Göt zu sagen, fällt mir viel leichter als zu Herta Gotl, denn er schlägt mich auch nie mit dem Teppichklopfer. „Woasch du, fiar was der Kren in Oaschterkorb isch?" – „Na!" – „Aber bloaßer koschtet haschn schue?" – „Ja, wenn die Mueter bein Kirchtig fiars Rindfleisch den guetn Semmlkren ougmacht hat. Dear bloaße Kren isch ganz scharf." – „Ja, der Kren isch fiars Bittere in Lebm." – „Was isch bitter?" – „Hasch ja salber schue an Haufn mitgmacht, dejs isch bitter gnueg." Meint er damit das Sterben der Mama oder dass der Tate in Hall ist, und dass auch Hanna, obwohl sie so gescheit ist, nach Hall gekommen ist? Ignaz sticht drei weitere, große Krenwurzeln aus. Wir gehen zum Haus, ich putze sie ab und werfe die Blätter auf den Misthaufen.

„Mueter, schaugts, was ih fiar schiane Krenwurzn bring!" Die Mueter wäscht sie und holt den geflochtenen Osterkorb. Herta kommt mit einem Tuch aus Leinen, das ihre Mama selbst gesponnen hat. Die Mueter gibt ein frisch gebackenes Brot, Salz, ein paar Ostereier, ein Stück geselchten Schinken und den Kren in den Korb. „Mueter, der Göt hat gsejt, dass der Kren fiars Bittere in Lebm isch. Fiar was isch 's andere Zuig?" – „Dejs isch decht gspaßig, dass er dir zearsch 's Bittere derklärt hat, aber bei enk zwoa Madlen stimmts ja, dass 's Bittere meahrer zählt." – „Aber Mueter, ih mag decht viel lieber 's Siaße wie 's Bittere!" – „Dejs mechtn alle Leit lieber, aber 's Lebm hat halt bejde Seitn. 's Brot isch fiarn Hunger, fiarn Werchtig, der Schinkn isch fiar die Gluscht, fiarn Sunntig, ’s Salz isch da, dass ’s Lebm nit lab isch, und die Oar, dass bei die Leit und bein Viech alm wieder nuijs Lebm kimpt.“ Ich blicke zu Herta hinüber und sie erbarmt mir, dass sie noch immer kein Kind bekommen hat. Die Mueter sagt zum Schluss: „Drum stellt ma den Korb ier Oaschternacht voarn Altar, wo er von Prälat gesegnt weard, dass auf insern Lebm alm der Segn leijt.“

Hanna ist mit dem Fahrrad zu ihrer Base und zur Nale gefahren. Bevor Herta in den Stall geht, sagt sie zu mir: „Lass se uafach redn, wenn se zruggkimpt. Dejs weard nouh a Weil brauchn, bis ma se wieder habm kann.“

Weil ich heute nicht ausmisten muss, helfe ich der Mueter beim Krapfenbacken. Am Heiligen Abend, am Karsamstag und am Kirchweihsamstag gibt es immer Krapfen und „Nuijschmalz“. Gemeinsam gehen wir alle zur Osternachtsfeier in die Pfarrkirche. Einige Burschen vom Dorf haben bereits beim Aufgang zur Kirche das Osterfeuer entfacht. Die Patres ziehen mit den Ministranten von der Stiftskirche zur Pfarrkirche hinauf. Ein Pater zündet am Osterfeuer die Osterkerze an und die Patres und die Ministranten ziehen in ihren langen, weißen Gewändern in die Kirche ein, der Prälat mit Stab und Mitra. Mir schlägt das Herz bis zum Hals herauf, als der Pater beim Einzug drei Mal „Lumen Christi“ singt. Beim Gloria läuten die Ministranten mit allen Glocken und gleichzeitig läuten auch die Kirchenglocken in der Pfarr- und Klosterkirche. Ich stupse meine Schwester, die neben mir kniet, und flüstere ihr ins Ohr: „Iats sein die Gloggn wieder vo Rom zruggkemen.“ Es heißt ja, dass die Glocken am Karfreitag um drei Uhr, wenn Jesus am Kreuz stirbt, nach Rom fliegen und in der Osternacht zur Auferstehung wiederkommen. Hanna muss lächeln und ich freue mich, dass sie von Hall herausgekommen ist, denn der Tate ist immer noch hinter diesen dicken Mauern.

Nach der Osternachtsfeier gehen Hanna und ich mit dem Osterlicht zu Mamas Grab. „Hasch ouh nouh nach der Mama Derweillang?“ Ich nicke und beginne zu schluchzen. Hanna schnäuzt sich ins Taschentuch, und jetzt ist sie mir endlich wieder nahe. Im Bett, vor dem Einschlafen, sagt sie: „Du kannsch dir nit viarstellen, wie's mir da duntn schlecht gangen isch.“ Ich bin so froh, dass ich mich heute vor dem Einschlafen nicht mehr zu fürchten brauche.

Obwohl ich in der Singstunde die Noten nicht lesen und nur mit Mühe den Violinschlüssel abmalen kann, singe ich sehr gern. Unsere Don-Bosco-Schwester hat so wie ich einen Hang zu schwermütigen Liedern. Sie lässt mich in der Deutschstunde von Schillers „Lied der Glocke“ den Teil aufsagen, bei dem die teure Gattin einer zarten Kinderschar entrissen wird. Inbrünstig singe ich das Lied „Es ist ein Schnitter, der heißt Tod, hat Gwalt vom großen Gott ...“ Bei der Schlussstrophe „Trutz, Tod, komm her, ich fürcht dich nit! Trutz, komm und tu dein Schnitt ...“ geht mir ein Schauer durch und durch, denn ich habe ja gehört, wie die Mama umfiel. Ich kann nicht verstehen, warum einige Buben aus unserer Klasse bei diesem Lied lachen müssen. Wenn wir aber das Lied „Huematländle, Huematländle um a Bodasee und Rhi“ singen, bei dem es in der Schlussstrophe heißt: „Könnt ih huem zu Lieb und Lieder, wo ih han der Himml ket ...“, spüre ich das Heimweh der Don-Bosco-Schwester nach ihrem Zuhause und ich fühle mich mit ihr verbunden.

Manchmal beeile ich mich beim Ausmisten und laufe, während Herta noch im Stall ist, in die Stube, suche Radio Luxemburg, weil dort zum Fünfuhrtee die neuesten Schlager kommen. Da ich mir die Texte ganz leicht merke, singe ich am nächsten Tag meinen Schulfreundinnen „Tanze mit mir in den Morgen, tanze mit mir in das Glück ...“ mit allen Strophen vor. Ich will nicht nur Kirchenlieder und alte Lieder singen, sondern auch bei der Schlagermusik mitsingen können.

Im Mai darf ich am Sonntagnachmittag mit unserer Jungscharführerin und den Jungscharmädchen über die Hängebrücke und den Nachberg nach Locherboden zur Maiandacht gehen. Zuerst kriechen wir nahe beim Inn in eine Höhle und machen uns gegenseitig Angst. In der Kirche schmettern wir dann die Marienlieder nur so hinaus. Wir gehen übers Nachbardorf heim, kommen bei einem dichten Bretterzaun vorbei und hören dahinter fröhliches Lachen und Rufen. „Dejs isch 's Schwimmbad", sagt eine Freundin. Ich habe ein beklemmendes Gefühl, denn im vorigen Herbst, als ich mit meinen Verwandten bei diesem Zaun vorbei auf den Locherboden ging, sagte meine Taufgotl zu mir: „Dejs isch nicht Gscheids, da drei sein die Madlen völlig nacket." Meine Schulfreundin muss laut lachen, als ich ihr das erzähle. Mich wundert es immer, dass die Buben aus unserer Klasse in der Turnstunde mit dem Fahrrad ins Schwimmbad fahren dürfen.

Die letzten Schulferien vor dem Schulabschluss!

Drei Mädchen aus unserer Klasse sind sich bereits sicher, dass sie Lehrerin werden wollen. Ich bin mir natürlich auch sicher, dass ich das Gleiche will, obwohl ich mir Sorgen mache, ob ich ein Instrument erlernen, schön genug schreiben und zeichnen und gut genug singen kann. Auch heuer verwende ich bei Herta wie im letzten Jahr eine Notlüge, damit ich wenigstens ab und zu der Feldarbeit entkomme, und sage zu ihr: „Ih mueß ibern Summer Österreichs Geschichte in an Aufsatz niederschreibm." Ich beginne mit: „Karl der Große, der fränkische Kaiser, saß gedankenversunken an seinem Schreibtisch. Er hatte den Kopf in seine Hände gestützt und starrte auf den Mann, der vor ihm stand. Es war einer seiner Botschafter." So geht es Seite um Seite weiter und endet mit dem Untergang des Heiligen Römischen Reiches Deutscher Nation. Im Herbst wird dann das kleine, freiwillig geschriebene Meisterwerk in der gesamten Schule vorgelesen.

Ignaz hat vor zwei Jahren dreihundert Stauden schwarze Ribisel gepflanzt, und in diesem Sommer tragen sie zum ersten Mal Früchte. Gleich nach Schulschluss sind sie reif und müssen gepflückt werden. Am Morgen kommen mit den Fahrrädern meine Taufgotl, ihre Schwägerin und noch ein paar Frauen zum Ribiselpflücken. Ich setze mich zwischen sie und erfahre im Laufe des Tages allerlei Dorfgeschichten. Von der Kriegszeit erzählt nur eine Frau aus dem Nachbarweiler, aber nur, wenn Herta nicht in der Nähe ist: „Du kannsch nicht darfiar, Madl, aber dei Onkl hat mein Bruder auf sein Gwissn." Die anderen Frauen nicken. „Bis hein kann ih's ihm nit verzeichn, dass er 'n nouh an die Front gschickt hat, lei weil er a Schwarzer gwesn isch und er ihn nicht gmegt hat." Ich schäme mich für meinen Onkel. Ignaz kommt hinzu und sagt: „Muesch nit voarn Madl dia Gschichtn derzählen. Sie kann nit darfiar, dass ihr Onkl a Nazi gwesn isch." Ignaz sammelt die gepflückten Ribisel ein und schüttet sie in Steigen, die er dann am Abend mit dem Traktor zwanzig Kilometer weit in die Genossenschaft fährt. Ein Sommergast aus Wien kommt meistens am späten Vormittag mit der Schnapsflasche zum Ribiselfeld und schenkt auch mir ein Stamperl ein. Das hinterlässt bei mir ein wohlig-warmes Gefühl und ein beschwingtes Herz. Noch weiß ich nicht, dass sich dieses feine Gefühl auch im Hinterkopf einnisten kann und nach Jahren bei Schwierigkeiten als Lösung anklopfen und sagen wird: Gib mir etwas, dann geht es dir besser; gib mir noch mehr, dann fühlst du dich ganz gut. Zwanzig Jahre später stirbt der Sommergast mit Anfang sechzig am chronischen Alkoholismus. Wenn im Dorf jemand ein Alkoholproblem hat, sagt man: „War a sella gscheider Mensch, wenn er sig nit versaufn tat", und bei einer jungen Frau aus dem Nachbarweiler: „Iats hat se eh alls, noche sauft se nouh."

Herta ist immer viel fröhlicher, wenn Gäste da sind oder andere Leute auf dem Hof mitarbeiten. Schon Wochen vorher hat sie Knödel, Buchteln und Gulasch vorgekocht und eingefroren. Die Mueter richtet die Zuspeisen her, wärmt das Vorgekochte auf und ruft uns um Punkt zwölf zum Mittagessen. Ich genieße es, mit so vielen Erwachsenen um den Tisch zu sitzen und ihren Gesprächen zuzuhören.

Das letzte Schuljahr!

Wie bin ich glücklich, nach dem Sommer wieder in die Schule gehen zu können. Am 26. Oktober, als ich das Klassenzimmer betrete, steht in wunderschönen Blockbuchstaben an der Tafel: „Einig lass in Brüderchören, Vaterland, dir Treue schwören, vielgeliebtes Österreich“. Darunter ist Österreichs Landkarte skizziert. „Heute ist Tag der Fahne“, sagt die Don-Bosco-Schwester. „Genau vor sieben Jahren hat der letzte Besatzungssoldat Österreich verlassen. Seither ist Österreich wieder frei.“

1938 hat Adolf Hitler, ein gebürtiger Österreicher, Österreich besetzt. Doch die Besatzungssoldaten, die vor sieben Jahren Österreich verließen, waren entweder Franzosen, Amerikaner, Engländer oder Russen. Komisch, denke ich mir: War nun Hitler der Besetzer oder diese Soldaten? Darauf gibt es für mich keine Antwort. Ich traue mich auch nicht, die Frage laut zu stellen. Die ganze Klasse steht vor der Tafel. Wir singen laut die Bundeshymne. Im Anschluss macht ein Lehrer ein Klassenfoto.

Fünfzig Jahre später, als sich die Frau schon viele Jahre für Gleichbehandlung auch in der Sprache einsetzt, wird ihre Version der Bundeshymne sogar im Nationalrat vorgebracht. Sie hat darin nicht nur den Töchtern Raum gegeben, sondern auch in den Brüderchören die Vaterlandsbeschwörung hinterfragt. Ob die dritte Strophe – „Einig in der Vielfalt leben, Heimat, du wirst Raum uns geben“ – jemals gesungen werden wird, bleibt fraglich.

Ein Schleiertanz der Sommergräser in der Mittagssonne. Eine zeitlose Reife liegt über dem Bergmahd. 16. Juli. Die Frau sonnt sich im Erinnern. An einem 16. Juli begann sie die Kochlehre im Ötztal, mitten in der Hochsaison in die Hotelküche hineingeworfen.

Ich muss nach dem Unterricht im Klassenzimmer bleiben. Hoffentlich ist mir die Don-Bosco-Schwester nicht auf etwas Verbotenes draufgekommen. Überraschend freundlich eröffnet sie das Gespräch. „Ich weiß ja, wie gern du Lehrerin werden möchtest. Du hast auch das Zeug dazu." Sie stockt. Ich blicke abwartend auf. „Deine Verwandten meinen, es sei zu viel für dich. Hanna hat zwar die Handelsschule gut geschafft, doch bald darauf einen Nervenzusammenbruch erlitten. Und euer Vater ..." Mir schießt die Röte ins Gesicht. Ich bekomme eine Riesenwut und schlucke Tränen samt Wut hinunter. Hört das nie auf? „Du weißt ja, dein Vater", oder von Herta: „Du fangsch ouh nou wie dei Vater zun spinnen ou."

Hinter verschwommenen Augen sehe ich den Reiter wild galoppieren und ich darf nicht mitkommen, obwohl ich so viel lerne und so fleißig bin. Und jetzt kommt zum Vorhalten von Tates Zustand auch noch Hanna dazu. „Ich werde dafür sorgen, dass du einen guten Lehrplatz bekommst. Möchtest du Köchin werden?" Ich nicke, drehe mich um und laufe, so schnell ich kann, davon.

Im März muss ich mit der Don-Bosco-Schwester und der Schwester Oberin zum Vorstellen ins Ötztal fahren. Der Chef des Hotels holt uns mit dem Auto ab. Ich bin sehr aufgeregt. Die erste Talstufe. Eine große Kehre, noch eine Kehre. Das Tal ist schmal, die Straße steigt an, links eine steile Felswand, der erste Dreitausender, rechts Wald, dahinter Berge, dazwischen die Straße und der Bach. In meiner Brust wird es eng, das Herz klopft wild. Doch das Tal weitet sich. Mitten in den Feldern steht eine kleine Kirche, zwei schlanke Bäume bewachen sie. Die Angst wird größer, noch weiß ich nichts von meinem Weg im Tal, der immer weitergeht. Sieben lange Jahre bete ich beim Vorbeifahren: „Bittschie, lieber Gott, hilf mir, dass ih ier nagschtn Zeit alls guet derpack." Wir steigen aus. Obwohl die beiden Schwestern sehr gütig mit mir umgehen, schäme ich mich ein bisschen, als wir das Hotel betreten. Wenn ich doch mit meiner Mama hier sein könnte! Die zukünftige Chefin lächelt mich an. Später werde ich sie mit „Frau" ansprechen. Bei einer Tasse Tee unterhalten sich die drei Frauen über mich. „Sie ist ein armes, aber fleißiges Mädchen." Ich werde schon wieder rot. Die Fragen der Chefin beantworte ich ohne Zögern. „Ja, du kannst am 16. Juli anfangen, kochen zu lernen", sagt sie bestimmt.

Bei der Schulabschlussfeier im Bernardisaal werde ich das Festgedicht aufsagen. In der ersten Reihe sitzen der Prälat und auch mein zukünftiger Chef vom Hotel im Ötztal. Die Strophen purzeln hervor und füllen mit ihrem Klang den Raum: „Zum letzten Male treten wir in diesen Raum, / eh wir die schwere Fahrt ins Leben wagen. / Vorüber ist der Kindheit schöner Traum / und in die Herzen schleicht sich banges Zagen ... Lebt wohl. Der Hoffnung frohes Banner zieht voran. / Wir folgen ihm mit Gottes Schutz und Segen. / Und was wir tun, das sei stets wohl getan. / Zu edler Tat lasst uns die Hände regen."

Ja, meine Hände habe ich geregt, die Füße mindestens ebenso stark. In der Berufsschule werde ich endlich auch wieder den Kopf regen können. Von einem gesamten Schuljahrgang werde ich Landessiegerin. Niemals vorher hat das bei den Köchen und Köchinnen ein Mädchen geschafft. Bei der Preisverteilung wird mir der goldene Ring angesteckt werden. Ein Männerring! Niemand hat gedacht, dass ihn auch ein Mädchen gewinnen könnte.

Die Don-Bosco-Schwester, die unser Klassenvorstand ist, eröffnet uns, dass wir Ende April nach Wien fahren werden. „Ich darf euch aber als Klosterfrau nicht begleiten, sondern es werden eure Geografielehrerin und euer Turnlehrer mitfahren." In der Klasse herrscht Hochstimmung. „Die Woche kostet vierhundert Schilling, aber drei Schülerinnen bekommen eine Ermäßigung", sagt die Don-Bosco-Schwester mit einem Blick zu mir. Nach dem Unterricht müssen wir drei Mädchen in der Klasse bleiben. Weil ich die Ärmste bin, sagt sie zu mir: „Du brauchst nur hundertfünfzig Schilling zu bezahlen. Wird das möglich sein?" Ich zucke mit den Schultern, Tränen steigen hoch.

Beim Mittagessen sage ich zu Herta: „Mir fahrn Ende April vo'r Schuel aus auf Wien. Es koschtet hundertfufzg Schilling." – „Na, was ma hein fiar dia Fratzn alls tuet, dejs hat's bei ins nit gebm! Muesch halt zu dein Onkl um's Gald giahn."

Der Hausgang liegt im Halbdunkel. Mir klopft das Herz. Überall liegen Dinge herum. Ich klopfe bei der ersten Tür auf der linken Seite an. „Herein!" – „Griaß dih." Das Wort „Onkel" bringe ich nicht über die Lippen. Er sitzt hinter dem Schreibtisch, hat ganz schwarze Haare und sehr dunkle Augen. Ein bisschen habe ich immer noch Angst vor ihm. „Was mechsch'n hein?" – „Ih mueß fiar's Wienfahrn hundertfufzg Schilling zahlen. Warsch so guet und tasch mir se gebm?" Ich atme auf, als er sagt: „Dejs weard dir gfallen. Dei Mama isch ouh z'Wien gwesn und hat det dei groaße Schwester auf d'Walt bracht." Er sperrt eine Schreibtischschublade auf, holt ein Sparbuch heraus und vertieft sich darin. „Ih gib dir's derweil vo mir, ih mueß earsch in Sunntig nach Kirchn auf die Raiffeisenkasse giahn und vo enk 's Gald holen." Es erfüllt mich mit Stolz, als ich das Wort „Raiffeisenkasse" höre, denn mir fällt ein, wie Ignaz einmal zu mir gesagt hat: „Enker Tate isch ier Raiffeisenkasse Zahlmoaschter gwesn und er hat die schianschte deitsche Kurrentschrift von ganzn Dorf kejt." Die Schrift habe ich leider nicht von ihm geerbt, aber sein Merkgedächtnis. „Da hasch nouh dreißg Schilling meahrer als Sackgald. Wenn nache ausgschuelt bisch, gib ih dir ouh 's Sparkassebiachl. Es isch von Verkouf vo enkern Viech nouh allerhand übrig. Ier Hanna han ih's schue gebm." Ich starre ihn an, ganz langsam beginne ich zu begreifen, dass es ja mein Geld ist, das er mir gibt. „Galts Gott, Onkel", stottere ich und gehe schnell an zwei Kammern vorbei zur Tante Lena in die Küche. Im Vorbeigehen sehe ich durch eine offene Tür in die Kammer meiner Cousinen. Dia habm a Ougricht, denke ich mir, wie ich das viele Gewand und die Schuhe herumliegen sehe. Aha, gewiss deswegen schreit Herta manches Mal: „Du wearsch ouh nouh a so schlampet wia deine Cousinen." Die Tante steht beim Herd und kocht gerade das Mittagessen. „Magsch mit ins essn?" – „Na, ih mueß glei huem. Ih bin lei glei nach der Schuel zu enk ochegangen." – „Warum kimmsch'n völlig nie?" Darauf weiß ich keine Antwort. „Wie geaht's in Hannele"? Ich muss lächeln, denn ich darf inzwischen nur mehr Hanna zu ihr sagen. „Alleweil geaht's schue. Sie isch bei die Kreizschwestern z'Innsbruck Stockmadl." – „Vielleicht isch dejs eh gscheider, obwohl se gwieß viel lieber in an Büro hockn tat. Es isch schue a Kreiz mit dia Nervn." – „Pfiat dih, Tante Lena." – „Woasch es schue, nach Oaschtern kimpt dei groaße Schwester auf Bsuech", ruft sie mir noch nach. „Ja, sie bringt mir an Gwandstoff mit weißn Grund und roate Roasn, hat se mir versprochn." Fröhlich gehe ich heim. Heute fürchte ich mich gar nicht, wie ich am Waldrand vorbeikomme, obwohl niemand Bekannter unterwegs ist.

„Mir giahn ouh in die Oper, wenn mir in Wien sein", sagt eine Schulkameradin. Die Mädchen erzählen einander, welchen Schmuck sie für die Oper mitnehmen werden. Ich habe außer einer Silberkette mit einem Kreuz, die ich von Herta zur Firmung bekommen habe, keinen Schmuck. Wir müssen für die Wienfahrt auch Handtücher mitnehmen. Die anderen Mädchen haben alle Frotteehandtücher und ich nur gewebte Leinenhandtücher von der Mama. Eine Woche vor der Wienfahrt nehme ich mir heimlich von Hertas Wäschekasten zwei Frotteehandtücher und aus ihrer Schmuckschatulle einen Perlmuttanhänger. Da wir Ende April in Wien sind, nehme ich an, dass Herta noch nicht ihr Sommerdirndl anzieht, zu dem sie diesen Anhänger trägt. Der schimmernde Anhänger passt sicher gut zu meinem lila Kleid.

Österreich zieht an mir vorüber! Ich sitze im Zug und komme aus dem Staunen nicht mehr heraus. Die Berge werden sanfter. Salzburg, ein breiter Fluss, die Festung hoch oben! Die ersten Seen, die Berge weit weg. Nur mehr eine hügelige Landschaft. Im Zug ist es lustig. Wir Mädchen blödeln mit den Buben und ich kaschiere meine Unsicherheit mit lauten Sprüchen, die ich irgendwo aufgegabelt habe. Die Geografielehrerin lacht mit. Die Don-Bosco-Schwester würde uns nur Lebensweisheiten für den Umgang mit den Buben sagen.

Wien, Westbahnhof! Mir bleibt der Mund offen. So große, hohe Häuser, so viele Menschen, so viele Autos, so viele Straßenbahnen, so hohe Kirchtürme! So eine große Stadt konnte ich mir bisher nicht vorstellen. Wir fahren mit der Straßenbahn in den 13. Bezirk zu unserer Jugendherberge im Hörndlwald. Auch andere Schulklassen aus den verschiedenen Bundesländern sind hier untergebracht. Alles ist so aufregend, dass wir Mädchen am ersten Abend fast nicht einschlafen können. Irgendwann kommt die Lehrerin hinter einem Vorhang hervor und sagt: „Bitte, Mädchen, es ist elf Uhr in der Nacht. Seid jetzt ruhig, sonst seid ihr morgen nicht ausgeschlafen."

Stephansdom, Parlament, Karlskirche, riesige Museen, Prater mit dem Riesenrad, Schloss Schönbrunn, kaiserliche Schatzkammer. Für mich der Höhepunkt: die Kapuzinerkirche mit der Kaisergruft. So viele, von denen wir im Geschichtsunterricht gehört haben, in wunderbaren Sarkophagen begraben. Beim Grab von Isabella von Parma kommen mir die Tränen, denn am Fuß ihres Sarges steht ein kleiner Kindersarg. Ich muss an die Mama denken.

Am 1. Mai sind wir an der Ringstraße. Am Straßenrand stehen viele Menschen, haben rote Fähnchen in den Händen und warten. Plötzlich kommt ein langer Zug. Männer tragen rote Fahnen. Auf dem Kopf haben sie Schildmützen, geziert mit drei Pfeilen. Alle Frauen und Männer im Zug tragen im Knopfloch eine rote Nelke. Sie singen und lachen und winken den Menschen am Straßenrand zu. Eine Musikkapelle spielt flotte Marschlieder. Polizisten auf Motorrädern begleiten den Zug zum Heldenplatz. „Dies ist der Mai-Aufmarsch der Sozialistischen Partei!", sagt die Lehrerin. „Heute wird der Tag der Arbeit gefeiert. Viele Arbeiter gehören dieser Partei an." Komisch, denke ich mir. Ich wusste bisher nur, dass am 1. Mai der heilige Josef als Arbeiter gefeiert wird. Laut sage ich: „Dejs schaugt ja fascht so aus wie bei der Fronleichnamsprozession, fahlt lei nouh der Prälat untern Himml!" Die Lehrerin und ein paar Mitschülerinnen müssen laut lachen. Einige Leute am Straßenrand drehen sich lächelnd nach mir um. Ein Mann sagt zu mir: „Ja, Kleine, im heiligen Land Tirol gibt es halt nur Prozessionen. Dort möchte man am liebsten, dass alle immer noch Gott, Kaiser und Vaterland dienen!" Noch einmal bin ich vorlaut und sage zu ihm: „Aber es gibt ja gar keinen Kaiser mehr und Gott zu dienen ist wohl richtig!" – „Ja, ja, Mädel. Du kommst schon auch noch drauf!" Ich weiß nicht, was das bedeutet, und bin nur baff, dass so viele Leute bei den Sozis sind, die sicher nicht an Gott glauben. Am Heldenplatz ist ein großes Podium aufgebaut, das mit vielen roten Nelken geschmückt ist. Politiker halten Reden. Ich höre gut zu und denke mir dabei, dass ihre Reden gar nicht so schlecht sind, wenn sie darin für bessere Löhne für die einfachen Arbeiter eintreten und auch dafür, dass die Frauen selber Geld verdienen sollen.

Am Nachmittag werden wir in der Volksoper auf die Oper „Turandot" von Giacomo Puccini vorbereitet. Ich bin überwältigt, wir Mädchen merken uns ein paar Szenen, die wir am Abend vor dem Opernbesuch unserer Lehrerin vorspielen. Eine Mitschülerin ist um acht Uhr immer noch nicht in der Jugendherberge. Die Lehrerin geht sie mit zwei Buben aus unserer Klasse suchen und sie finden sie küssend hinter einem Baum. Sie hat sich den Satz, den uns die Don-Bosco-Schwester in der Handarbeitsstunde gesagt hat, nicht gemerkt: „Ihr sollt nur den Mann küssen, der einmal der Vater eurer Kinder wird!"

In dieser Nacht bin ich mondsüchtig und gehe schlafwandelnd durch den großen Schlafsaal. Wie ich die Tür ins Freie öffnen will, hört mich die Lehrerin, beruhigt mich und hilft mir wieder ins Bett.

Kleine Briefchen gehen während des Essens von den Buben aus den anderen Schulen her zu uns Mädchen. Ich weiß nicht, wie dies manche Mitschülerinnen bewerkstelligt haben. Beim letzten Frühstück drehe ich mich um, gebe einem Buben meine Adresse in die Hand und sage: „Schreibst du mir einmal?“ Er lächelt und sagt: „Freilich!“

Nach drei Wochen drückt mir Berta ein Kuvert in die Hand. Drin ist eine Karte mit einem Haus auf einem Hügel. Auf der Karte steht. „Viele liebe Grüße und Bussi von Erhard aus Deutschfeistritz!“ Wie gut, dass Berta aufs Postamt gegangen ist. Wenn Herta die Karte gesehen hätte, wäre ein zweites Donnerwetter fällig gewesen.

Als ich nämlich am Abend nach der Wienwoche bei der Tür hereinkomme und der Mueter begeistert zu erzählen beginne, kommt Herta vom Stall herein: „Wo hasch du in Perlmuttertaler? Hasch du ihn gstohlen?“ Ich beginne zu stottern. „Na, na, ih han en lei ausleichn wellen.“ – „Huemlig in mei Zimmer giahn und steahlen! Muesch dejs ouh nouh deir Schwester nachmachn? Aus dir weard nicht Rechts!“ Pitsch, patsch, kleben zwei Handabdrücke auf meinen Wangen. Nichts wird aus dem Erzählen. Heulend laufe ich in meine Kammer. In einem Tränenmeer endet die Wienreise.

Knapp vor Schulschluss macht der Pater von jeder Schülerin und jedem Schüler bei einem blühenden Rosenstrauch im Klosterhof ein Foto und schenkt es uns zum Abschied. Es ist mein erstes Foto, auf dem ich allein abgebildet bin. Aus meiner ersten Kindheit gibt es kein Foto von mir. Von der zweiten Kindheit ein Foto mit meinen Verwandten und eins vom Jungscharausflug auf die Alm. Und nun ein Foto beim blühenden Rosenstrauch an der Mauer des Klostergartens. Die Sonne steht so, dass vom Reiter auf dem Dach kein Schatten auf den Rosenstrauch fällt. Ein gutes Omen?

# Kapitel 3

Am 16. Juli 1962, es ist ein Montag, betrete ich am frühen Nachmittag meinen Lehrbetrieb. Meine zukünftige Chefin ist in der Mehlspeisküche. Sie ruft den Hausmeister, der mit mir und meinem Gepäck die Stiege zu den zwei ausgebauten Dachbodenzimmern hinaufsteigt. Er zeigt mir meine Kammer. Das Licht lässt sich nicht einschalten, da keine Glühbirne eingeschraubt ist. Auf die Frage des Hausmeisters, ob ich selber eine Glühbirne einschrauben könne, nicke ich mit einem unguten Gefühl. Wir gehen wieder hinunter, ich komme schnaufend mit einer Glühbirne in der Hand oben wieder an, nehme einen Stuhl, steige hinauf und will die Birne hineinschrauben. Da dies nicht gleich gelingt, fühle ich mit dem Finger, ob etwas in der Fassung steckt, plumps, liege ich mitsamt der Glühbirne am Boden. Für einen Moment bin ich benommen, dann probiere ich es noch einmal, und wirklich, das Licht brennt. Ich habe eine erste Lektion gelernt: Ich muss es sagen, wenn ich etwas nicht kann.

Kurz darauf gehe ich mit meiner neuen, weißen Kleiderschürze und klopfendem Herzen in die Mehlspeisküche. Die Chefin gibt mir ein weißes Kopftuch, das ich hinten binden muss, und eine zweite kleine Schürze zum Umbinden. „Das ist ab jetzt deine Arbeitskleidung!" Sie ist gerade beim „Erdbeerabzupfen". „Du schaust mir einfach zuerst zu und machst es dann ebenso." Ich nicke. Meine erste Arbeit: Erdbeeren von den Stängeln befreien. Die Kellnerin kommt mit den Bons. Die Chefin schneidet Tortenstücke ab, richtet Strudel und Eis an. Nebenbei rührt sie einen Kuchenteig. An diesem ersten Tag zeigt sie mir noch, wie man richtig Äpfel schält, schneidet, würzt und auf dem Blätterteig verteilt. Dann formt sie daraus riesige Strudel, die sie ins Backrohr gibt. Bald ist ein Apfelstrudel zubereitet, eine meiner ersten selbstständigen Arbeiten.

Am nächsten Morgen zeigt mir der ältere Lehrling, wie man im riesigen Kohlenherd Feuer macht. Vierzehn Jahre alt und schon für das Herdfeuer verantwortlich! Um acht Uhr in der Früh muss der Herd warm sein. Außerdem muss ich in einem großen Topf das

Wasser für die Rindssuppe aufstellen und das Wurzelwerk dazugeben. Wenn der Chefkoch um acht die Küche betritt, muss das Wasser im Topf bereits kochen.

Der Lehrling lernt mir auch, Forellen küchenfertig vorzubereiten. Jedes Mal, wenn der Chef beim Mittagsgeschäft ruft: „Zwei Forellen blau, eine gebraten", zucke ich zusammen. Die Fische aus dem Kalter holen, am Stein betäuben, mit Daumen und Zeigefinger das Genick brechen, aufschlitzen, ausnehmen, waschen, zum Herd bringen.

Das Tagesmenü schreibt der Chef morgens an die Tafel, die Speisekarte wird täglich mit der Hand neu geschrieben.

Der erste Sommer ist vorbei. Die Sommerküche wird zugesperrt und der Großteil des Personals verlässt das Hotel. In der Winterküche ist das Leben viel gemütlicher. Selten verirren sich Gäste, die zum Skilaufen ins hintere Tal fahren. Nach der Sonntagsmesse stehen junge Burschen in der Gaststube um die Theke. Die Mädchen, die ins Tal zum Arbeiten kommen, werden begutachtet. Viele von ihnen bleiben hängen, bekommen Kinder, das Tal frischt sich auf. Als plötzlich in der Nacht zwei junge Burschen an meinem Bett stehen und ich erschrocken um Hilfe rufe, schreit die Kellnerin aus der Nebenkammer: „Lasset dos junge Madle in Rueh, sie ischt earscht fufzehn."

Auf dem Herd kocht das Beuschl. Ich zähle der Chefin die elf Gewürze auf, mit denen ich die Einbrenn abschmecke. Beim Zwiebelrühren für das Rindsgulasch rinnen Augen und Nase. Morgen ist Stempeltag, an dem die Männer ihr Arbeitslosengeld erhalten. Bereits am Vormittag füllt sich die Gaststube mit Männern. „Zwei Würstl mit Saft, ein Beuschl mit Semmelknödel, ein Gulasch mit Brot." Ich schöpfe und schöpfe. Bis zum Abend hat ein Teil der Männer das halbe Stempelgeld bereits vertrunken.

Am Silvesterabend kommen „viel Bessere" aus der Landeshauptstadt. Zu den einheimischen Spezialitäten schleicht sich ein fremdes Tier ein. Es gibt: Forelle in Aspik, echte Schildkrötensuppe, Rehrücken oder Hammelkotelette, Hausmachernudeln, Pariser Kartoffeln, Blätterteigpastete, Preiselbeeren, Häuptelsalat, Brüsseler Spitzen, Eisbombe nach Hausart, gemischtes Gebäck, Mokka.

Im zweiten Sommer kann ich schon einiges selbstständig zubereiten. Im Hotel sind im Sommer rund achtzig Gäste mit Vollpension. Besonderen Eindruck macht mir eine englische Reisegruppe. Jede Woche hält ein Omnibus mit fremdem Kennzeichen vor dem Hotel. Menschen steigen aus, groß, blond, mit heller Hautfarbe. Die Damen tragen elegante Hüte zu ihren Kostümen, manche Männer sind angezogen wie der englische Lord in meinem Englischbuch. Die Sekretärin hält die Namensliste in der Hand: „Mr. und Mrs. Smith!" Mit Herzklopfen stehe ich mit einem Topf Gulasch in den Händen hinter dem Kühlhaus und beobachte die Szene. Ein junges Mädchen mit großem Strohhut und einem bunten Blumenkleid kommt in meine Richtung. Beinahe fällt mir der Kochtopf aus der Hand. „Good morning", sage ich höflich. „Good morning", kommt es freundlich zurück. Noch nie habe ich mit jemandem aus England Englisch gesprochen.

Sechs Uhr in der Früh, Semmeln auseinanderschneiden, mit Butter bestreichen, Schinken und Käse darauf legen, Obst und Süßigkeiten in Papiersäcke geben, zubinden, fertig sind fünfzig Lunchpakete. Die englische Reisegruppe macht ihren Ausflug nach Corvara in den Dolomiten. Corvara – jahrelang meine Reisesehnsucht in diesen Ort hineinträumen. Leuchten die Dolomiten in der Abendsonne blutrot? Aus dem Küchenfenster kein rotes Gestein sehen, der Wenderkogel noch im Schatten, hinter dem Narrenkogel kommt die Sonne hervor. Talaus weit oben am Berg zwei, drei Gehöfte, eine kleine Kapelle. „Zehn Schwarztee mit Milch, drei mit Zitrone, schnell, schnell. In einer Stunde ist Abfahrt." Ich bin sehr stolz, dass ich nach einem Lehrjahr bereits die Lunchpakete richten kann.

Tage später fragt mich die Sekretärin: „Kannst du dir morgen Nachmittag frei nehmen? Ich fahre da mit den Engländern bis zum Talschluss. Soll ich für dich den Chef fragen?“ Ich nicke.

Der Bus mit den Engländern wartet bereits. Ich steige ein. Im Vorbeifahren mache ich einen Blick zum großen Wasserfall. Endlich bin ich frei. Der Talkessel schließt sich. Eine große Kurve, eine Brücke über die Ache. Fünfundzwanzig Jahre später wird sie die Gewalt des Wassers unterhöhlen. In einer Nacht vierzehn Menschen tot.

Das Tal weitet sich. In meinem Herz ein Stich, Bilder steigen hoch.

Ich bin zwölf Jahre alt und darf mit meiner Cousine zur Schwiegermutter ins Tal mitfahren. Es ist der 21. November, Mariä Opferung, Kirchtag im Weiler. Alle sitzen um den großen Tisch. Ich verstehe fast kein Wort, sogar das Tischgebet klingt fremd. Es gibt Nudelsuppe, Sauerkraut mit gekochtem Schöpsernem, Bauernbraten vom Schaf, Krapfen und „Nuijschmalz“. Die einfachen Menschen verkochen ausschließlich Schaffleisch von den eigenen Schafen. Das „Nuijschmalz“ steht wie die Fünffingerspitze auf dem Teller. Salige Fräulein haben Honig darübergegossen. Am Nachmittag gibt es „walsche Schnitten“ und Kaffee. Haben das Rezept Hirtinnen übers Joch gebracht?

Noch einmal verengt sich das Tal, steile Felsen, rote Geranien an einfachen Holzhäusern mit Steinfundamenten am steilen Hang. Ein enger Tunnel, in den Berg gehauen. Ein Dorf mit großen Hotels. Manche Hoteliers bezahlen in der Stadt mit einem Packen Tausender aus der Hosentasche ihr Essen. Das Tal verzweigt sich. Steile Kurven, blühende Almrosen. Links führt die Straße zur Staatsgrenze und weiter. Aber die Grenze ist nicht wie im Atlas in der Natur sichtbar, wie ich glaube. Auch weiß ich noch nicht, dass Menschen Grenzen ziehen und nicht die Natur. Das letzte Bergdorf, eingebettet in Gletscher, die Höhe ist erreicht. „How wonderful mountains, a very nice valley!" Ich nicke.

Ein Filmproduzent aus München, Abgeordnete des Parlaments, der Vorsitzende des Verfassungsgerichtshofs, ein bekannter Fotograf aus Deutschland zählen zu den Stammgästen. In meinem Sommerkleid, weiß mit roten Rosen, macht der Fotograf ein Foto von mir. „Sie sind ein hübsches Mädchen. Haben Sie einen Freund?" Rote Rosen brennen auf meinen Wangen, das Bild eines jungen Mannes mit blonden Locken bei der Frühmesse steht vor meinen Augen.

Nach zwei Lehrjahren will ich dem Chef sparen helfen. Die Treue zum Haus bekommt allmählich Gewicht. Ich übernehme in diesem Sommer freiwillig die Frühstücksküche. Der Chef erhöht anerkennend die Lehrlingsentschädigung. Ich muss mit sechzehn Jahren bereits um halb sieben in der Küche stehen und arbeite so während der Sommersaison zwischen dreizehn und vierzehn Stunden am Tag. Ich genieße die stille Zeit am Morgen und vor allem die Gespräche mit dem Gärtner.

Den Gärtner hat es in jungen Jahren vom Bodensee ins karge Tal verschlagen. Ein Philosoph als Gärtner! Frühmorgens beim echten Bohnenkaffee, den ich vom Gästekaffee abzweige, redet er mit mir über Politik, erzählt kritisch vom Krieg, führt mich in die russische Literatur ein. Weltliteratur in der Hotelküche. Ich kaufe mir in gebundener Ausgabe beide Bände von „Krieg und Frieden", was mich eine halbe Lehrlingsentschädigung kostet.

1968 wird er eines Morgens, mit hochrotem Kopf, die Haare zerrauft, in die Küche stürzen: „Der Prager Frühling ist niedergeschlagen, die eiserne Faust regiert." Weltpolitik im Morgengrauen. Drei Jahre zuvor hatte ich die Frage: „Was denkt Österreichs Jugend über ein vereintes Europa?" folgendermaßen beantwortet:

*Ich glaube, dass ein vereintes Europa sehr gut wäre. Man könnte viel leichter gegen den Kommunismus im Osten ankämpfen. Was kann denn schon ein so kleines Land, wie es Österreich ist, gegen diese Macht im Osten machen? Deshalb wäre es viel leichter, wenn Europa geeint wäre. Denn wenn schon in dem kleinen Europa Uneinigkeiten bestehen, wie kann es dann gegen den Kommunismus ankämpfen? Nur ein Volk, das sich wirklich einig ist, hat eine Chance gegen den Kommunismus.*

Und nun erlebe ich, dass hinter dem Eisernen Vorhang Menschen, die demokratisch leben wollten wie wir, mit Panzern und Gewalt geknebelt werden. Wie oft haben der Gärtner und ich am Morgen über einen sanften Kommunismus in der Tschechoslowakei gesprochen. Für mich war der Kommunismus das Feindbild schlechthin, da ich der Meinung war, Kommunisten würden nicht an Gott glauben. Erst viel später sollte ich erkennen, dass die Idee des Kommunismus viel mit der Befreiungstheologie gemeinsam hat. Doch Theorie und Praxis klaffen auch in dieser Ideologie weit auseinander.

Gegen Ende des Sommers verunglücken der Chefkoch und der Beikoch nach einer feuchtfröhlichen Nacht. Die Chefin blickt mich an: „Traust du dir zu, die Mehlspeisküche zu übernehmen?" Mit klopfendem Herzen und einem Kribbeln im Bauch nicke ich zustimmend.

Im dritten Lehrjahr habe ich von Mai bis September keinen freien Tag. Ich bin für die Suppen und Beilagen verantwortlich. Nebenbei mache ich immer noch das Frühstück, helfe am späten Nachmittag in der Mehlspeisküche aus, damit die Chefin wenigstens eine Stunde frei hat.

Im Herbst will ich die Wildspitze hinten im Tal wagen. Ausgelassen aus dem Omnibus zur Hütte aufsteigen, mehr laufen als gehen.

Oben Brechreiz, keine Sonne gewöhnt. Über Nacht ist Neuschnee gefallen. Mit den extra vom Schuster angefertigten Bergschuhen eine frische Spur ziehen, im Schnee einbrechen, zusammenbrechen. Den Gipfel erreiche ich nicht, doch gewinne ich in diesem Jahr nicht nur den Arbeiterkammerwettbewerb, sondern auch den Lehrlingswettbewerb. Kochen habe ich in meinem Lehrbetrieb erstklassig gelernt.

Mein erstes, selbstständiges Menü koche ich für die von einer Beerdigung heimkehrenden Bürgermeister des Tales. Der Ortsbürgermeister steckt mir zwanzig Schilling Trinkgeld in die Kochschürze. Drei Wochen später Bestürzung im Dorf, der Bürgermeister ist gestorben. Im Trauerhaus sind zwei junge Männer im Raum, der eine hantiert beim elektrischen Licht, der andere richtet Blumen beim Sarg. Er dreht sich um. Die Hitze steigt mir ins Gesicht, mir wird schwindlig. Er schaut mich an, unsere Blicke treffen sich, ein warmer Strom geht von Herz zu Herz – wir spüren, dass wir zusammengehören.

Obwohl ich froh bin, dass ich Hertas Pragger entkommen bin, plagt mich am Beginn meiner Lehrzeit das Heimweh. Ich zähle die Stunden bis zu meinem freien Tag, den ich in den zwei ersten Lehrjahren auch während der Saison habe. Wenn ich am Freitagmorgen mit dem Bus aus dem Tal hinausfahre, klopft mir das Herz. Im Klosterdorf angekommen, laufe ich heim und suche die Mueter, die mich lächelnd erwartet: „Wie geahts dir denn bein Kochn?" – „Es geaht schue." Auch Herta ist plötzlich freundlicher zu mir. Ich binde mir eine Schürze um und frage: „Was tien mir denn hein?" Meistens helfe ich bei der Feldarbeit. Wenn ich nach dem „Marenden" wieder zum Bus gehen muss, heule ich schon vorher heimlich in meiner Kammer. Die Mueter zeichnet mir mit Weihwasser ein Kreuz auf die Stirn, geht mit mir vor die Haustür und winkt mir nach, bis ich beim „Scheifele", einer Wegkreuzung, um die Ecke biege.

Nie, alle drei Lehrjahre nicht, fällt mir ein, auch nur ein einziges Mal am freien Tag etwas anderes zu unternehmen oder im Urlaub irgendwohin zu fahren. Die einzige Ausnahme ist, dass ich nach der Sommersaison ein paar Tage zu meiner großen Schwester, die auch als Köchin in einem Gasthaus arbeitet, nach Vorarlberg fahre. Das ist für mich jedes Mal wie Weihnachten. Und ich bewundere alle ihre schönen Sachen.

Ich möchte schön sein wie sie. In einem billigen Romanheft finde ich eine Werbung von einem Kosmetikstudio in München. Ich kreuze an, was ich mir bestellen würde, wenn ich mich getraute. Das Produkt für dunkle, feurige Augen unterstreiche ich gleich zweimal. Auch eine Gesichtscreme, die einen hellen, ebenmäßigen Teint verspricht, kreuze ich an, denn braun im Gesicht, wie ich es immer bei der Feldarbeit war, sind für mich die Bauersleute. Mein größter Wunsch ist eine Handcreme, die zarte Hände verspricht.

Meine Alltagskleidung und vor allem meine Unterwäsche bestelle ich aus einem Katalog. Es wäre mir sehr peinlich, in ein Wäschegeschäft zu gehen. Einmal sagt der Juniorchef zu mir: „Wo hast du denn diesen altmodischen Rock her? Du solltest doch endlich kürzere Röcke tragen wie die anderen Mädchen." Ich werde rot und verdrücke die Tränen.

Sparen, sparen, für einen Wäschesparbrief sparen und nicht das Geld für Firlefanz ausgeben! Nichts Unnötiges an Kleidung kaufen! Diese Sätze sitzen tief in meinem Kopf. Bereits mit sechzehn schließe ich einen Wäschesparbrief ab: sechs mal zwei Leintücher, sechs mal zwei Unterpolsterüberzüge, sechs mal zwei gemusterte Damasttuchenten; sechs mal zwei bestickte Überleintücher, die die Wolldecken schonen sollen, und sechs mal zwei gestickte Polsterüberzüge, die nur der Zierde dienen; sie sind mit Maiglöckchen, Tulpen oder Rosen und mit meinem Monogramm bestickt. Polster, Betten und Wolldecken sind ebenfalls im Wäschesparbrief enthalten.

Eine Generation vor mir haben die Mädchen noch selber ihre Bettwäsche bestickt. Nur keine Langeweile aufkommen lassen, sondern in der kargen Freizeit einen Nadelstich um den anderen machen und das ewige Glück mit einem Märchenprinz hineinträumen. Ich besticke in der Zwischensaison, wenn ich bei Herta wohne und auf dem Feld keine Arbeit mehr ist, Tischdecken und Zierpolster, die später das traute Heim verschönern sollen.

In der Berufsschule sehe ich, wie die Mädchen aus den verschiedenen Tourismusorten schick gekleidet sind. Besonders gefällt mir bei der Abschlussfeier in der zweiten Klasse ein schwarzes Kleid einer Schulkollegin mit durchsichtigen Ärmeln. Vor der dritten Klasse Berufsschule fahre ich nach Innsbruck, lande in einer teuren Boutique und probiere ein schwarzes, ärmelloses Kleid mit einer passenden, kurzärmeligen Jacke. Die Verkäuferin rät mir noch zu schwarzen Handschuhen, bestickt mit einem Goldfaden, die bis zum Ellbogen reichen, und zu einem schwarzen Handtäschchen, ebenfalls mit Goldborte verziert. Auf das Jäckchen steckt sie eine glitzernde Brosche aus Strasssteinen. Fremd und schön blickt mich ein Mädchen aus dem Spiegel an. Die dazu passenden Stöckelschuhe kann ich mir erst kurz vor der Abschlussfeier kaufen, denn der Boutiquebesuch hat mich mehr als einen Monatslohn gekostet.

Bei der Abschlussfeier flüstert mir mein Klassenvorstand ins Ohr: „Du musst die schwarzen Handschuhe ausziehen, die trägt man nur bei einem Theaterbesuch." Obwohl ich Klassenbeste bin, von der Handelskammer das goldene Leistungsabzeichen erhalten habe, von allen Klassen des Schuljahres Landessiegerin wurde, schießen mir wie einem kleinen Mädchen die Tränen in die Augen.

Meinen ersten Badeanzug aus hellblauem Frottee kauft mir mein zukünftiger Mann. Ich trage ihn zum ersten Mal auf unserer Hochzeitsreise mit vor der Brust gekreuzten Armen in einem Schwimmbad in Südtirol. Es ist mir peinlich, so nackt in der Öffentlichkeit zu stehen. Jahre später wird die Frau, wenn sie sich in ihren Texten unverstanden fühlt, sagen: „Ich komme mir so nackt ausgezogen vor wie das erste Mal im Schwimmbad."

Nach Abschluss der Lehre fragt mich mein Chef, ob ich noch eine Weile als zweite Köchin im Lehrbetrieb arbeiten möchte. Gern sage ich zu und bleibe noch eine Winter- und drei Sommersaisonen.

Mitten in der Hochsaison sagt der Chef: „Am Sonntag feiert der Primiziant aus dem Nachbarweiler in unserer Pfarrkirche Primiz. Das Primizmahl ist im Speisesaal im ersten Stock. Es werden hundertfünfzig Gäste kommen. Werden wir dies zusätzlich schaffen?" Mir fällt das Gedicht ein, das ich dem Primizianten im Klosterdorf mit zwölf Jahren aufsagen durfte: „Neupriester, schreite zum Altar, das Opfer darzubringen ..." Und jetzt, fünf Jahre später, trifft es mich und meine Kolleginnen, ein Opfer zu bringen. Der Menüplan wird erstellt. Mir wird schwindlig. Neben allen anderen Gästen noch hundertfünfzig Primizgäste! Am Freitag vor der Primiz überzeuge ich zwei Küchenmädchen und meine Kollegin im zweiten Lehrjahr, dass wir uns am Sonntag bereits um halb fünf in der Waschküche zum Kartoffelschälen treffen. Der Chef hat bereits in meinem zweiten Lehrjahr gesagt: „Anschaffen kann sie gut, die Moidl. Wenn man um halb neun in die Küche kommt, putzen, schneiden, schälen die Küchenmädchen für sie. Der Chefkoch muss sich den Zwiebel für das Gulasch selber schälen." Dieses Talent kommt mir jetzt zugute.

Um Viertel nach vier sperre ich die Waschküche auf. Der Himmel ist noch voller Sterne. Ein bisschen habe ich Angst so allein im Hinterhof des Hotels. Bald jedoch kommen meine Helferinnen. Die Kartoffeln werden in der großen Schälmaschine geschält, müssen anschließend jedoch, jede für sich, noch sauber geputzt werden. Dann werden sie einzeln händisch durch den Pommes-frites-Presser gedrückt. Um halb sechs, noch vor der Frühstücksvorbereitung, stehe ich an der Fritteuse und blanchiere die Pommes frites im heißen Fett. Der Chef schießt noch vor dem Chefkoch um halb sieben bei der Küchentür herein. Ein paar Haare stehen ihm zu Berge. Als er die fertig vorbereiteten Pommes frites auf großen Blechen sieht, schenkt er mir einen anerkennenden Blick.

Inzwischen bin ich siebzehn Jahre alt. Ich empfinde mich zwar nicht als hübsch, doch offenbar ist das nicht immer notwendig. Nach der Hauptsaison habe ich endlich einen freien Tag und kann mit einer Arbeitskollegin mit dem Auto aus dem Tal hinausfahren. Auf der Ötztaler Höhe verabschieden wir uns mit: „Bis zum Sonntag!"

Ich gehe die Bundesstraße entlang und überlege mir, ob ich per Autostopp oder mit dem Zug heimfahren soll. Da bleibt neben mir ein Auto stehen. Ein junger Mann öffnet die Beifahrertür und sagt: „Möchten Sie mitfahren?" – „Ja, gern." Ich steige hinten ins Auto ein und habe sofort ein mulmiges Gefühl. Der Beifahrer dreht sich um, drückt den Türknopf hinunter und will mit mir ein belangloses Gespräch beginnen. Bei mir schärfen sich alle Sinne. Als wir bei der Kreuzung zum Bahnhof Ötztal sind, reagiere ich. Obwohl ich meist sehr unbeholfen bin und noch nicht oft in einem Auto saß, kurble ich das Fenster herunter. Der Beifahrer versucht, mich an den Händen zu fassen und daran zu hindern. Aber ich bin schneller als er, stecke den Kopf aus dem Fenster und schreie, so laut ich kann: „Hilfe, Hilfe!" Ein Mann, der am Straßenrand geht, beginnt mit den Armen zu winken und zu fuchteln. Im selben Augenblick reißt der Beifahrer meine Seitentür auf und schmeißt mich mit voller Wucht an den Straßenrand. Die Reifen quietschen, der Motor heult auf und weg sind sie.

Noch etwas benommen, kann ich gerade noch auf der Nummerntafel ein M erkennen. Der Fußgänger kommt zu mir, hilft mir aufstehen und sagt, dass es ein Mercedes mit einem deutschen Kennzeichen war. „Sollen wir es anzeigen?", fragt er mich. „Ach nein", sage ich. „Ich habe den ganzen Sommer keinen freien Tag gehabt und möchte jetzt lieber heimfahren." Er begleitet mich zum Bahnhof auf den Zug. Ich bedanke mich und er ruft mir noch nach: „Steig nicht mehr in ein fremdes Auto ein!" Ob ich in Münchens Rotlichtmilieu gelandet wäre, bleibt offen.

Im Herbst nach meiner Lehrzeit fragt mich ein junger Mann: „Möchtest du zu unserem Theaterverein kommen? Wir bräuchten jemanden mit einem etwas anderen Dialekt." Für einen Moment bin ich sprachlos. Drei Jahre habe ich fast ausschließlich gekocht und in der Berufsschule gelernt. Da fällt mir ein, dass ich bereits im Kindergarten bei den Don-Bosco-Schwestern die Hexe in „Hänsel und Gretel" spielen durfte, und ich sage: „Ja, gern. Ich muss nur noch meine Chefin fragen."

Für mich beginnt eine neue Zeit im Dorf. Plötzlich gehöre ich außerhalb des Lehrbetriebs zu einer Gruppe dazu. Ich bin zwar noch unsicher im Umgang mit den jungen Männern in der Theatergruppe, doch meine Rolle lerne ich spielend, und in der Rolle kann ich auch mit meinem Theaterpartner auf Nähe gehen. Nach den Proben gehen wir manches Mal in die Gaststube meines Lehrbetriebs etwas trinken. Es ist für mich ein komisches Gefühl, als Gast in diesem Gasthaus zu sitzen. In der Gruppe fühle ich mich im Umgang mit jungen Männern sicherer.

Eines Abends sitzt am Tisch gegenüber ein junger Mann. Er schaut zu mir herüber und ich werde rot im Gesicht. Er gefällt mir, denn er hat einen dunklen, schwermütigen Blick. Ein Theaterkollege ruft ihn an unseren Tisch. Er findet neben mir Platz. Mir beginnt mein Herz zu klopfen. Ich spüre meine Brustwarzen und mir fällt ein, wie ich als Kind gebeichtet habe: „Ich habe mich selber berührt." Ich spüre seine Hand auf meinem Knie, ein elektrischer Schlag durchfährt mich und ich lasse es geschehen. Nach außen lasse ich mir nichts anmerken, wie er mit seinem Fuß mein Bein streichelt. Den Schuh hat er ausgezogen. Ich fühle mich wie auf Wolken. Noch nie ist mir ein Mann so nahe gekommen. Zwischen meinen Beinen wird es feucht. Normalerweise mische ich in einer Runde immer ziemlich lautstark mit, doch jetzt hat es mir die Sprache verschlagen. Eine neue Sprache überwältigt mich. Vor dem Nachhausegehen sagt er leise: „Darf ich noch hinaufkommen?"

Ich bin unfähig, eine Antwort zu geben, und laufe schnell über die Stiegen in mein Zimmer. Meine Zimmerkollegin hat frei und ist nach Hause gefahren. Ganz leise kommt er bei der Tür herein, als ob dies das Selbstverständlichste auf der Welt wäre. Er drückt mich an sich und beginnt mich zu streicheln. Wie von selbst kleben unsere Lippen aneinander und unsere Zungen singen das ewige Lied „Du gefällst mir, ich möchte dir ganz nahe sein". Plötzlich spüre ich seine Hand zwischen meinen Beinen und als ein berauschendes Gefühl über mich kommt und ich mir wünsche, dass es nie mehr aufhören soll, erschrecke ich und sage: „Nein, nein, ich kann nicht." – „Warum nicht, ich passe auf, du brauchst keine Angst zu haben." Es ist vorbei. Mein Leib verkrampft sich. Der Reiter auf dem Klosterdach reitet durch meinen Kopf und die Hufe seines Pferdes zertrampeln die aufkeimende Lust. Ich beginne zu weinen. Er tröstet mich und flüstert mir ins Ohr: „Es macht nichts, ich mag dich, schlaf gut." Aufgewühlt bleibe ich allein zurück. Nie mehr habe ich mich mit ihm getroffen, obwohl er es noch monatelang versucht hat.

Ein Mann hat zu mir gesagt, dass er mich mag. Ich schwebe. Hat diese Worte jemals ein Mensch zu mir gesagt? Vielleicht die Mama, wie ich ihr das Muttertagsgedicht aufgesagt habe, aber ein Mann? Ja, mein Lieblingslehrer in der Hauptschule hat mir ins Poesiealbum geschrieben, dass er mich nie vergessen wird, und dann hat er nicht einmal mein Gedicht gelesen, das ich für die Mama schrieb. Mein Schulkollege in der Berufsschule hat auch das Weite gesucht, als ich ihm schrieb, dass ich als Jungfrau in die Ehe gehen möchte.

Ich beginne darüber nachzudenken, ob ich überhaupt heiraten und Kinder bekommen kann. Der Tate ist noch immer in Hall und meine einzige noch lebende Schwester aus seiner Ehe mit meiner Mama nun schon zum dritten Mal, das „Du fangsch ouh nouh zun Spinnen ou wie dei Vater" habe ich immer im Ohr. Ich schreibe dem Pater im Klosterdorf einen Brief. Bald darauf kommt Antwort:

Du kannst sicher geistig gesunde Kinder bekommen. Du solltest nur darauf achten, dass in der Familie deines zukünftigen Mannes keine erbliche psychische Belastung vorhanden ist. Doch wie soll ich das wissen? Dieser Mann hat ja keinen Stammbaum umhängen, wenn er mir gefällt. Aber wie lange mir meine Herkunft noch nachhängt, kann ich erst wahrnehmen, als meine Schwiegermama bei unserem ersten Kind ins „Wiegele“ schaut und sagt: „Woll, dejs isch schue recht!“

Einmal höre ich, wie der Chef zu seiner Frau sagt. „Die Moidl kimpt iats ouh ins Gjag, sie weard viel magerer.“ Mir ist das peinlich und ich schäme mich sehr.

Mit meinem Theaterpartner gehe ich zu einem Faschingsfest bei einer Arbeitskollegin. Nach dem lustigen Abend begleitet er mich zum Hotel zurück. Die Haustür ist verschlossen und meine Kollegin hat vergessen, mir den Schlüssel aufzulegen. „Was soll ich nur machen?“ – „Du kannst bei uns in der Stube schlafen. Ich wecke dich, bevor meine Mama aufsteht.“ Mit einem komischen Gefühl im Bauch willige ich ein. Was bleibt mir auch sonst um eins in der Nacht übrig? Doch ich vertraue darauf, dass er mir nicht zu nahe treten wird. Er richtet mir das Bett, sagt freundlich „Gute Nacht!“ und geht schlafen. Bevor er mich am Morgen wecken kann, verlasse ich das Haus und laufe beschämt die Dorfstraße hinunter. Hoffentlich sieht mich niemand! Die tägliche Messe ist um halb sieben und die Kirchturmuhr zeigt erst drei viertel vor sechs an. Die Haustür ist noch versperrt. Da ich heute meinen freien Tag habe, bereitet die Chefin selbst das Frühstück vor. Ich verstecke mich im Holzschuppen gegenüber der Küche. Um halb sieben wird Licht in der Küche gemacht und ich sehe den Hausmeister kommen. Ich warte auf einen günstigen Augenblick. Während die Chefin den Kaffee aufgießt, laufe ich, so schnell ich kann, vom Holzschuppen zur Haustür, ziehe meine Schuhe aus und renne durch den Gang. Im Augenblick, in dem ich an der Küche vorbeikomme, sieht die Chefin heraus. Ich erschrecke, renne weiter zum Stiegenhaus und verlasse den ganzen Tag mein Zimmer nicht mehr, weil ich mich so sehr schäme.

Vierzig Jahre später, als die Frau ihre ehemalige Chefin, die sie jetzt mit ihrem Vornamen anspricht, an diese Situation erinnert, sagt diese: „Ich hätte dir damals auch nicht zugetraut, dass du bereits mit einem Mann schläfst. Du wolltest ja immer alles ganz richtig machen und da hat Jungfrau bleiben vor der Ehe sicher dazugehört."

Zum Abschluss der Theatersaison fahren wir nach Innsbruck ins Landestheater. Nach der Rückkehr begleitet mich mein Theaterpartner bis zum Hoteleingang, gibt mir einen Kuss auf den Mund, der mich aber nicht elektrisiert, und drückt mir ein Geburtstagsgeschenk in die Hände. In meinem Zimmer öffne ich das Päckchen: ein grüner Pullover und Perlonstrümpfe! Meine Zimmerkollegin beginnt laut zu lachen. „Was machst du jetzt?" – „Ich muss es ihm zurückgeben." Die Don-Bosco-Schwester hat in der Handarbeitsstunde zu uns Mädchen gesagt: „Nehmt vor der Ehe nie von einem Mann ein Geschenk an, denn sonst seid ihr zu etwas verpflichtet, was ihr nicht wollt." Meine Arbeitskollegin nimmt das Paket an ihrem freien Tag in ihre Gemeinde mit und bringt es dort zur Post. Ich hätte mich zutiefst geschämt, das Paket im Dorf zur Post zu tragen, denn der Postbeamte kannte mich ja. Bald danach begegne ich meinem Theaterpartner, doch er schaut zur anderen Straßenseite.

Zur Frage „Was denkt Österreichs Jugend von der eigenen Zukunft?" schrieb die Siebzehnjährige:

> *Ich habe drei Jahre kochen gelernt und vor kurzem die Prüfung bestanden. Ich glaube, dass es besser ist, wenn man einen richtigen Beruf erlernt, da schlechtere Zeiten kommen könnten. Zurzeit gibt es auch Möglichkeiten, Geld zu verdienen, ohne dass man etwas*

*gelernt hat. Ich werde jetzt noch ein paar Jahre meine Kenntnisse erweitern und in verschiedenen Betrieben als zweite Köchin arbeiten. Ich möchte sehr gerne zwei Jahre ins Ausland gehen, damit ich auch fremde Sitten sehe. Erst wenn ich viel gesehen habe, werde ich als Chefköchin arbeiten. Vielleicht lerne ich später einen richtigen Mann kennen, der mich versteht und ich ihn, bei dem ich geborgen sein kann und den ich liebe. Dann werde ich meinen Beruf aufgeben und, wenn wir eine Wohnug haben, heiraten. Ich möchte aber erst mit 25 Jahren heiraten, weil ich glaube, dass man mit 17, 18 Jahren einfach noch zu jung ist, um eine so große Entscheidung treffen zu können. Mit 18 Jahren schaut man noch viel zu viel auf das Oberflächliche und nicht auf das Innere des Mannes. Mit 25 Jahren ist man schon reifer, um sich richtig prüfen zu können, ob man in Freud und Leid gemeinsam durchs Leben gehen kann. Ich werde nicht mehr meinen Beruf ausüben, wenn ich verheiratet bin, sondern nur mehr Frau und Mutter sein. Das ist ja der eigentliche Beruf von uns. Und viele Ehen gehen nur deshalb zugrunde, weil die Frau selber im Beruf mehr leisten muss als der Mann und dann zu wenig Zeit hat für die Familie.*

*Ich möchte, dass kein Krieg mehr kommt und dass in Zukunft ebenfalls eine Möglichkeit zum Arbeiten besteht. Auch sollen wir Mädchen uns besonders auf unsere Zukunft vorbereiten und auf die Aufgaben, die den meisten von uns später gestellt werden. Wir sparen, damit wir dann, wenn wir eine Familie gründen, auch eine Aussteuer haben und nicht mit nichts in die Ehe gehen. Denn Liebe allein wäre zu wenig für eine gute Ehe.*

Die Frau sitzt am Boden, liest das Geschriebene noch einmal. Ja, in der Beantwortung der Frage spiegelt sich ihre Angepasstheit und das Einschicken in vorgegebene Erwartungen, aber auch ihr Wunsch, sich im Beruf weiterzubilden, die Sehnsucht nach Weite, das Verlangen, Neues, Fremdes kennenzulernen, die Hoffnung auf einen Mann, der sie versteht und den auch sie versteht. Die Frau lächelt. Zwei Jahre später wird sie ihr zukünftiger Mann fragen, ob sie seine Frau werden will.

Die Frau arbeitet als zweite Köchin in Seefeld. Sie sitzen in einem Kaffeehaus. Draußen fällt Schnee. Sie hört sich heute noch sagen: „Ja, aber zuerst muss ich noch als Köchin in die französische Schweiz gehen.“ Die französische Küche, Inbegriff der Nouvelle Cuisine, die französische Sprache erlernen und nicht nur die Speisen und die Küchenausdrücke wissen! Dies ist für sie der Inbegriff des Besten vom Besten. So wie sie damals in der Hauptschule halb im Spaß sagte: „Einmal gehe ich an die Sorbonne zum Studieren!“ Die französische Schweiz wäre doch noch ein letzter Zipfel von Vertrautem gewesen.

Die Frau muss laut lachen, wie sie liest, dass man mit achtzehn noch zu viel auf das Äußere und nicht auf das Innere des Mannes schaut. Lautstark hat sie mit sechzehn, meistens nach einem großen Bier, posaunt, dass ihr Traummann schwarze Haare, buschige Augenbrauen, dunkle Augen und Haare auf der Brust haben muss. Irgendwie hatte der Traummann eine Ähnlichkeit mit Rhett Butler in „Vom Winde verweht“. Und am ehesten gleicht diesem Traummann später ihr jüngster Sohn. Ein einziges Mal wird sie ihrem Traumbild begegnen, als dieses in den Bus stieg, in dem sie sitzt. Er wird das Gespräch mit ihr suchen und sie wird für einige Zeit beinahe vergessen, dass sie mit einem liebenswerten Mann und drei Kindern lebt.

Als ihr zukünftiger Mann sie zum ersten Mal im Hotel in Seefeld besucht, sagt der Hausmeister: „Was, der kann doch nicht Diplomingenieur sein mit Knickerbocker, wollenen Kniestrümpfen und einer Zipfelmütze.“ Die Kniestrümpfe und die Zipfelmütze hat seine Schwester gestrickt. Auch der Pater vom Klosterdorf gibt ihr bald darauf den Rat: „Du hast wirklich einen netten Freund gefunden, aber du musst darauf achten, dass seine äußere Erscheinung zu seinem Stand passt!“

Wie ist sie stolz, als sie mit ihrem Freund, zwei Arbeitkolleginnen und deren Freunden zum Faschingsball in eines der besten Hotels in Seefeld geht und auf ihrem Tisch steht: „Reserviert für Herrschaften Dipl.-Ing. ..." Eine Stunde zuvor haben sie und ihre Kolleginnen selber noch Gäste bedient.

Als sie zum ersten Mal mit ihm allein zum Tanzen geht, schaut die Frau zuerst auf die Hände ihres späteren Mannes und denkt sich: Mit diesen sanften Händen wird er mich bestimmt nicht schlagen! Sie unterhalten sich über Literatur und sie klagt ihm, dass sie nicht bei der Österreichrundfahrt der zwanzig besten Lehrlinge des Arbeiterkammerwettbewerbs mitfahren kann, obwohl sie bereits ihren Chef um Urlaub gebeten hat. Alle hundert Staatsbürgerschaftsfragen zum Lehrlingswettbewerb hatte sie auswendig gelernt. Diese Mal aber standen bei den zwanzig Fragen drei mögliche Antworten, von denen die richtige anzukreuzen war. Nur ein Lehrling hatte alle Fragen richtig angekreuzt, zwanzig hatten zwei Fehler. Unter diesen entschied das Los über die Teilnahme. Ausgerechnet ihr Name blieb im Korb liegen. Der Satz, sie könne mitfahren, wenn jemand verhindert sei, ist ihr an diesem Tag kein Trost.

Der Ball findet in ihrem Lehrbetrieb statt. Die Frau steht in Tränen aufgelöst bei der Sekretärin, als ihr zukünftiger Mann bei der Tür hereinkommt. Die Sekretärin ermuntert sie, doch gerade heute auf den Ball zu gehen. Die Frau schluchzt: „Ich habe niemanden, der mit mir geht." Die Sekretärin schaut den Mann an und sagt: „Gehen doch Sie mit!"

Als er sie nach dem Ball zur Haustür begleitet, gibt er ihr einen Kuss auf die Stirn. Aus der Österreichrundfahrt wird zwar nichts, aber an diesem Abend beginnt eine gemeinsame Lebensreise.

# Kapitel 4

Eines Tages kommt ein Anruf aus dem Klosterdorf: „Ich habe gehört, dass Sie eine begabte, junge Köchin sind. Möchten Sie im Herbst im neu gegründeten Skigymnasium als Köchin anfangen?" Fast fällt mir der Hörer aus der Hand. Ich beginne zu stottern: „Das muss ich mir noch überlegen. Bitte, geben Sie mir noch etwas Bedenkzeit."

Inzwischen bin ich neunzehn Jahre alt, war in der vergangenen Wintersaison zur vollen Zufriedenheit der ersten Köchin zweite Köchin in Seefeld. An ihrem freien Tag musste ich sie als erste Köchin vertreten. Doch Heimküche? Was wird dann aus meinem Traum, in die französische Schweiz zu gehen? Andererseits bin ich seit mehr als einem Jahr mit meinem zukünftigen Mann befreundet. Die große Entfernung würde mir sicher schwerfallen, denn zum ersten Mal im Leben fühle ich mich geliebt und angenommen. Ich bin hin und her gerissen. Nach drei Tagen sage ich zu. Ich kehre ins Klosterdorf zurück.

Selbstständige Köchin, verantwortlich für den Einkauf und für die Mitarbeiterinnen, die teilweise älter sind als ich. Ich kann langsam in diese Aufgabe hineinwachsen, denn das Skigymnasium beginnt mit nur einer Schulklasse. Im vierten Jahr wohnen bereits mehr als hundert Schüler und Schülerinnen im Heim. Einmal kommt die Mutter eines neuen Schülers in die Küche. Sie ist erstaunt, weil sie nur eine junge, schlanke Frau in weißer Kochschürze vorfindet, und fragt: „Wo ist die Köchin?" – „Ich bin die Köchin!" Nach den Weihnachtsferien überreicht mir ihr Sohn eine große Bonbonschachtel mit einem lieben Gruß von seiner Mama.

Ja, ich bin die Köchin, und nicht nur die Schüler und Schülerinnen, auch die Professoren und Professorinnen schätzen meine Küche. Nur ein einziges Mal wagt ein Professor die Frage: „Die Knödel schmecken ausgezeichnet. Haben Sie die selber gemacht?" Beinahe wäre er samt Kochtopf und Suppe aus der Küche geflogen.

Ab und zu bekomme ich von Leuten aus dem Dorf einen anerkennenden Blick, der mir sagt: „Du hasch sou viel mitgmacht und iats isch decht nouh alles guet ausgangen. Du bisch a guete Köchin und an feinen Mannets hasch ouh nouh gfundn."

Ich glaube, dass es auch Herta gefällt, dass die Leute wohlwollend von mir reden.

Nach vier Jahren Köchin im Skigymnasium kommt unsere Tochter zur Welt. Ich bin glücklich, ein Mädchen geboren zu haben. Wir nennen sie Christine.

Trotzdem ist es eine große Umstellung für mich, denn ich hatte vorher nie etwas mit einem Baby zu tun und bin oft hilflos, wenn es in der Nacht schreit. Wohlmeinende Ratschläge, wie das Kind einfach schreien zu lassen, kommen für mich nicht in Frage. Allmählich beginne ich meinem Instinkt zu vertrauen. Eine liebenswerte Nachbarin und moderne Erziehungsratgeber helfen meinem Mann und mir, das Richtige zu tun.

Wenn ich mit dem Kinderwagen beim Skigymnasium vorbeifahre, gibt es mir oft einen Stich, denn die Küche und die vielen Gespräche mit Kolleginnen, Schülern und Lehrpersonen fehlen mir. „Meinen Buben", mit denen ich damals als Köchin begann, habe ich versprochen, in meinem neuen Heim in Imst das Maturaessen zu kochen. Im Herbst 1972 ziehen wir in unser neues Haus und bald darauf lade ich die erste Maturaklasse samt Professoren zu einem Festmenü ein. Die Köchinnenzeit verliert allmählich an Gewicht.

Eine neue Zeit beginnt. Ich lebe in einem neuen Ort, lerne neue Menschen kennen und mein Mann und ich freuen uns über unsere kleine Tochter, die inzwischen laufen kann. Ein eigenes Haus! Zum ersten Mal seit Mamas Tod fühle ich mich wirklich daheim. Nach drei Jahren gebäre ich das zweite Kind, einen Buben. Wir nennen ihn Georg. Wieder bin ich sehr glücklich. Dann purzelt bereits nach eineinhalb Jahren der Jüngste daher. Ihn nennen wir Urban.

Das Glück scheint vollkommen. Aber irgendwie wächst mir alles über den Kopf. Ich weine oft und erhole mich nur langsam. Ich will ja eine perfekte Mama, Partnerin und Hausfrau sein und auch sämtliche verwandtschaftlichen Beziehungen zur Zufriedenheit aller erfüllen.

Zwei Jahre später bricht mitten im Sommer die Polyarthritis aus. Von einem Tag zum anderen ist nichts mehr so, wie es vorher war.

Meinen ersten Dialekttext schrieb ich im März 1980 zur Wiederwahl des neuen Bürgermeisters. Ein mir bekannter Gemeinderat las ihn bei der ersten Sitzung des neuen Gemeinderats vor. Wie erstaunt war ich, als ich dann vom Bürgermeister ein liebenswertes Dankschreiben erhielt.

Bald darauf folgte ein Frühlingstext. Erst Jahre später konnte ich ermessen, in welch schwerer Lebenskrise ich mich befunden hatte, die in diesem Text ihren Ausdruck fand. Die Metapher des Frühlings verwendete ich für die Leichtigkeit der Jugend, des Verliebtseins und auch für die Angst, dass diese Zeit nun vorbei sei.

> … kam bisch aber kemen übers Land
> mit dein grianen Feiertigsgwand
> schleicht sig in mei wild aubrochns Herz
> ouh schue wieder huemlig a Schmerz
> mueß denkn an gmahnte Wiesn und Hei
> Langes, warum bisch du so schnell vorbei …

Ich war gerade zweiunddreißig geworden und der Meinung, dass nichts, was ich bis dreißig nicht erreicht habe, im weiteren Leben zu erreichen sei – ein liebenswerter Mann, drei gesunde Kinder seien das Höchste, was das Schicksal mir bieten könne.

Seit zwei Jahren kämpfte ich mit meiner schweren, chronischen Polyarthritis, musste lernen, mit großen Schmerzen zu leben. Auch hielt ich mich immer öfter an das Beruhigungsmittel, das mir mein

Lehrherr empfohlen hatte: „Moidl, trink a Bier, noche wearsch ruhiger!“ Ja, ich wurde ruhiger, aber erst allmählich wurde mir die Gefährlichkeit des Alkohols bewusst und es dauerte noch eine Zeit, bis ich ein klares Nein zum Alkohol sagen konnte.

Mein Mann ermunterte mich, doch öfter niederzuschreiben, was mir in den Sinn kommt. So schrieb und schrieb ich und war glücklich, wenn meine Empfindungen dann auf dem Papier standen. Plötzlich sah ich im Alltagsleben eine Fülle von Möglichkeiten, die ich in Texte fasste.

Eines Tages stand ich vor einem Plakat mit der Einladung zu einem Knödelwettessen. Ein kurzer, prägnanter Text entstand, den ich zur Redaktion unserer Lokalzeitung brachte. Er wurde in der nächsten Ausgabe gedruckt und es sprachen mich einige Leute anerkennend darauf an. Zum ersten Mal spürte ich, dass das Schreiben mir eine Möglichkeit eröffnete, meine Gedanken und die Themen, die mich bewegten, den Menschen mitzuteilen. Es entstanden Texte gegen Gewalt in der Kindererziehung und gegen die damals noch gebräuchliche „gesunde Watschen“, Texte gegen die Verwendung von Religion als Erziehungsmittel. Auch eine erste Hinterfragung von Armut in der Dritten Welt, ermuntert durch den Vortrag eines Entwicklungshelfers, der sagte, „weniger nehmen ist besser als mehr geben“, was meine Einstellung von Grund auf veränderte. Aber es entstanden nicht nur Texte, sondern ich versuchte auch, meine Erkenntnisse praktisch umzusetzen. Ich überzeugte meine Nachbarinnen von der Notwendigkeit, Fairtrade-Produkte zu kaufen, und brachte ihnen jede Woche Kaffee und Tee ins Haus, um so wenigstens ein bisschen zu einer gerechteren Welt beizutragen.

Im direkten Gespräch eckte ich mit meinen emotional vorgebrachten Ansichten oft an. Doch nun hatte ich ein Ventil gefunden und schrieb zu den Themen, die mir unter den Nägeln brannten, kurze, sozialkritische Texte. Als mich nach Jahren ein Journalist fragte, warum ich denn so kurze Texte schreibe, sagte ich: „Wissen Sie, ich musste in meinem Leben so lange den Mund halten, dass ich Angst habe, dass mir niemand zuhört, wenn ich zu lang bin."

Vo lauter
's Maul haltn miaßn
's Maul nimme au
oder
nimme zue bringen

Für mich gab es nun den dritten Weg des Schreibens. Dadaistin war ich wirklich keine. In den Texten Inhalte mitzuteilen, war mir weitaus wichtiger. Bis ich dann mit den Worten spielen konnte, verging noch einige Zeit. Im Schreiben trug ich wie bei einer Zwiebel Schicht für Schicht ab. Das kostete mich so wie beim Zwiebelschälen so manche Träne, doch fand ich immer mehr zu meinem Wesenskern. Die innere Einsamkeit meines Denkens hatte nun zwei Verbündete, den Zettel und den Bleistift. Ich war glücklich, wenn ich abends meinem Mann die neu entstandenen Texte vorlesen konnte.

1981 hatte ich ein Schlüsselerlebnis. Die damalige Frauenministerin Johanna Dohnal hielt in Innsbruck einen Vortrag zum Thema „Frau sein in Tirol". Eine Gruppe der katholischen Frauenbewegung, der ich angehörte, fuhr mit dem Bus nach Innsbruck, mit der Absicht, bei der anschließenden Diskussion Argumente gegen die Abtreibung einzubringen. Da ich sprachgewandt bin, bat mich die Leiterin, mich unbedingt zu Wort zu melden.

Und dann stand *sie* am Podium!

Innerhalb von wenigen Minuten zog sie mich in ihren Bann. Ich erfuhr von einem Frauenbild, das mir bisher verschlossen gewesen war. Als sie mit klaren, deutlichen Worten von Gewalt, finanzieller Abhängigkeit, Vergewaltigung auch innerhalb der Ehe sprach, liefen mir die Tränen bis zum Hals. Um ein Haar hätte ich laut „Mama" geschluchzt. Noch nie hatte ich bisher gehört, dass für die Frau Beruf und Familie miteinander vereinbar seien, dass ein neues Familienbild entstehen müsse, in dem auch der Mann seinen Beitrag zu leisten hat. Ich war sprachlos.

Sogar bei der Fristenlösung kam meine bisherige, absolut ablehnende Haltung ins Wanken. Bei der anschließenden Diskussion meldete ich mich trotz aufmunterndem Blick unserer Gruppenleiterin nicht zu Wort. Auf der Heimfahrt brachen im Bus wilde Diskussionen über die Veranstaltung aus. Ich gab dazu keine Stellungnahme ab. Ich war wie zweigeteilt, wie in der Mitte auseinandergerissen, als ob eine Seite nach rechts und die andere nach links zöge.

Wenn meine missionarische Ader durchschlug, neigte ich immer noch zum Reimen. In einem längeren Text fand mein Gespaltensein Ausdruck. Den Text unterschrieb ich mit „Im Namen der Imster Frauen" und brachte ihn zur Lokalzeitung, wo er auch veröffentlicht wurde. In der folgenden Ausgabe erschien ein scharfer Gegenleserbrief einer Frau. Ich war der Meinung gewesen, ich hätte neben dem traditionellen Frauenbild bereits ein bisschen die andere Sichtweise, wie ich sie von Johanna Dohnal erfahren hatte, mit hineingenommen. Doch von der linken Kulturszene wurde ich in eine Schublade gedrückt, aus der ich viele Jahre nicht mehr herauskam.

Als ich nach vielen Jahren die Leserbriefschreiberin traf, sagte ich zu ihr: „Du bist inzwischen bürgerlich geworden und ich bin im Oberland die Frauenrechtlerin und werde manches Mal als Hexe verschrien. Das ist für mich heute ein Kompliment."

Im Frühjahr 1982 wurden vom Heimatschutzverband in Zusammenarbeit mit dem ORF Tirol Texte für eine Anthologie zum Thema „Bauernleben heute" gesucht. Ein mir vertrautes Thema! Ich schrieb dazu einige Texte, die mir ein befreundeter Nachbar in die Schreibmaschine tippte. Zehn davon sandte ich ein, vier wurden zu meiner Verwunderung ausgewählt und ich wurde zur Rundfunkaufnahme in den ORF eingeladen. Für mich war klar, dass ich dort in Tracht erscheine und dass mein Mann und die Kinder, die mich begleiten mussten, auch trachtig gekleidet sind.

Zum ersten Mal lernte ich hier andere, auch im Dialekt schreibende Autorinnen und Autoren kennen. Die junge Neue wurde begutachtet. Als ich an der Reihe war und den Text „Er tuet andersch“ las, schüttelten einige Zuhörer den Kopf.

A Spinner
habm se gsejt
a Trottl
a Tolm
habm auche griffn
ans Hirn

A Trottl
habm se gsejt
a Spinner
a Tolm
habm in Kopf gschüttlt
über den Lapp

A Tolm
habm se gsejt
a Trottl
a Spinner
ohne Kunschtdünger
weard er's nit weit bringen

In der Landwirtschaftsschule Imst wurde der Text von den Schülern Hans Haid zugeordnet. Jahre später, anlässlich einer Textwerkstätte, sagte mir deren Leiterin, dass sie Jurymitglied für diese Anthologie gewesen war und dass damals länger diskutiert wurde, ob meine Texte für eine Veröffentlichung nicht zu kritisch wären.

Da es eine Livesendung mit Musik war, mussten die Kinder über zwei Stunden ruhig sitzen. Danach sagte der Kleine: „Mama, mit dir fahre ich nie mehr mit, wenn du Gedichte vorliest." Einige Jahre später hat er mich bei meinen Lesungen am Klavier begleitet.

Nach der Lesung wurde mir angeboten, Mitglied des Tiroler Mundartkreises zu werden. Auch bekam ich ein Angebot, beim Turmbund einige meiner Gedichte mit fünf weiteren Tiroler Autoren jeweils in einem eigenen, schmalen Gedichtband herauszugeben. Ich konnte es nicht fassen! Plötzlich war ich Autorin. Diesen ersten Gedichtband zierten Trachtenschuhe. In späteren Jahren sagte ich öfters: „Ich trug noch lange Trachtenschuhe, aber mein Geist war bereits rebellisch." Das Büchlein mit dem Titel „Zfriedn sein – was isch deas?" wurde in der Wirtschaftskammer Innsbruck präsentiert. Nach meiner Lesung fiel mir eine Dame im Pelzmantel um den Hals und sagte: „Mich hat der Dialekt an meine Kindheit erinnert." Ich dachte mir, warum spricht sie dann Hochdeutsch? Sie kam aus meiner Nachbargemeinde. Von einigen Zuhörern wurde ich um ein Autogramm gefragt und ich musste meinen Mann fragen: „Wo muss ich denn das Autogramm hinschreiben?" Es wurden mir die Hände geschüttelt und ich spürte an meinen entzündeten Fingern die Schmerzen fast nicht mehr, so glücklich war ich.

Im Sommer 1983 lud mich der Präsident des Turmbundes Hermann Kuprian in seine Waldarena bei Tarrenz zu einem Literatentreffen ein. Ich war zum ersten Mal in einem literarischen Kreis. Die Autoren und Autorinnen kamen aus Deutschland, der Schweiz und Österreich. Die meisten schrieben in Schriftsprache. Meine Dialekttexte wurden gelobt und der Präsident stellte den Dialekt gleichwertig neben die Schriftsprache. Er ermunterte mich, weiter im Dialekt zu schreiben. Er war wirklich mein erster Förderer.

Bald darauf schrieb mir Johannes Hauer, der Herausgeber des „Lebendigen österreichischen Wortes", und bot mir an, bei ihm einen Dialektband zu verlegen. Bei der Textauswahl unterstütze mich Karl Mussak, ein befreundeter Germanist. Mit drei, zwei oder einem Stern bewertete er meine Texte; seine Frau, eine Volksschullehrerin, tat es mit Noten. Ich konnte dem Verleger hundert Texte mit drei Sternen senden. Noch vor Weihnachten hielt ich meinen zweiten Gedichtband „All Ding a Weil" in Händen. Die Ankündigung des Buches samt Foto von mir in der Zeitung wurde von manchen Verwandten und Bekannten einfach ignoriert. Das schmerzte mich sehr.

Ich erhielt Einladungen zu Lesungen und durfte erfahren, dass meine Texten viele Menschen berührten. Aber ich entsprach nicht dem gängigen Bild einer Heimatdichterin und war vor allem im Advent manchen Veranstaltern zu kritisch. Allmählich begriff ich, dass ich mit einem Dirndlkleid, unabhängig von meinen Texten, sofort in eine liebliche Heimatecke gedrückt werde. Ich steckte meine Dirndlkleider in einen Sack und verstaute sie im Keller. Nur die originale Oberinntaler Tracht blieb im Kasten hängen.

Im Jänner 1988 nahm ich meinen ganzen Mut zusammen, fuhr mit einem Paket Texten zum Haymon-Verlag nach Innsbruck. Ich läutete, trat ein und fragte nach dem Chef. Die Frau, die mir aufmachte, fragte: „Haben Sie einen Termin?" – „Nein, aber ich habe eine größere Menge Texte bei mir." Die Frau musste lächeln und führte mich in das Büro von Michael Forcher. Er bot mir einen Platz an und fragte nach meinem Anliegen. Ich schob ihm meine Texte über den Schreibtisch und sagte mit Herzklopfen: „Machen Sie mit meinen Texten ein Buch?" Er blätterte fünf Minuten darin und sagte: „Ich erinnere mich an Sie. Ja, ich mache ein Buch, zuerst mit ausschließlich zeitkritischen Texten, denn ansonsten wird man Sie sofort in die heimatliche Ecke drücken." Der Literaturbetrieb war mir damals noch nicht vertraut. Ich wusste noch nichts von Männerseilschaften, auch nicht, dass man als Dialektautorin nur am Rand der Literaturszene mitschwimmt, wenn überhaupt.

Wie auf Wolken fuhr ich heim. Das Rattern des Zuges erinnerte mich an einen meiner ersten Texte. „Eiche in Bus, iats isch amol

Schluss mit all der Plag …" Nichts von diesen Empfindungen am Beginn meines Schreibens belastete mich noch. Trotz meiner schmerzhaften Krankheit mit all den beginnenden Einschränkungen hatte ich zu meinen Aufgaben als Hausfrau und Mutter etwas Wesentliches für mich gefunden. Ich hatte endlich mein Leben in die Hand genommen und meine künstlerische Begabung umzusetzen begonnen.

Das Buch „Stolperer" präsentierte ich in Imst vor mehr als hundert Zuhörern und Zuhörerinnen. Die Presse war anwesend und schrieb anerkennend über mein Buch. Doch in kirchlichen Kreisen sorgten manche Texte für Diskussionsstoff. Vor allem „'s Vaterunser der Zukunft" wurde von einigen als Verunglimpfung gedeutet.

Ausgfressne Mander in an Konzern
Ejs seids die Beschtn
drum tien mir enk schian
Ejs sellts zu ins kemen
Enker Wille sell gschechn
auf der ganzn Walt.
Gebts ins an Samen
und a Spritzmittl darzue
und vergebts ins die Schuld
dass mir ouh eppes habm mechtn
so wie mir Enk vergebm
weil Ejs es so guet mit ins muents.
Ejs fiahrts ins aus der Versuchung
salber z'denkn
Ejs derleasts ins vo den Übl
und tiets es fiar ins.
Weil Enker isch die Walt
und die Macht –
in Ewigkeit?

Der Text wurde auch in einer christlichen österreichischen Frauenzeitung mit einem Porträt von mir abgedruckt. Einige Zeit später schrieb mir eine geistliche Entwicklungshelferin aus Bolivien: „Ich habe noch nie so präzise über die Problematik der Weltwirtschaft gelesen."

Im „Stolperer" befasste ich mich auch mit Stolpersteinen des Frauseins. Bei meiner ersten themenzentrierten Lesung zum Thema „Mut zum Frausein" in einem kleinen Oberländer Dorf sagte eine alte Frau mit Kopftuch zu mir: „Dejs denke mir schue ouh, mir traues ins lei nit zun sage."

Angespornt durch die Anerkennung von Frauen, kam bei mir im weiteren Schreiben immer mehr der Schalk durch. Dadurch und weil meine Texte im Dialekt waren, konnten sich Frauen bis in die hintersten Täler hinein leichter damit identifizieren, wenn ihnen auch ab und zu das Lachen im Hals stecken blieb. Manchmal wurde mir gesagt: „Du hast doch einen äußerst netten Mann, warum schreibst du so kritisch über das Frausein?" Meine Antwort dazu: „Wenn ich einmal in der Woche Schläge bekäme, hätte ich keine Zeit, mich mit Frauenrechten auseinanderzusetzen. Dazu benötigt man einen tragfähigen Boden unter den Füßen und den Schutz einer guten Paarbeziehung."

Ein Jahr nach dem „Stolperer" gewann ich meinen ersten Literaturwettbewerb. Bei der Laudatio sagte der Professor: „Ich hätte mir nicht gedacht, dass sich hinter diesen präzisen Texten eine Frau verbirgt." Für mich Grund genug, mich weiterhin mit dem Frausein zu beschäftigen.

Bereits beim Eintreten hört die Frau das Stimmengewirr. „Diese Emanzen; neunzig Prozent der Scheidungen, weil die jungen Frauen so egoistisch sind." Mit einem fröhlichen Hallo wird sie begrüßt. „Komm, sitz her, trink ein Glas Wein mit uns."

„Nein, ich trinke keinen Alkohol."

„Wein ist doch kein Alkohol. Bist du immer noch so brav und willst mit uns mit Wasser anstoßen?"

„Ja, ausschließlich mit dem klaren Geist des Wassers."

Die Klassenkameradinnen lachen.

Ich sehe mich auf der Stiege zu meiner Kammer und höre Herta schreien: „Was, ejs gebts den Madl an Schnaps? Dia kimpt nouh friah gnueg zu den Plunder!" Die Mueter beschwichtigt und sagt: „A Schnapsl tuet ihr decht nicht. Dejs isch guet gegn Bauchweah." Ich wundere mich über so viel Aufhebens. Immer noch spüre ich ein angenehmes Kribbeln im Hals. Wie warm mir auf einmal ist. Auch im Kopf hüpfen die Gedanken lustig umher. Seit Mamas Tod war mir selten so von innen heraus warm. Dieses beschwingte Gefühl ist fast so, als ob ich ein Lob bekommen hätte. Das Bauchweh ist bald vergessen.

Ich sehe mich beim ersten gemeinsamen Abschluss der Sommersaison in meiner Lehrstelle betrunken nach Hause kommen. Drei Tage kann ich außer Milch mit Zitrone nichts zu mir nehmen. Ich habe mit dem Juniorchef um die Wette getrunken, ich Cognac, er nur Wasser und nicht, wie ich meinte, Obstler. Ich war ahnungslos, wollte nur dazugehören, die Beste und Stärkste sein, und überspielte meine Unsicherheit mit großen Sprüchen.

In der zweiten Klasse Berufsschule muss ich ins Konferenzzimmer, weil ich von einem Sonntagsausflug mit Kollegen und Kolleginnen betrunken ins Heim zurückgekommen bin. „Du bist so eine intelligente junge Frau. Bitte, lass die Finger vom Alkohol. Diesmal werde ich es nicht dem Direktor melden." Ich weiß nicht, was mein Klassenlehrer meint, habe keine Ahnung, dass so ein Vergehen den Rauswurf bedeuten könnte. Ich bin doch Klassenbeste.

In der dritten Klasse heule ich bei der abschließenden Feier. Nie mehr in die Schule gehen können erscheint mir als das Schlimmste. Ich weiß noch nicht, dass es Erwachsenenbildung gibt, dass man sonst auch noch Ausbildungen machen kann. Ja, erzogen, fleißig, sauber, ordentlich zu sein; die Jugend rein zu überstehen, damit man den Kindern eine gute Mutter sein kann. Auf der Heimfahrt nach der Feier dreht sich mir alles im Kopf. Ich lege mich eine Weile in die Wiese. Ich will Herta halbwegs nüchtern entgegentreten.

Mit siebzehn, ich bin bereits zweite Köchin, sagt der Chef, wenn ich vor dem Mittagsgeschäft nervös werde: „Moidl, trink a Bier, wearsch ruhiger."

„Was sagst du zu den Emanzen heute?" Die Stimme einer Klassenkameradin holt die Frau zurück.

„Du hast jetzt eine regelrechte Emanze vor dir", sagt die Frau.

„Du, eine Emanze, und nicht einmal ein Glas Wein mittrinken?"

„Vielleicht gerade deswegen."

„Du hast doch einen netten Mann."

„Vielleicht gerade deswegen."

Jetzt spricht sie es aus: „Der Begriff ‚emanzere' wurde für die Sklavenbefreiung in Rom verwendet. Ist es nicht zu komisch, dass gerade dieser Begriff in die Frauenbewegung eingegangen ist?"

„In der Schule haben wir das aber nicht gelernt."

„Nein, aber dafür genügend Lebensregeln für das Frau- und vor allem das Muttersein. Könnt ihr euch noch an die Handarbeitsstunden bei der Don-Bosco-Schwester erinnern?"

Gelächter. Die unterschiedlichsten Sätze werden aus der Erinnerung geholt:

„Rein und sauber sollt ihr in die Ehe gehen."

„Ihr sollt die Jugend rein überstehen, damit ihr den Kindern eine gute Mutter werden könnt."

„Eine Frau muss verzichten können."

„Euer Haus sei ein Schmuckkästchen für euren Mann."

„So blöd wirst du wohl auch nicht gewesen sein, dass du dich an den Satz: ‚Ihr sollt nur den Mann küssen, der einmal der Vater eurer Kinder wird' gehalten hast?"

Der einzige anwesende Schulkollege schüttelt den Kopf. Er kann sich an keine „Männerregeln“ erinnern.

Der Frau beginnt es in den Ohren zu dröhnen. Bis an den Rand der Erschöpfung hat sie versucht, das vorgegebene Frauenbild einzuhalten.

„Du hast dem Pater und der Don-Bosco-Schwester alles, was sie gesagt haben, geglaubt. Weißt du auch noch den Satz vom Pater? ‚Wenn ich diese Eva zu Gesicht bekomme, werde ich ihr eine runterhauen!‘“

„Welcher Eva?“

„Ja, der biblischen Eva, wem sonst? Sie ist schuld, dass wir aus dem Paradies vertrieben wurden.“

„Das glaubst du noch? Ich habe mich von solch einseitiger Auslegung schon lange emanzipiert.“

Alle lachen. Die Klassenkameradin, bereits angetrunken, fühlt sich in die Enge getrieben. Dann kommt von ihr, der Lieblingsschülerin der Don-Bosco-Schwester, noch ein letzter Kommentar: „Wir hatten wirklich gute Lehrpersonen. Uns wurden noch Werte wie Pünktlichkeit, Höflichkeit, Ordnung, Fleiß und vor allem die Liebe zu Gott und zur Heimat mitgegeben. Schaut euch die heutige Jugend an.“

Die Frau schweigt. Auch sie hat vieles an ihren Lehrpersonen geschätzt, die Don-Bosco-Schwester verehrt, doch hinter die ausschließlich guten alten Zeiten hat sie schon lange ein großes Fragezeichen gesetzt.

Ihr Erinnern unterscheidet sich stark von manchen Erinnerungen ihrer Schulkolleginnen. Sie hat die Aussagen der Don-Bosco-Schwester wie ein Schwamm aufgesogen und sie, ohne sie zu hinterfragen, umzusetzen versucht.

Zur Frage „Stellung zur Ehe?“ schreibt die Siebzehnjährige:

*Es ist wohl von vielen jungen Mädchen und auch Burschen der Wunsch, später eine Ehe und Familie zu gründen. Ich jedenfalls kann mir nichts Schöneres denken, als einen Mann mit Liebe zu umsorgen und Kindern das Leben zu schenken und sie zu erziehen. Ich glaube, es ist wohl die Krönung in unserem Leben, wenn wir Mütter sein dürfen. Träumen nicht alle Mädchen von einer schönen Zukunft an der Seite eines Mannes, und wie schnell ist manchmal dann eine junge Ehe zerbrochen und übrig bleibt nur Unglück? Wer als Kind nicht gelernt hat zu verzichten, wird sich erst recht in der Jugendzeit schwertun. Wir müssen uns einfach durchkämpfen durch die Jugendzeit, dass wir gut und rein bleiben. Heute ist es schon so, dass der Sinn der Ehe verkannt wird. Auf jeder Schallplatte und in jedem Kino wird uns, der Jugend, die Liebe angepriesen und dabei ist das ja gar keine Liebe. Bei der echten Liebe muss man auch verzichten können. Die Ehe ist ja auch ein Verzicht. Sie nimmt uns alles und gibt uns aber auch alles, wenn wir den richtigen Sinn erkennen. Besonders für uns Mädchen erfordert eine Ehe viele große Opfer. Ich weiß, wie viel man Kraft braucht, dass man rein und stark bleibt. Ich glaube, dass man da nur im Gebet die Kraft findet, gut zu bleiben. Ich hoffe, dass man aber später in der Ehe den Lohn dafür findet. Nur dadurch kann man sich vor den Männern Achtung verschaffen, indem man nicht zu allem ja sagt, was sie von uns verlangen. Es soll nicht so sein, dass einem der Mann in der Ehe vorwirft: „Du bist ja selber nicht besser gewesen!" Da würde er die Achtung vor uns verlieren, und die gegenseitige Achtung ist so wichtig in einer guten Ehe.*

Als ich mit zweiunddreißig Jahren zu schreiben beginne, heißt eines meiner ersten Gedichte „Schluckn":

In d'Kinder zlieb
schluckn
in Friedn zlieb
schluckn

in Herrgott zlieb
schluckn
so lang
schluckn
bis dir's
auchestoaßt

Der Reiter galoppiert, die Peitsche knallt, hopp, hopp, hopp, seine Botschaft lautet: Verzicht, Verzicht von klein auf, um später in einer guten Ehe das Verzichten verinnerlicht zu haben. Die Krönung des Frauenlebens: den Mann umsorgen und eine gute Mutter werden. Der Lohn für allen Verzicht in der Jugendzeit: die Achtung des Mannes, aber nur, wenn man bei dessen Wahl Glück hat. Mit einer altsilbernen Kropfkette, eng am Hals zu tragen, einem engen Mieder, mit einem roten Band zugeschnürt, unter einem weiten, schwarzen Trachtenrock die Pflicht erfüllen, darüber am Festtag die seidene und am Werktag die blaue Schürze – der Herr trocknet alle Tränen – die groben Werktagsschuhe drücken, die Trachtenschuhe am Sonntag verdecken die Not, hopp, hopp hopp, die Peitsche kallt, so will es der Reiter über alle Jahrhunderte hinweg.

Die Frau wälzt sich, stöhnt laut auf, schreit vor Angst, greift nach dem Lichtschalter, findet ihn nicht. Sie sinkt nieder, das Bett schwankt, vom Kammerfenster ein eiskalter Luftzug. Ist es schon wieder der Tod mit seiner knochigen Hand? Hüpft die Mama gleich aus dem Kasten heraus? Endlich findet die Frau den Knopf der Nachttischlampe. Zwischen Träumen und Aufwachen spürt sie ihren Leib, der wild bebt. Wo bin ich? Der Mund ausgetrocknet, das Herz rast. Im Traum war die Frau in ihrer zweiten Kindheit, und die Angst, die sie vor so vielen Jahren durchlitt, ist im Traum zurückgekehrt. Die Frau liegt da, beruhigt sich langsam.

Am Abend hatte sie ein Film aufgewühlt: Eine vierzigjährige Frau wurde von ihrem Therapeuten in Hypnose in ihre Kindheit zurückgeführt. Plötzlich sah sie sich als fünfjähriges Mädchen vor ihrer ermordeten Mutter. Das Kind fasste die Mutter an, hatte seine Hände voll Blut, lief schreiend zu einem Bach und wusch sich die Hände. Aber man hatte ihr immer gesagt, dass sie beim Mord der Mutter nicht daheim gewesen sei, und doch hatte sie noch mit vierzig Jahren einen Waschzwang.

Allmählich wird der Frau der Zusammenhang klar. Auch sie hat die tote Mama gesehen und niemand hat danach mehr mit ihr darüber gesprochen. Nur die erlebte Angst blieb in ihren Knochen, brannte auf ihrer Seele.

Zu ihrem vierzigsten Geburtstag hat die Frau sich spirituelle Schweigetage gewünscht. Obwohl sie sich in dieser Zeit in kirchlichen Kreisen sehr engagiert, sich vom nachkonziliaren, offenen Kirchenbild mittragen lässt, fehlt ihr ein Urvertrauen des Gehaltenseins.

Fünfzehn Jahre zuvor hat sie in einem Glaubenskurs zum ersten Mal ein positives Gottesbild erfahren. Als sie nach den drei Tagen heimkam und zu ihrem Mann sagte: „Der Gott mag ins, wie mir sein, mir brauchn darfiar gar nicht zun leischtn", war seine Antwort: „Dejs han ih alm schue gwisst."

Bei der Abschlussfeier des Kurses sagte der Pater zu ihr: „Steck mit deiner frischen Fröhlichkeit noch viele Menschen für Christus und seine Kirche an." Das war in ihrem Eifer Grund genug, viele Menschen aus ihrer Gemeinde von einer Teilnahme an diesem Kurs zu überzeugen. Sie war der Überzeugung, die Kirche werde sich von Grund auf erneuern, wenn möglichst viele so wie sie aus einem traditionellen Gottes- und Kirchenbild herausfinden. Das „Wir alle sind Kirche" gab ihr auch als Frau einen Wert und sie vertraute darauf, dass die Amtskirche ihre Strukturen so verändern würde, dass die Frau endlich den gleichen Wert zugesprochen bekommt wie der Mann.

Als ihre Kinder noch klein waren, überprüfte sie jedes Kindergebet auf eine zeitgemäße Sprache. Sonst schrieb sie den Text neu. Vor allem war ihr wichtig, Gott nicht als Erziehungsmittel zu missbrauchen. Sie half mit, Gottesdienste kindgerecht zu gestalten, und begriff noch nicht, dass dies nur durch den aufgeschlossenen Priester in der Gemeinde möglich war und sie bei der Werbung für den Glaubenskurs einem charismatischen Pater zuarbeitete. Dass Frauen so zur „Systemerhalterin" werden, hatte sie damals noch nicht begriffen. Sie wurde sogar als Vertreterin ihrer Region in die höchsten Gremien der Diözese gewählt, wo sie in den späten 1980er- und den beginnenden 1990er-Jahren viel Offenheit erlebte.

Und nun, mit vierzig Jahren, als sie bereits begonnen hat, kirchliche Strukturen kritisch zu hinterfragen, will sie in diesen neun Schweigetagen ihr Urvertrauen stärken.

Ein beschauliches Frauenkloster, zwischen Weihnachten und Heilige Drei Könige, das Alte beim Vergehen, das Neue noch nicht geboren, nebelverhangene Landschaft, mit zwölf Frauen und Männern und deren geistlichen Begleitern und Begleiterinnen schweigend unterwegs. Am Morgen eine gemeinsam Meditation, zwei Mal am Tag ein Gespräch mit dem geistlichen Begleiter. Den Auftrag, drei Stunden am Tag in die Natur zu gehen, ansonsten Stille, sogar bei den gemeinsamen Mahlzeiten. Die ersten zwei Tage noch ungewöhnlich, doch allmählich schärfen sich die Sinne. Zu sich selbst kommen, hineinhorchen, was ansteht. Geschehen lassen, wenn ein Wort aus der Bibel, ein Bild, ein Baum die Seele berührt.

Die Frau geht durch den Wald, sieht ein Bild von Maria Magdalena weinend am Grab. Daneben die Worte: „Halte mich nicht fest, Maria!" Die Frau ist wie vom Blitz getroffen, spürt, dass es *das Wort* für sie ist. Sie sieht sich wieder am Grab der Mama, hört die große Schwester laut schreien und weiß wie damals, dass sie die Mama nicht festhalten kann, dass sie nichts halten kann, auch nicht ihre

Vorstellung vom Dazugehören, vor allem nicht ihr Traum, als Frau in der Kirche mit ihrer Begabung ernst genommen zu werden. Zweitausend Jahre Männermacht in der Kirche und davor noch zweitausend Jahre Frauenabwertung in einer patriarchalen Weltvorstellung stehen dazwischen. Wie sie ins Kloster zurückkommt und in der Kapelle nach der ganzen Bibelstelle sucht, weiß sie bereits, dass nicht nur Jahreswende ist, sondern für sie eine Zeitenwende ansteht. Doch vorher muss sie noch die dunkle Schlucht zu sich selbst durchwandern.

In den Nächten kommt sie in den Träumen jedes Mal ein Stück weiter in ihre Vergangenheit zurück. Sie versucht, durch Niederschreiben und indem sie ihrem Begleiter das Geträumte erzählt, das Vergangene zu ordnen. Doch die Schlucht wird immer enger, die Luft dünner, bis sie in der siebten Nacht um drei Uhr morgens aus einem schrecklichen Traum aufwacht.

Sie spürt einen Schmerz im Nacken und bebt am ganzen Leib. Soeben hat ihr im Traum ein Nachbar, dessen Familie in einer schweren Krise steckt, eine Mistgabel in die Hand gedrückt, um damit seine Frau zu erschlagen. Als die Frau im Traum die Mistgabel in die Hand nimmt, wird sie zu einem Fangeisen, mit dem der Nachbar sie fesseln will. Mit einem Ruck entkommt die Frau.

Deswegen verspürt sie jetzt nach dem Aufwachen den stechenden Schmerz im Nacken. Sie sieht sich wieder als dreijähriges Kind unter dem Küchentisch, hört den Vater schreien, der mit der Mistgabel der Mama nachläuft. Sie durchlebt ihre Angst um die Mama, sieht die Szene wieder vor sich, die sie als Kind ins Unbewusste verdrängt hat. Zwei Stunden zittert die Frau, wagt sich nicht zu bewegen, bis sie endlich begreift, dass es nur ein Traum war.

Am Morgen sieht sie alles mit neuen Augen, hinter jedem Ding gibt es einen tieferen Zusammenhang. Sie erlebt sich wie in Trance, empfindet sich im Einklang mit allem, beginnt rund zu schreiben oder auf dem Blatt von unten rechts nach oben links. Äußere Dinge verlieren ihre Wichtigkeit. Ob ihr Begleiter diese Veränderung merkt, kann sie nicht sagen. Sie kann sich nicht mehr mitteilen, sie weiß nur: ALLES IST EINS. Als sie nach neun Tagen wieder nach Hause kommt, sieht sie beim Küchenfenster ihre Küchenwaage stehen und denkt sich: Ab heute werde ich die Dinge abwägen, werde ich entscheiden, ob ich zu etwas ja oder nein sage. Mit Mühe kann sie ihren Alltag bewältigen, braucht Wochen, um wieder am Boden anzukommen. Sie sieht die Welt nur mehr in Symbolen. Später sagt ihr Mann zu ihr, sie sei in dieser Zeit wie schwebend gewandelt. Sie selbst erlebt sich zeitlos.

Am neunten Tag daheim geht sie wie in Trance über den Kalvarienberg in ihrer Gemeinde und ist plötzlich mitten im Geschehen der Passion Jesu. Sie summt das uralte Passionslied „Betrachtend deine Huld und Güte, o mein Erlöser, gegen mich" vor sich hin. Plötzlich weiß sie in ihrem Innersten, dass dieser Weg der Weg jedes Menschen ist. Niemandem bleibt das Loslassen, das Verraten- und Verkanntwerden, das Gehen bis zum Äußersten erspart. Wie sie zur siebten Kapelle „Rückkehr in den Schoß der Mutter" kommt, geht ihr der Kreislauf von Stirb und Werde für immer auf. Es gibt kein Gestern und kein Morgen, nur ein Jetzt. Sie fühlt sich frei und leicht wie vorher und nachher nie mehr. In der darauffolgenden Nacht schlägt sie am Boden auf und alle Verluste ihres Lebens stehen augenblicklich vor ihr.

Nach sechs Wochen sucht sie eine Psychotherapeutin auf und erzählt ihr das Erfahrene. „Sie haben in neun Nächten die Psychotherapie von zwei Jahren durchgaloppiert. Wie konnten Sie das durchstehen?" – „Ich habe mich trotz allem Schmerz gehalten gefühlt. Diese Erfahrung ist die Perle im Acker für mich."

Ein mühsamer Ablösungsprozess beginnt, das Hinsehen auf eigene Abhängigkeiten schmerzt. Wie oft hat sie Zugeständnisse gemacht in kirchlichen Gemeinschaften, nur um dazuzugehören, obwohl sie anders dachte. Doch allmählich wächst das Vertrauen in die eigene Intuition. Der Reiter auf dem Dach entschwindet allmählich im Nebel.

Doch er kehrt zurück mit Rüstung und Zaumzeug, und er knallt mit der Peitsche.

Eine eiskalte Kirche an einem kalten Dezembertag, ihr Mann in weißem Gewand mit weiteren acht Männern rund um den Altar. Heute werden sie in den Stand der Weihekandidaten für das ständige Diakonat aufgenommen. Die Frau sitzt mit weiteren acht Frauen in der achten Bankreihe. Beim Gottesdienst werden die Frauen weder begrüßt, noch sind sie mit einem wertschätzenden Satz in die Feier eingebunden. Plötzlich die Frage des Priesters an ihren Mann: „Bist du bereit?" Das Ja kommt nicht bis zur achten Bankreihe durch, zu kalt ist der Kirchenraum. Die Frau fröstelt es. In einem Augenblick spürt sie bis in ihre Wesensmitte: Im System gibt es keine Frau, die Kirche will nur den Mann! Es gibt zwei Stände, Kleriker und Laien, dazwischen ein Weltmeer. Die Frau steht auf der anderen Seite des Meeres.

Beim Hinausgehen sagt eine andere Frau zu ihr: „Heute war es aber feierlich." – „Ja, für unsere Männer!" Darauf die andere: „Wenn ich da anfangen würde nachzudenken, müsste ich davonlaufen." Die Frau läuft nicht davon. Doch an diesem Abend zerbricht etwas in ihr.

*Es gießt in Strömen. Schnell, schnell anziehen, die Schuhe binden, die Bänder reißen ab, ich komme in kein Gewand, finde meine richtigen Schuhe nicht, ich schwitze, muss mich beeilen, schnell über den steilen Weg hinauflaufen, es ist schon halb zehn, die Messe beginnt, ich will dabei sein, der Bischof kommt, dazugehören, ich laufe, so schnell ich kann, schnell durch den Klosterpark, schnell ein Blick hinauf zum Reiter auf dem Dach, er ist fast ganz im Nebel, schnell das große Portal öffnen, eintreten, bereits Wandlung, hinter Herta in die Bank knien, mit Herzklopfen nach vorne schauen – in der Mitte Bischof Krenn, daneben der Altabt und der Pater meiner Kindheit – kann ich noch zur Kommunion gehen, wenn ich so spät gekommen bin? Ich gehe zur Kommunionbank, die Hostien sind alle verteilt. Ein behindertes Mädchen reicht mir einen Lebkuchen. Ist das der Leib Christi? Der Lebkuchen fällt mir aus der Hand. Der Pater schüttelt den Kopf, verbietet mir das Aufheben, ist es doch verwandeltes Brot? Beschämt gehe ich in die Bank zurück, schluchze, stöhne –*

Mit ausgetrocknetem Mund erwacht die Frau und fragt sich: Wo bin ich? Der Pater seit fünfunddreißig Jahren, der Altabt seit zwei Jahren tot. Warum begegnet ihr ausgerechnet Bischof Krenn im Traum? Hat der Reiter auf dem Klosterdach immer noch Macht über sie? Sind die eisernen Regeln, die sie wie Ketten umklammerten, immer noch nicht gesprengt? Der Reiter auf dem Dach hat auf der offenen Kinderseele herumgetrampelt, die Begeisterung der jungen Frau mit seinen Stiefeln getreten, die mittlere Frau in ihre Schranken verwiesen: „Was willst du? Wir wollen nur deinen Mann!" Der Satz hat Spuren hinterlassen.

Monate später flattern an einem Tag zwei Briefe ins Haus. Einer ist von der Mitorganisatorin des Kirchenvolksbegehrens, der andere vom Seelsorgeamt der Diözese. Die Mitorganisatorin bittet um Unterstützung für das Kirchenvolksbegehren. Im Brief vom Seelsorgeamt steht, dass kirchliche Gruppierungen sich nicht beim Kirchenvolksbegehren einbringen sollen. Innerhalb weniger Minuten ist für die Frau die Entscheidung klar.

Bei der nächsten Laienratssitzung steht als Tagungsordnungspunkt: „Kirchenvolksbegehren". Es brodelt im Raum, und der Tagesordnungspunkt wird vorgezogen. Nach sieben Stellungnahmen ist die Frau an der Reihe. Tränen der Wut stecken bereits im Hals. Bis jetzt keine Zustimmung zum Kirchenvolksbegehren, obwohl seit Jahren auch diese Themen im Gremium diskutiert wurden. „Ich bin für das Kirchenvolksbegehren. Ich werde mich dafür einsetzen." Die Frau setzt sich nieder. Nur noch zwei weitere Wortmeldungen sind dafür. Die meisten Botschaften lauten: „Wir machen nicht mit, wir stehen hinter dem Bischof!“ Auf der Heimfahrt im Zug spürt die Frau Fieberblasen an ihren Lippen. Als später durchsickert, dass der Bischof kein Problem mit den Forderungen des Kirchenvolksbegehrens hat, sagen einige beim nächsten Laienrat: „Ja, wenn wir das gewusst hätten …“

Die Frau schreibt einen Brief an die Diözese und legt ihre kirchlichen Dienste und Ämter offiziell zurück. Der Reiter auf dem Dach hat keine Macht mehr über die Frau.

Eines Tages saß ich in einer Schulklasse mitten unter den Schülern und Schülerinnen. Mein alter Traum, Lehrerin zu werden, wurde auf ganz andere Weise Wirklichkeit. Ich las den Kindern meine Texte vor, diskutierte mit ihnen darüber, ermunterte sie, selbstständig zu denken und sich für ihre Emotionen einen Kanal zu suchen.

Viele Schullesungen folgten im Lauf der Jahre.

Ich mag die jungen Leute. Bis zum heutigen Tag sind sie für mich der Gradmesser, ob mein Denken und Empfinden noch aktuell ist und ob meine Texte den Menschen noch etwas sagen können. Bei einem Klassentreffen sagte ich zu meinen Mitschülerinnen, die Lehrerinnen waren: „Ihr seid bereits in Pension und ich darf immer noch zwischen Kindern und jungen Leuten sitzen, um über Texte und Literatur zu sprechen und sie zum Schreiben anzuregen.“

1996, beim Literaturtheatertag des Tiroler Landestheaters, sprach mich Prof. Johann Holzner an: „Wissen Sie, dass Sie in einem Aufsatz des Literaturwissenschaftlers Klaus Zeyringer erwähnt sind?“ Drei Jahre später nahm dieser den Aufsatz unter dem Titel „Med ana fraundintn – Eine wenig beachtete Spielart: Kritische Dialektgedichte von Christine Nöstlinger, Annemarie Regensburger und Anna Nöst“ auch in sein Buch „Österreichische Literatur 1945–1998“ auf. Als ich im Oktober desselben Jahres auf Ischia zufällig „Die Zeit“ kaufte, las ich eine Rezension des Buches, in der es unter anderem hieß: „Wo, wenn nicht in seinem Buch, könnte man informiert werden über die feministisch inspirierte Dialektdichtung von Christine Nöstlinger, Annemarie Regensburger und Anna Nöst ...“ Nun war ich wirklich in der österreichischen Gegenwartsliteratur angekommen.

Es folgten noch einige Bücher. Der größte Erfolg war wohl „Der kluene Prinz, ausn Französischn ins Tirolerische augschriebm vo’r Annemarie Regensburger“. Das Buch verschickten Eltern und Großeltern an ihre Kinder und Enkelkinder überall in der Welt. Wenn ich bei Schullesungen die Schülerinnen und Schüler frage, warum wohl ein junger Mann aus Australien am Heiligen Abend ein SMS an seine Mama in Tirol schreibt, in dem es heißt: „Wir sitzen alle zusammen und lesen im ‚Kluenen Prinz Tirolerisch‘“, rufen die Kinder wie aus einem Mund: „Weil sie Heimweh haben!“ „Ja“, sage ich, „für das Herz Dialekt, zur gemeinsamen Verständigung Deutsch und für die globalisierte Welt wenigstens Englisch.“ Und ich bin immer noch gerührt und dankbar, dass ich über die Hintertür doch noch auf meine ganz persönliche Art Lehrerin geworden bin.

Das Schreiben hat mir eine Welt eröffnet, von der ich nicht einmal träumen konnte.

Ich stehe an der Theke in der Gaststube meines Lehrbetriebs. Vor zwei Monaten ist meine ehemalige Chefin gestorben. Sie war für mich prägend in meiner Mädchenzeit. Ich hatte noch das Glück, meine Chefin drei Wochen vor ihrem Tod zu sehen. Normalerweise fuhr ich sonst immer an ihrem Geburtstag zu ihr. Dieses Jahr war es eine Woche früher. Ich gehorchte einfach meinem inneren Gefühl, das mir sagte, dass es höchste Zeit sei.

Heute hat der ehemalige Juniorchef das damalige Personal zu einem gemeinsamen Erinnerungsessen eingeladen. Das sind Begrüßungen! Manche haben einander über vierzig Jahre nicht mehr gesehen. Ganz eigenartig ist für mich, wenn hinter manchem Gesicht erst nach längerem Betrachten das junge Gesicht durchscheint und ich mich an den zugehörigen Namen erinnere. Wie unterschiedlich sind die Erinnerungen, doch eines ist für alle gemeinsam: Wir alle haben unsere Jugendzeit in diesem Haus verbracht. Wir waren aufeinander angewiesen und auch in der knappen Freizeit umeinander besorgt. Dadurch entstand für mich zu manchen Kolleginnen eine starke Bindung.

Manches Mal kamen nach Feierabend, oft erst nach zehn am Abend, die übermütigen Späße der Jugend durch. Eine Arbeitskollegin, die zwei Jahre nach mir mit der Kochlehre begonnen hatte, sagt zu mir: „Weißt du noch, wie wir dem jungen Burschen seinen Traktorsitz mit Senf beschmiert haben?" Der saß ausnahmsweise mit einem Anzug in der Gaststube. Als er sich zum Heimfahren in den Senf setzte, schrie er: „Dejs habm sicher dia Köchinnen toun!" Er lief in die Küche, nahm die weiße Schürze des Chefs vom Haken und putzte damit den Traktorsitz ab. Dann warf er die Schürze in einen Anhänger, der mit Müll gefüllt war. Wir zwei liefen schnell vom dritten Stock herab vor die Haustür, um den Chefmantel zu retten. Doch da war der Mülltraktor mit dem Mantel bereits weggefahren. Erst am nächsten Morgen wurde uns das Ausmaß des Malheurs so richtig bewusst. Tagelang suchte der Chef seine Schürze mit dem darin befindlichen Schlüsselbund! Als er uns danach fragte, schwiegen wir eisern.

„Wie war das damals, als du meiner Kollegin das Tortenrezeptbuch der Chefin zum Abschreiben gegeben hast?", fragt mich eine ehemalige Kellnerin. Wochenlang bedrängte sie mich, ihr das Tortenrezeptbuch zu „leihen". Sie würde es mir verlässlich in drei Tagen zurückgeben. Natürlich wagte ich nicht, die Chefin um das Rezeptbuch zu fragen, da ich von Herta die Überzeugung hatte, dass es nichts bringe, Vorgesetzte um etwas zu bitten. Mir war aber sehr wichtig, bei der Kellnerin gut angeschrieben zu sein. Daher entwendete ich das Buch in der Hoffnung, dass es die Chefin gerade nicht brauchte. Zwei Tage später wollte die Chefin eine feine Torte backen, fand das Buch nicht, sah mich an und sagte: „Hast du es der Kellnerin geliehen?“ Ich begann zu stottern – zu lügen war mir nicht möglich. Drei Tage lang hat die Chefin mit mir kein einziges Wort gesprochen und mir auch keine Arbeit zugewiesen.

„Dass du dich getraut hast, dem Chefkoch eine Zitrone zwischen die Beine zu schießen, war schon sehr mutig“, sagt ein inzwischen über sechzigjähriger Mann, der zwei Jahre vor mir mit der Kochlehre begonnen hatte. „Der Chefkoch hat mich von hinten zu sich hingebogen und wollte mich küssen. Da habe ich mich gewehrt. Aber nie hat er mich dafür als Lehrmädchen büßen lassen.“

Das Spiel zwischen den Geschlechtern war manches Mal sehr burschikos. „Der Theater-Obmann wollte doch auch mit dir anbandeln?“, fragt mich eine ehemalige Zimmerkollegin. Wir beginnen gleichzeitig zu lachen, als uns die Aktion einfällt, die beinahe schlecht ausgegangen wäre. Eines Nachts räumten wir sein Feld, voll mit „Heustanggern“, ab und warfen die leeren Stangger neben dem Feld in die Stauden. Der Mann hat es bei der Gendarmarie angezeigt und angegeben, dass es ein junger Mann aus seiner Nachbarschaft gesehen hätte. Der Gendarm vernahm den jungen Mann, aber er hielt dicht, denn er war in meine Arbeitskollegin verliebt. Als der Gendarm am Tag darauf die Hotelküche betrat, erschrak ich sehr. Doch er bestellte nur wie immer bei mir persönlich den üblichen Rindfleischsalat.

„Weißt du noch, wie du das erste Mal telefoniert hast?“, fragt mich die ehemalige Sekretärin. Es war in der Zwischensaison. Ich war bald sechzehn und hatte noch nie telefoniert. Die Sekretärin würde mich rufen, wenn das Telefon das nächste Mal läutete. Ich bräuchte nur den Namen des Hotels zu sagen, dann würde man sich melden und das Anliegen vorbringen. Das Telefon läutete. Ich lief ins Büro und sagte ins Telefon: „Hotel Krone!“ Am anderen Ende sagte ein Mann ebenfalls seinen Namen und sonst nichts. Ich glaubte, er habe mich nicht verstanden, und sagte noch einmal deutlicher: „Hotel Krone!“ Wieder sagte er nur etwas lauter seinen Namen. Als sich das Spiel zum dritten Mal wiederholte, nannte er seinen Namen bereits sehr ungeduldig. Ich sagte halb schon weinend ins Telefon: „Mei, was sell ih iats sagn?“ Da erst nahm mir die Sekretärin das Telefon aus der Hand und entschuldigte sich bei meinem Gesprächspartner, einem bekannten Tiroler Straßenbauingenieur.

„Aber immer warst du nicht so schüchtern beim Reden“, sagt die Sekretärin. „Weißt du noch, wie wir in Ötz den Bus versäumt haben und zu Fuß bis nach Habichen gegangen sind. Du hast mir Schillers „Glocke“ in einem Stück aufgesagt, und das hat fünfundzwanzig Minuten gedauert.“

„Bitte, lies uns die Geschichte vor, die du für den ersten Ötztaler Literaturwettbewerb geschrieben hast“, rufen einige ehemalige Arbeitskolleginnen.

Noch einmal ziehen Erinnerungen aus meiner Zeit im Tal an mir und meinen Kollegen und Kolleginnen vorüber. Als ich die Geschichte zu Ende gelesen habe und alle klatschen und sich freuen, sehe ich mich an derselben Theke stehen und der Kellnerin beim Gläsertrocknen helfen. Oft habe ich damals ein großes Bier in einem Zug ausgetrunken und die Männer am Stammtisch haben gelacht und geklatscht. Jetzt stoße ich mit einem Glas Wasser mit allen an und bin sehr glücklich.

Sieben Sommer und fünf Winter war ich in meinem Lehrbetrieb. Im Lehrzeugnis stand unter anderem: „Besonders zu erwähnen ist ihre Treue zum Haus.“

Die Frau blickt auf das Foto neben der Urne. Die große Schwester tot, der Leib Asche, die Seele, wo ist sie? Tränen rinnen ihr über das Gesicht. Soeben hat sie mit starker Stimme der versammelten Gemeinde Ausschnitte aus dem Leben der Schwester erzählt. Doch jetzt meldet sich verstört ihr inneres Kind, so wie damals, als nach dem Tod der Mama auch die große Schwester bald nicht mehr da war.

Die Frau hört wieder das Schreien der Schwester an Mamas Grab, während der Sarg mit einem dumpfen Laut ins Grab gesenkt wurde. Nach dem Begräbnis wurden die Schwestern auseinandergerissen. Die große Schwester war ja nur der ledige Balg von der Mama und musste in der ersten Zeit noch im Elternhaus das Vieh versorgen. Dann kam sie zu Mamas Bruder.

Hinter der Frau kniet die Tochter von Mamas Bruder. Damals, nach Mamas Tod, überlegten die große Schwester und diese Cousine wochenlang, ob sie den Bauernhof bewirtschaften könnten. Sie waren damals gerade sechzehn Jahre alt und trauten sich diese Aufgabe zu. Die große Schwester wollte die ihr vertrauten Tiere unter keinen Umständen verkaufen, vor allem nicht das Kalb, ihren „Tolm" auf der Alm. Oft hat sie später erzählt, wie sie noch am späten Nachmittag nach der Beerdigung der Mama auf die Alm lief und ihre Traurigkeit in sein Fell hinein weinte. Der Onkel überlegte ebenfalls, mit seiner Familie auf den Hof seiner Schwester zu ziehen. Das wollten aber seine Frau und die drei Kinder nicht. So ging die Hofpacht samt dem in Eigenregie renovierten Haus und dem großen, von Tate gepflanzten Obstgarten ohne Entschädigung ans Kloster zurück.

Während der Chor das „Herr, erbarme dich" singt, ziehen Erinnerungen vor dem inneren Auge der Frau vorbei. Die große Schwester bringt einen Kleiderstoff, weißer Grund und rote Rosen, ein lang gehegter Wunsch des Mädchens; die Schwester, zwei Mal im Jahr auf Besuch, erzählt, wie ihre Chefleute sich mit ihr über die gereimten Briefe der kleinen Schwester freuten und miteinander lachten; Jahre später, Höhepunkte im Leben der kleinen Schwester, wenn sie die große Schwester im Hotel besuchen kann, putzt sie dort der Schwester alle Schuhe, bügelt ihre Rüschenblusen, um die sie die Schwester manchmal beneidet; und dann die Ausflüge mit der großen Schwester, bis in die Schweiz, und wie sie nicht glauben will, dass die Natur vor und nach der Grenze gleich ausschaut, weil ja im Atlas ein dicker, roter Strich die Grenze markiert; viel später die Hochzeit der großen Schwester, auf der sie ein selbst verfasstes Festgedicht zum Besten gibt; die große Reise der Schwester nach Pakistan, wo ihr Mann Arbeit hat, und die Geburt ihrer Tochter im Krankenhaus von Rawalpindi; die ersten Fotos der Nichte treffen ein und zu ihrem ersten Geburtstag kommt ein Tiroler Dirndl nach Pakistan zurück; dann der Schock: der Mann schwer erkrankt, die Rückkehr nach Europa, nach drei Monaten stirbt er; in dieser Zeit wachsen die beiden Schwestern erst richtig zusammen; nach sechs Jahren heiratet die große Schwester zum zweiten Mal; nach sieben gemeinsamen Jahren erkrankt der Mann und stirbt nach einem halben Jahr.

Die Frau schrickt auf. Das „Herr, erbarme dich" verklingt. Erbarmt sich die Gottheit? Begleitet sie die Menschen im Leid? In Grenzsituationen steigen diese Fragen auf. Dass eine Gottheit die Menschen belohnt oder bestraft, glaubt die Frau nicht mehr. Dieses Gottesbild hat sie für sich aufgearbeitet. Das Leben ein Geschenk, das Immer-wieder-Einüben-im-Loslassen eine Herausforderung, die Hoffnung auf Vollendung da. Die Frau blickt zu ihrer Nichte. In ihr wird ihre Mama weiterleben. Die große Schwester lächelt auf dem Foto, auf dem sie neben einem Kreuz auf einem Berg steht. Die letzten zehn Jahre ihres Lebens konnte sie sich an der Natur in den Bergen erfreuen: „Aufn Barg bin ih in Gott an nächnschtn!"

Ist sie jetzt der Gottheit ganz nahe, jetzt, da ihre Tochter die Urne in Händen hält und zum Grab trägt, sie dem Schoß der Mutter Erde zurückgibt?

Nach zweiundfünfzig Jahren schließt sich ein Kreis ohne Schrei und dumpfen Laut.

Ein neuer Kreis tut sich auf.

Noch während des Sterbegottesdienstes für meine große Schwester verspreche ich ihr, mich bei meiner mir unbekannten Halbschwester zu melden. Einige Jahre zuvor hat mir eine Verwandte von Herta einen Zettel in die Manteltasche gesteckt und gesagt: „Falls du amol dei Schwester kennenlearnen willsch!“ Damals habe ich die Adresse meiner Halbschwester in mein Adressbuch geschrieben, mit dem Zusatz „meine jüngere Schwester“. Jahrelang hatte ich nicht den Mut, mit ihr Kontakt aufzunehmen. Doch am Abend nach dem Begräbnis, immer noch vom Schmerz gelähmt, beginne ich, einen Brief an meine jüngere Halbschwester zu schreiben. Aber mehr als der Anfangssatz will mir nicht gelingen. Erst nach einer Woche ist es mir möglich, den Brief fortzusetzen. Mit zittrigen Händen schreibe ich die Adresse auf das Kuvert und trage ihn zur Post. Zum Postbeamten sage ich, dass dies ein Brief an meine neue Schwester sei und er mir die Marke daraufkleben muss, weil ich zu aufgeregt bin. Verdutzt blickt er mich an. Danach geht alles sehr schnell.

Zwei Tage später kommt ein Anruf aus dem Bregenzerwald. Ich höre zum ersten Mal die Stimme meiner Schwester. Ich habe ihr in meinem Brief die CD von mir beigelegt. Sie hat sie, wie sie mir versichert, bereits dreimal angehört.

„Nein, ich wusste nichts von Geschwistern. Meine Mama hat meine Herkunft mit ins Grab genommen.“

Langsam tasten wir uns aneinander heran. Wir vereinbaren ein Treffen.

Sechs Wochen später fahre ich mit meinem Mann in den Bregenzerwald. Unser Auto lassen wir in der Mitte des Dorfes stehen. Wir gehen an der Schule vorbei, in der meine Schwester und mein neuer Schwager ihre sieben Kinder in der Lehrerwohnung großgezogen haben. Er war an dieser Schule Lehrer und später Schuldirektor. Kurz vor seiner Pensionierung haben sie sich ein eigenes Haus gebaut.

Wir gehen das letzte Stück des Weges hoch. Mein Schwager steht vor der Garage und kehrt das Pflaster. Ich nehme zuerst die reifen Trauben an der Hausmauer wahr. Es ist die gleiche Sorte wie bei uns daheim.

Herzklopfen, Händeschütteln, ein paar Worte und dann betreten wir das Haus. Mein neuer Schwager ruft den Namen seiner Frau. Sie kommt die Stiege herunter. Es gibt mir einen Stich in meinem Herzen. Nein, wie meine große Schwester ist sie nicht, geht mir durch den Kopf. Äußerlich ähnelt sie meiner Schwester Hanna. Wir lächeln uns an und umarmen uns. Dann gehen wir alle hinauf. Es ist ein eigenartiges Gefühl, wenn man mit einundsechzig zum ersten Mal hinter der eigenen Schwester hergeht. An meine Kinderohren kam ja nur: „Der Tate hat bei'r Dirn a Kind gmacht. Noche hat er sig's nimme dertoalt und isch auf Hall kemen."

Nun sitzt eine Frau vor mir, die sieben Kinder geboren hat, lange Zeit im Oberland gelebt hat, und deren Mann sogar aus Imst stammt. Ein Schmerz durchzuckt mich. Zu oft in meinem Leben war ich in der Psychiatrie. Ich erkenne an ihrem Gesichtsausdruck, dass auch sie mit psychischen Problemen zu kämpfen hat.

Ich zeige ihr ein Foto. Der Tate an einem wunderschönen Herbsttag in seinem braunen Anzug in Habtachtstellung neben seiner Schwester, meiner Taufgotl, und mir. Wir stehen vor einer Eberesche voll mit orangeroten Beeren. Es ist Frühherbst.

Meine Schwester nimmt das Foto in die Hand. Ihre Hände zittern. Mit achtundfünfzig sieht sie zum ersten Mal ein Bild ihres Vaters. Ihr kommen die Tränen. Als Kind glaubte sie, ihr Vater müsse etwas Schreckliches getan haben, denn wenn ihre Mama mit ihrer Schwester über ihn sprach, tat sie das hinter vorgehaltener Hand. So glaubte sie, dass der Vater ein Verbrecher gewesen sei.

Als meine Schwester sechs Wochen alt war, sagte die Schwester ihrer Mama zu dieser: „Du hast keinen Mann und bist auch nicht fähig, dein Kind aufzuziehen. Dein Kind übernehme ich." So wuchs meine Schwester gemeinsam mit einer Cousine bei ihrer Tante auf. Zu ihrer Tante sagte sie „Mutti", und wenn am Sonntagnachmittag ihre Mama auf Besuch kam, sagte sie zu ihr „Mama". Aber je größer sie wurde, umso weniger verstand sie, warum sie nicht bei ihrer Mama wohnen konnte. Danach zu fragen wagte sie nie.

„Deine Mama hat dir den Namen von der ersten Frau vom Tate und als zweiten den von der Nale gegeben: Maria und Elisabeth, zwei starke Frauen im Leben vom Tate. Ob das deiner Mama bewusst war, wenn sie dich Marlies rief?"

Manchmal glaubte meine Schwester, sie sei ganz allein auf der Welt! Sie wurde Kindergärtnerin, heiratete früh und zog mit ihrem Mann in den Bregenzerwald. Ihre Mama blieb allein, verdiente sich ihren Unterhalt mit Putzarbeiten in einem Oberländer Bahnhof. Im Alter holte sie meine Schwester ins Altersheim in den Bregenzerwald.

„Nach dem siebten Kind ging es mir psychisch sehr schlecht. Der behandelnde Arzt empfahl mir Nachforschungen nach meinem Vater. So erfuhr ich, dass mein Vater über ein Vierteljahrhundert als psychisch Kranker verwahrt wurde."

Ich beginne ihr von unserem Tate zu erzählen. „Du sollst wissen, dass der Tate mehr war als sein Krankheitsbild. Er war sehr gescheit, ein fortschrittlicher Bauer, und er muss sich sehr geschämt haben, als deine Mama mit dir schwanger war. Denn genau in dieser Zeit kam seine Schizophrenie zum Höhepunkt. Auch wenn ich selber nur Bruchstücke weiß, so ist er für mich doch der Tate gewesen, der Tate, wie er eben war."

Ein paar Wochen später fahren wir gemeinsam ins Klosterdorf, gehen die Stiege hinauf zum Friedhof bei der Pfarrkirche. Rechts in einer Nische Jesus am Ölberg, seine Nacht der Angst. „Wie viel Angst muss der Tate in der Landesheil- und Pflegeanstalt ausgehalten haben, wenn er tage- und nächtelang isoliert wurde", sage ich zu meiner Schwester.

Wir stehen vor dem Grab unseres Vaters. Meiner Schwester kommen die Tränen. Dann beugt sie sich nieder, zündet eine Kerze an und sagt leise: „Papa, ich verzeihe dir."

Wir gehen zum Stampferhaus hinauf. Inzwischen wurde mein Elternhaus abgerissen und an der Stelle ein neues Wohnhaus gebaut. Auf den umliegenden Wiesen ist eine Wohnsiedlung entstanden. „Da war ungefähr der Stall, dort unser Gemüsegarten. Hier hat deine Mama als Magd gearbeitet. Schau, das ist noch der letzte Apfelbaum, den unser Vater gepflanzt hat!“

*Ich bin im Wohnzimmer meiner neuen Schwester. Sie sitzt an meiner rechten Seite, daneben ihr jüngster Sohn, mein Schwager und meine Schwester Hanna. Die älteste Tochter meiner Schwester bringt uns eine Jause. Ich schaue auf meine linke Seite und denke mir: Das sind aber nicht die anderen Kinder meiner Schwester, die schauen mir viel zu alt aus. Mir gehen die Augen auf. Plötzlich sehe ich das gleiche Bild mit allen hier Sitzenden in unserer Stube im Stampferhaus und ich erkenne die Menschen an meiner linken Seite. Ich sehe unsere toten Geschwister nicht als Kleinkinder, sondern im Alter, in dem sie jetzt wären; das Loisele, das Franzele, das Liesele. Direkt neben mir, ich stutze, erkenne sie dann und sage: „Gretl.“ Sie ist Mamas erstes Kind aus der Ehe mit meinem Tate und war eine Totgeburt. Auch das Hansele, Tates Sohn aus seiner ersten Ehe, und meine große Schwester Hedi, um die ich immer noch trauere, sitzen in der Reihe.*

*Sechs meiner Geschwister sind bereits gestorben. Doch ich habe eine Schwester dazubekommen, wofür ich sehr dankbar bin. Alle neun sind wir jetzt im großen, bunten Haus unserer Familie aufgenommen.*

Einmal noch auf Spurensuche.

Aufwachen, blinzeln, vor dem Fenster dreht sich in einer langen Spirale eine orangefarbene Kugel, sanft angetrieben vom Morgenwind. Daneben ein Orangenbaum mit unzähligen Früchten. Ich spüre die süße Reife in meinem Mund. In der Nacht muss es geregnet haben, auf der Terrasse letzte Wasserlachen. Das Gras saftig grün, Kakteen, blühender Lavendel und Rosmarin, blaue und gelbe Blumen, Sommersterne, an der Steinmauer Hauswurz und ungewöhnliche, grüne Pflanzen. Der Holztisch, liebevoll dekoriert mit

Wurzeln, Lichtern, Kiefernzapfen, Lavagestein und einer Obstschale mit reifen Früchten einladend zum Verkosten. Die Sonne kommt durch.

Nach dem Frühstück der erste Spaziergang durch nasses Gras hinein in den Frühling. Die Mandelbäume bereits im Verblühen, Stauden mit weißfarbenen Blüten, ein uralter Steinkreis, wilder Fenchel, die erste Kiefer zum Berühren, die Nadeln dreifach. Steinmauern halten die rotbraune Erde, Orangenbäume, so weit das Auge reicht. Ein schmaler Pfad hinunter zum Atlantik. Ruhig liegt er da. Nur ab und zu Vogelgezwitscher, eine Biene, ab und zu ein Schmetterling.

Gestern sind mein Mann und ich auf La Palma angekommen, fast am Ende der Welt, ein schmaler Pfad, umgeben von sattem Gras, unzähligen Blüten, dem Duft reifer Orangen. Eine liebenswerte Gastgeberin hat uns in ein kleines Häuschen geführt, das Schlafzimmer in den Fels gehauen, der Kamin bereit zum Feuermachen. Wir fühlen uns wie ein jung verliebtes Paar, das niemanden braucht, außer uns und diesen wunderbaren Ort.

Zu Mittag das erste Sonnenbad, ein Glücksgefühl durchströmt den Leib, ein gelber Zitronenfalter, Stille. Ich spüre mich wohlig warm, greife zum ersten Buch, „Tanausú, König der Guanchen“. Mit dem Zeigefinger streiche ich am Umschlag über die Spirale bis zur Mitte, Erinnerung an uralte Weisheiten.

Dann plötzlich ein Läuten! Der Ziegenhirte treibt seine Ziegen über den Steig auf die andere Seite der Schlucht zur Weide – das einzige Geräusch an diesem Spätnachmittag. Der Atlantik liegt verträumt in der Abendsonne, weiches Licht fällt durch kanarische Kiefern. Der Sonnenuntergang ein Funkeln über dem Meer. Für mich als Tirolerin, mitten in den Bergen daheim, immer wieder ein Staunen über das größte Schauspiel des Tages. Wer führt hier Regie? Auch der Ziegenhirte hält inne, schaut wie seine Tiere der Sonne nach, bis nur mehr der Widerschein traumhafte Formationen an den Himmel malt.

Schnell bricht die Nacht herein. Die Kiefern am Hang, stolz und majestätisch, könnten Guanchen sein, die ihre Insel vor dem Eindringen der Spanier schützen. Tanausú, ihr letzter König, schreitet voran. Wie von Engeln angezündet, beginnt ein Stern um den anderen zu leuchten. Sternenhimmel auf La Palma, für einen Augenblick sind Himmel und Erde eins.

Ein einziger Tag rund und voll.

Ich blicke hinunter aufs Meer. Unzählige Glitzersterne auf dem Wasser. Himmel und Erde berühren sich am Horizont. Das Wasser und der Himmel in denselben Farben. Wo beginnt das eine, wo hört das andere auf? Kein Laut ist zu hören, nur ab und zu ein Summen eines Insekts. Stille – eine sanfte Schlucht hinunter zum Meer. Orangenbäume voll mit Früchten, die Winterfrüchte abgeerntet, die Sommerfrüchte genießen die warme Sonne. Wann beginnt der Sommer, wann ist Winter? Die Nordhänge der Insel in betörendem Duft. Der weiße Ginster blüht! Gestern Abend einen Sack mit Kiefernzapfen von einer Wanderung durch den Wald mit nach Hause gebracht. Vor dem Kamin den rotglühenden Kunstwerken beim Verglühen zugesehen.

Heute ein weißer Rosenstrauch vor einer Marienkirche in voller Blüte. In der Kirche drei Altäre: Jungfrau – Mutter – Königin, die drei Anteile der früheren Großen Mutter. In einem der ältesten Symbole der Menschheit, wie Carl Gustav Jung schreibt, waren die drei Anteile der Großen Mutter vereint als junge Frau, als mittlere Frau und als weise Alte. Das Christentum hat Maria nur den Anteil der Jungfrau und der Mutter zuerkannt und von der weisen Alten den Anteil der Himmelskönigin; der todbringende Anteil der weisen Alten wurde Eva und später den Hexen zugeordnet. Heute kehrt Maria als Fortsetzung der Großen Mutter mit ihren drei Aspekten wieder ins Bewusstsein zurück.

Den Weg als junge Frau längst gegangen. Die Freiheit und Eigenständigkeit dieser Lebensphase hart erarbeitet, lange Zeit hat der Reiter auf dem Dach seine Vorstellung von Frausein durchgesetzt.

Die Zeit des Mutterseins, des Gebärens, Aufziehens und Schützens, die Zeit, einen lebensbejahenden Raum für die nachkommende Generation zu erkämpfen, hinter mir gelassen. Auch die Zeit, die Macht des Reiters auf dem Dach abzuwerfen, vorbei. Ein mühsamer Weg, bis die Narben an der Seele verheilt sind, bis endlich der Anteil der weisen Alten seinen Platz einnehmen kann und der Strom der nie versiegenden Quelle fließt. Endlich Kommen und Gehen, Sterben und Wiedergeborenwerden im immer wiederkehrenden Kreislauf bejahen.

Die große Angst vorbei.

Ein kleines Stück Land, Heimat für zwei Wochen. Frühling, Sommer und Herbst gleichzeitig. Ein Blick aufs Meer. Die Sonne zum Untergang bereit, um morgen aufs Neue die Erde zu wärmen hier und jetzt.

Am nächsten Morgen machen wir uns auf den Weg. Mein Mann, eine langjährige Begleiterin und ich. Das Jahr verschenkt sich bereits im Februar. Die Hänge hinab zum Ozean ein Blütenmeer. Sogar auf den Nordhängen in den tiefen Schluchten Blüten, sonst alles in verschwenderischem Grün. Auch im Schatten bricht der Frühling durch, zwar verspätet, doch er kommt.

Gewachsen im Schatten, am Nordhang des Klosterdorfs. Doch der Reiter auf dem Dach hat neben sich kein Wachsen geduldet. Erst im Entkommen vom Reiter waren Blüte und Frucht möglich.

Welcher Reiter mag hier am Gipfel des Berges oder unten in der Stadt hausen? Ganz hinten unten im Krater haust Guayote, der Gegenspieler von Abona, dem Leben, wie es ein alter Mythos erzählt. Bereits vor Tagen sind wir in den heiligen Wald gewandert, zu einem Kultplatz, an dem die Menschen schon vor dreitausend Jahren zu Ehren von Tara, der Großen Mutter allen Lebens, feierten und unzählige in Stein gravierte Zeichen hinterließen, vor allem Spiralen, die ältesten Symbole der Menschen für den Wandel des Lebens. Von hier ist auf der gegenüberliegenden Seite beim Felsaltar der Göttin der Thron zu erkennen. Tara blickt zum großen männlichen Geist Orahan, der als sichtbare Gestalt neben dem Thron steht. Ihr Bauch ist gewölbt, die heilige Hochzeit gefeiert. Die Geburt von Abona, dem Leben, steht bevor, immer und immer wieder neu muss das Leben geboren werden.

Geboren aus der Jungfrau Maria, aber ihr wurde die Gottheit aberkannt. Doch lässt sie sich nicht von ihrem Thron vertreiben. Meine Begleiterin wird mich heute zu einem Ort hinführen, wo Maria den Sohn immer wieder aufs Neue gebiert.

Wir fahren in den äußersten Norden, eine Kehre, noch eine Kehre. Beim Aussteigen pfeift uns kalter Nordwind entgegen. Um ein Haar verliere ich den Halt. Ich blicke hinunter zum Drachenbaumwald. Beinahe hätten die Spanier am Ende des 15. Jahrhunderts die Drachenbäume ausgerottet. Da sie bei den Guanchen weder Perlen noch Edelsteine fanden, wollten sie wenigstens das edle Holz der Drachenbäume für sich nützen. Nur alle fünfzehn Jahre bringt dieser Baum eine Blüte hervor, nur alle fünfzehn Jahre kann er sich vermehren. Mir fällt ein Satz ein, den eine Frau nach einer meiner ersten Lesungen zu mir sagte: „Sie kommen mir wie eine Amaryllis vor. So lange waren Sie im Keller und nun eine so kostbare Blüte."

Wir fahren weiter, bleiben an einem Aussichtspunkt stehen. Der Berg hinter leichten Nebelschwaden, wie der durchsichtige Schleier des Brautkleids der Göttin. Die Pflanzen am Südhang wachsen in Spiralen zum Meer hinunter, als ob die Natur der Insel nur als Zeichen für die Göttin lebe. Ich trete vor bis zum Felsvorsprung in die Schlucht, blicke hinunter. Ein Schauer durchfährt mich, ein einziger Schritt, und der Lebensfaden wäre abgerissen. Wie oft schon hing mein Leben an einem seidenen Faden? Ich blicke zu meinem Mann. Er gräbt gerade eine zarte Pflanze aus, eine, die auch noch fast im Dunklen gedeiht. Er ist jeden Weg mit mir gegangen, auch als ich an meine Grenzen stieß. Es war sicher nicht einfach für ihn, wie sich aus dem sich führen lassenden Mädchen eine eigenständige Frau entwickelte. Mein Mann schaut zu mir her. Wir lächeln. Ich blicke auf meine Hände. Dreißig Jahre Schmerzerkrankung mit unzähligen Rheumaschüben und Gelenksverformungen, ein mühseliger Weg, der oft an meine Substanz ging. Und dann das Wunder! Nach zehnjährigem Humpeln zwei neue Kniegelenke, die Therapie geglückt. Ein neues Lebensgefühl.

Wir betreten eine Kirche. Mir bleibt für einen Augenblick der Atem stehen. Maria, die Königin, mit ihrem Kind in der Mitte des Altars, ein goldener Sternenkranz umfängt ihr Haupt. Bis in die Fingerspitzen spüre ich, dass hinter diesem Bild eine Wirklichkeit ist, ein Strom immerwährender Kraft. Am rechten Seitenaltar die Schmerzhafte Maria mit goldener Krone und totem Sohn im Schoß. Die todbringende Seite der Großen Mutter integriert. Leben und Tod und immer wieder Leben. Am linken Seitenaltar der Auferstandene. Nach einem gemeinsamen Lied, bei dem wir aller uns vertrauten Menschen gedenken und Frieden für alle Menschen ersehnen, gehe ich noch leicht benommen zum Auto.

Es ist bewölkt. Regen kommt auf. Wir fahren über den Pass und von einem Augenblick zum andern ist die Insel vom Sonnenlicht erfüllt. Schatten und Licht – Leben. In der Ebene Fülle, Frühsommer. Noch einmal fahren wir ein Stück Richtung Berg. Auf einer Anhöhe eine kleine Kirche, umgeben von einem großen, freien Platz. Schatten spendet eine uralte kanarische Kiefer. Baum des Lebens. Ein tiefer Friede, eine unbändige Lebenslust erfüllt diesen Ort. In der Kirche die weiße Göttin, hier in der Gestalt von Maria, als Große Mutter allen Lebens. Ihr blauer Mantel umhüllt ihre Gestalt, umhüllt den Felsaltar der Göttin im Krater, wird weiter und weiter, bis er mit dem Himmel und dem Blau des Ozeans verschmilzt. Einmal im Jahr wird die Kultfrau Maria vom Berg ins Tal getragen zum Heil für die Menschen.

Ich bin bei mir angekommen.

Noch einmal fällt der Schatten auf die Familiengeschichte der Frau.

Sie steht vor dem Eingang der früheren Landesheil- und Pflegeanstalt. Jetzt steht auf dem Schild „Psychiatrisches Krankenhaus“. Das kleine Wärterhaus ist geschlossen. „Schau“, sagt die Frau zu ihrem Mann, „hier bin ich damals weinend hineingegangen. Ich habe zuerst meine Schwester, die gerade in einer manischen Phase war, und dann den Tate besucht. Ich war unfähig, sofort in die Berufsschule zurückzugehen. Meine Schwester hat geredet und geredet und war die beste und gescheiteste von allen Menschen. Der Tate ist schweigend am Tisch gesessen und hat vor sich hin gemurmelt. Inzwischen war von den vielen Elektroschocks sein Hirn leer. Der Mann im Wärterhaus hat mich getröstet. Ich bin oft durch dieses Tor geschlüpft, damit mich von meinen Mitschülerinnen sicher niemand sehen konnte, die Berufsschule war ja ganz in der Nähe. Im Haus auf der rechten Seite war der Tate untergebracht.“

Jetzt ist im ersten Stock dieses Hauses die Abteilung für Alkohol- und Medikamentenabhängige, auch ein Thema in ihrer Sippe. Gleich daneben der Eingang zur Ausstellung: „Zur Geschichte der Psychiatrie in Tirol/Südtirol ab 1830“. Beklommen geht die Frau die Treppe hinauf und betritt den Raum. Das Erste, das sie wahrnimmt, sind die Wörter: begutachten – arbeiten – essen – behandeln – verwahren – töten – erziehen – verschicken. Acht Verben, eine unendliche Geschichte von Schicksalen, der Tate eines von ihnen. Sie sieht den Schlüsselbund, eine ihrer schaurigsten Erinnerungen, die sich bis zum heutigen Tag durch ihr Leben zieht: Tür aufsperren, Tür zusperren, Tür auf, Tür zu.

Im Bruchteil einer Sekunde steigt ein Bild hoch.

1992. Die Frau steigt im „Psychiatrischen Krankenhaus“ in Hall die Stiegen hinauf. Sie öffnet eine Tür, betritt den gewölbten Gang. Vor ihr sitzen zwei lange Reihen von Frauen, jüngere, ältere, alte, alle in Kleiderschürzen, an den Füßen sogenannte „Brennerpatschen“, mit einfachsten Haarschnitten oder mit Zöpfen, mit starrem Blick. Nur wenige schauen auf, als die Frau den Gang betritt.

Eine einzige Frau strickt an einem Socken, eine andere hält ein Kofferradio in der Hand.

Die Frau reißt auf der Stelle die Klotür auf, Brechreiz würgt sie, Tränen kommen, sie würgt und würgt, bis sie alles erbricht. Erst nach Minuten ist es ihr wieder möglich, das Klo zu verlassen. Ihr Mann sucht inzwischen Hanna, die wieder einmal in Hall eingeliefert wurde und jetzt in einem großen Raum in einem Gitterbett liegt und schläft. Die Frau muss wieder mit den Tränen kämpfen, als sie ihre Schwester in diesem Zustand sieht. Doch ihr Mann beruhigt sie und flüstert ihr ins Ohr: „Heute geht es ihr schon viel besser, sie liegt ja wieder in der offenen Station." Die Frau schluchzt und fragt stockend: „Hört das denn nie auf?" – „Nein, es wiederholt sich immer wieder."

Mit Herzklopfen steht die Frau vor einer Badewanne. Über der Wanne das Gerät zum Einschalten. Elektroschock! Eins der schlimmsten Wörter, das sich in ihr Innerstes eingeprägt hat. An ihr Ohr hämmern wieder die Worte: „An Haufn Elektroschock habm sen gebm, bis er a Rueh gebm hat." Hanna hat sich immer mit Händen und Füßen gewehrt, ja nicht nach Hall zu kommen. So tief sitzt ihre Angst vor dem Elektroschock. „In der Badwanne drei bin ih voar die Elektroschock oubundn gwoarn. Du kannsch dir nit voarstellen, wie schrecklig dejs gwesn isch."

In der Vitrine daneben der Inbegriff aller Kinderangst, eine Zwangsjacke. Die Frau muss ein wenig lächeln. Als Kind hat sie sich die Zwangsjacke wie eine Ritterrüstung vorgestellt, in die man hineingesteckt wird und von selbst nicht mehr herauskommt. Nun hängt vor ihr eine rohweiße, weiche Baumwolljacke, hinten mit langen Baumwollbändern, aber offen.

Jetzt steht sie vor dem „Struwwelpeter", verfasst von einem Psychiater. Für die Frau ist das Buch der Inbegriff der schwarzen Pädagogik. Sie liest, dass man lange Zeit glaubte, psychische Krankheiten seien eine Folge von schlechter Erziehung, sodass diese

Menschen nicht in die kulturelle Norm passten. Der Frau steigen Bilder von Heimen für schwer erziehbare Kinder hoch, in denen dieses Denken bis ins späte 20. Jahrhundert umgesetzt wurde. Als Dichterin bekam die Frau vor einigen Jahren ein Angebot, den „Struwwelpeter“ in ihren Tiroler Dialekt zu übertragen. Sie hat abgelehnt.

In der wohl berührendsten Vitrine ein Stück eines Rosenkranzes, ein kleines Kreuz, ein Marienmedaillon, ein Pfeifenkopf aus Porzellan, eine Tabaksdose. Die Asche von ermordeten Tirolern und Tirolerinnen hat sie freigegeben als Mahnmal für die kommenden Generationen. Sie wurden während des Naziterrors von Hall nach Hartheim in Oberösterreich gebracht und dort vergast. Es war Teil der Naziideologie, dass geistig behinderte Menschen für den reinrassigen, gesunden Volkskörper nutzlos sind und vernichtet gehören.

Die Frau liest einen Brief eines Patienten aus dem Oberland an seine Schwester. Er bittet sie eindringlich, sie möge ihn aus der Anstalt nehmen. Er wisse ja, dass er Probleme mache, doch würde er sich bemühen. Der Frau kommen die Tränen. Wieder sieht sie den Tate vor der Nale knien, hört ihn betteln: „Bittschia, tue mih auße.“

Essensgeschirr und Speiseplan. „Aus dieser Aluminiumschüssel hat der Tate gegessen“, sagt die Frau zu ihrem Mann. Reine Pflege- und Verwahrungsfälle bekamen eine Aluminiumschüssel vorgesetzt. Lange Zeit gab es auch unterschiedliches Essen für die Kranken. Sogenannte „Bessere“ bekamen sogar an Werktagen Fleisch. Das Essen wurde auch als Erziehungsmittel angewandt: „essen – ernähren – zwangsernähren – hungern“ steht auf Transparenten. Essen müssen, bis man ins Essen „speibt“, erinnert sich die Frau. Ihre große Schwester bekam oft kein Essen, wenn am Morgen der Strohsack nass war.

Ein Klo ohne Deckel, wo stand es wohl? Mussten sogenannte „Narren“ auch noch die Ausscheidungen der Mitpatienten riechen?

Vermutlich musste die Klotür geöffnet bleiben, keine Imtimsphäre. „Ich lasse mich nicht länger für einen Narren halten", schimpft ein Patient 1903 über seine Behandlung und Verwahrung in der Psychiatrie. „Vo dear der Vater spinnt und die Schwester spinnt ouh", war das Stigma der Kindheit und Jugendzeit der Frau.

Der streng geregelte Tagesablauf für die Patienten und Patientinnen verschwimmt vor den Augen der Frau. Vermutlich war auf dem Feld mitarbeiten zu können für den Tate ein Lichtblick. Sonst stand der Tate stundenlang am Gartenzaun, schaute hinaus auf die Straße, weil er heimwollte. Oft wurde er isoliert, wenn er auf dem Feld lästig wurde. So steht es in seinem Krankenbericht.

Die Frau muss den Ausstellungsraum fluchtartig verlassen.

Als sie zwei Monate später ihre Erfahrungen in der Ausstellung niederschreibt, weiß sie nicht mehr, was im letzten Abschnitt der Ausstellung zu sehen war. Die Dokumente des Tötens hat sie einfach verdrängt.

Doch jetzt hat die Frau die Kraft, noch einmal hinzuschauen, den Familienteppich zu lüften. Sie sitzt im Archiv der Psychiatrischen Klinik, vergisst die Welt um sich, taucht ein in die Krankengeschichte ihres Vaters. Andeutungen, als Kind Gespürtes, Verdrängtes bekommt ein Gesicht. Der Grund der Kinderängste, lange bevor die Mama starb, bekommt eine Logik. Wiederholt bezeichnet der Tate sich selber als Narren und macht die Geste des Verrücktseins.

Drei markante Eintragungen stehen auf der ersten Seite der Krankengeschichte:

Erste Aufnahme am 18. März 1951, Abgang am 11. April 1951 als sehr gebessert.

Zweite Aufnahme am 16. April 1951, Abgang am 17. Juni 1951 als gebessert.

Dritte Aufnahme am 28. Juni 1951, Abgang am 6. September 1966, überstellt ins Versorgungshaus Nassereith.

Diagnose: Schizophrenie.

Auf die Frage des Arztes, wo er sich befinde, sagt der Tate: „Im Narrenhaus!" Der Arzt fragt, ob er daheim Schwierigkeiten gehabt habe. Darauf der Tate: „Ich bin daheim nicht mehr zu fahren gekommen, wir haben einen Hausunfrieden gehabt bis dorthinaus ... obwohl wir uns zuerst immer gern gehabt haben und obwohl wir noch so viele kleine Kinder haben ... jetzt sind uns drei gestorben und vier leben noch ... von einem bin ich der Vater, weil meine erste Frau gestorben ist; zum zweiten, das sie lediger mitgebracht hat, bin ich der Pflegevater ... und das dritte ... derweil sind drei gestorben ... hat schon die Schultasche auf dem Buckel, das sieben Jahre oder gegen acht ... ja, es muss alles stimmen! ... und die Kleinste, die sagt immer: ‚Tati, du musst mir was bringen!', wenn ich wo hingehe. Jetzt habe ich Ihnen alles von den Familienverhältnissen erzählt, was ich weiß, mehr weiß ich nimmer."

Die Frau spürt ihre Tränen nicht mehr. Der Tate hat sich in Hall an sie erinnert. Ein einziger Satz, der sie als Kleinkind betrifft: „Tati, du musst mir was bringen!" Diesen Satz wird sie hüten, er ist ein Geschenk für sie. Sie hatte nicht nur Angst vor dem Tate, sondern auch eine Beziehung zu ihm.

Im Hineinlesen in seine Krankheitsgeschichte bekommt der Tate plötzlich greifbare Konturen. Er wird als laut deklamierend, zwischendurch geheimnisvoll flüsternd, albern und faxenhaft bezeichnet. Nach seiner ersten Elektroschockbehandlung steht folgender Satz: „Gestern, nach dem ersten Schock, einige Stunden ruhig, konnte im Schlafsaal belassen werden, musste aber abends wegen seines lauten und störenden Verhaltens wieder isoliert werden."

Am 2. April 1951 steht: „Nach bisher 4 Elektroschockungen allmähliche Beruhigung. Patient stand gestern erstmalig auf und verhielt sich im Garten ruhig und ordentlich. Zeigt bei der Visite immer einen etwas verkniffenen und beobachtenden Blick, macht bedeutsame Grimassen. Antwortet auf Fragen ausweichend, vor allem ist von ihm keine Erklärung für sein sonderbares Verhalten am Palmsonntag zu bekommen."

Zwei Tage später folgende Eintragung: „Steht nun ganztägig auf und zeigt ein geordnetes Verhalten. Auch bei den Besuchen seiner Angehörigen zeigt er Freude und benimmt sich ganz ordentlich. Auf Fragen, die mit seiner Person keine Berührung haben, gibt er durchaus vernünftige Antworten. Sobald man aber das Gespräch auf seine Person und seine Lebensumstände lenkt, gibt er ausweichende und unbestimmte Antworten."

Der Arzt fragt ihn: „Haben Sie Beschwerden?" Darauf der Tate: „Nein, keine, ich bin mein Lebtag ein anständiger Mensch gewesen." Im weiteren Gespräch mit dem Arzt bezeichnet sich der Tate als Dichter und Bauer.

Die Frau stutzt, wie sie die erste Eintragung nach seiner zweiten Einlieferung nach Hall liest. Dort steht die Aussage einer Schulkameradin:

„Guter Schüler, ordentliches Haus, seine Mutter sehr bös. Fortschrittlicher Bauer, hat gelesen, Schreibmaschine geschrieben. Nach 1945 hat man ihn bei Besuchen oft im Bett angetroffen, da hat er den Kranken gespielt. Hat öfter geweint, er sei so schwach. Sei wochenlang im Bett geblieben und nur am Sonntag zur Kirche aufgestanden. Immer schon sparsam, geltungsbedürftig. Frau sehr tüchtig in der Wirtschaft, hat alles zusammengehalten, hat für einen Mann gearbeitet.

Bei einem Besuch seiner Frau zeigte sich Patient zuerst unwillig, gereizt, machte ihr heftige Vorwürfe, schien sich aber alsbald wieder beruhigt zu haben und plauderte dann in gemütlichem Ton, als ob vorher keine Differenz bestanden hätte."

Ein unendliches Mitgefühl mit ihren Eltern macht sich breit. Der Tate und die Mama, wie haben sie beide unter der tragischen Krankheit des Tate gelitten. Zum ersten Mal im Leben nimmt die Frau beide gemeinsam als ihre Eltern wahr. Alles Geschehen verliert seine Scham, wenn es offen ausgesprochen wird.

Die Frau liest, dass der Tate in einem Unruhezustand ist, schwätzt, jodelt, wirr redet, auf die Mitpatienten einredet und sie traktiert. Am 1. Mai redet er sich damit heraus, dass ja 1. Mai und damit ein Anlass zum Lustigsein gegeben sei. Immer wieder wird er wegen seines störenden Verhaltens isoliert, mit Elektroschock behandelt und kommt oft erst nach Tagen wieder zu seinen Mitpatienten zurück.

Er bittet um seine Entlassung und begründet dies damit, dass seine Frau die Arbeit ohne ihn nicht bewältigen könne. Er schreibt einen liebenswürdigen Brief an seine Frau, worin er ihr alles Gute verspricht und erklärt, er sei zur Einsicht gekommen, dass sie zwei schon im Interesse der Kinder zusammenhalten müssen; er werde sich in Hinkunft nicht mehr gegen seine Frau aufhetzen lassen und werde alles beiseitelassen, was die eheliche Eintracht stören könnte.

Der Arzt fragt sich jedoch, ob sich der Patient in seiner Einstellung zur Frau tatsächlich so gewandelt hat; vielmehr hat es den Anschein, als ob er sich verstellte und gute Miene zum bösen Spiel machte, um entlassen zu werden. Es ist auch vermerkt, dass der Patient zur Feldarbeit hinausgeht und sich dabei gut bewährt.

Am 17. Juni 1951 wird der Tate von seiner Frau gegen Revers aus der Anstalt genommen.

Wie die Frau den Grund der dritten Einlieferung am 28. Juni 1951 liest, schüttelt es sie bis ins Mark. Eigene Erinnerungen, Erzählungen der großen Schwester, Zuflüsterungen von Dorfbewohnern verschmelzen mit dem Krankenbericht. Die Mittagsglocken von der Pfarrkirche Hall holen die Frau in die Gegenwart zurück. Immer mehr wird ihr bewusst, was für ein schreckliches Krankheitsbild Schizophrenie ist, unter dem ihre mittlere Schwester immer noch leidet. Der einzige Unterschied zu damals liegt in den Methoden der Behandlung.

Nach fünfzehn Jahren Auf und Ab in Hall eine letzte Eintragung: „Nach den Beobachtungen bei den Visiten und den allgemeinen Pflegeberichten unverändert gut und ruhig zu haben. Da gerade ein Platz im Versorgungshaus in Nassereith frei wurde, wird Kranker dorthin überstellt."

Der Tate lebt noch elf Jahre im Versorgungshaus Nassereith, freut sich über jeden Besuch seiner Tochter, sagt: „Bittschia, gib mir nouh a paar Schilling vo'r Österreichischen Nationalbank, in Schei' und ouh a paar Münzn." Fein säuberlich werden sie in zwei Geldtaschen verstaut. Gern macht er einen Ausflug mit seiner Tochter und deren Mann und hält auch noch alle drei Enkelkinder auf dem Schoß. Er bekommt eine Lungenentzündung und sagt am Abend vor seinem Tod zu seiner Tochter: „Und nun gute Nacht, bis der Morgen neu erwacht."

Almrosenzeit! Ich steige aus dem Auto, öffne das Gatter, höre die vertrauten Klänge der Kuhglocken. Mein Mann fährt weiter, rasch schließe ich das Tor hinter ihm. Die ersten blühenden Almrosen, Jungvieh am Weg, das nächste Gatter. „Bitte schließen" steht auf dem Schild. Zu steil die Felsen, zu wild der Bach. Noch zwei Mal wiederholt sich die Prozedur, eine Kurve, die Kirche und das Almhaus sind zu sehen. Mein Herz klopft. Viele Jahre war ich nicht mehr hier oben. Links und rechts vom Weg türmen sich noch Schneemassen. Erst vor wenigen Tagen wurde der Weg freigefräst. „War damals auch ein See neben dem Almhaus?" – „Der neue Pächter hat sich eingebildet, Fische zu züchten", lacht der Senner. Mit genügend Geld gedeiht der Fisch sogar in fast zweitausend Meter Höhe. Immerhin hat der neue Pächter auch die höchstgelegene Barockkirche im Alpenraum und das gemauerte Almhaus renovieren lassen. Die Alm samt Kirche und Almhaus gehört dem Kloster. Hier heroben kein Rosengitter, nur unten in der Klosterkirche im Tal. Kirche und Almhaus mit einem Almrosenteppich umhüllt. Das Jahr im Zenit, die Almzeit soeben begonnen. Ich gehe ein paar

Schritte, bleibe an der Kante des Almbodens stehen, sehe weiter unten einen Fußsteig und die alte „Jagerhütte“. Früher trieben die Bauern das Vieh zu Fuß auf diesem Steig zur Alm.

„Siehst du die Bank vor der Jagerhütte? Zwei Jahre nach Mamas Tod durfte ich zum ersten Mal beim Jungscharausflug hier auf die Stamser Alm mitgehen. Ich war die Jüngste. Es gibt sogar ein Foto, auf dem ich auf dieser Bank sitze und meinen Rucksack halte. Wir haben im Almhaus übernachtet. Am nächsten Tag sind wir bis zum Gipfelkreuz hinaufgegangen. Die Berge rundum, das Inntal, die weite Aussicht, dieses Gefühl von Freiheit hat sich mir eingeprägt. Beim Rückweg ist der Nebel eingefallen. Wir haben den richtigen Weg verloren, sind um den Almkessel herumgeirrt, haben gerade noch vor Einbruch der Nacht das Almhaus gefunden. Wir sind uns um den Hals gefallen und haben inbrünstig gebetet, bis wir eingeschlafen sind.“

Ich schaue zur gegenüberliegenden Bergkette hinüber. Da, der Fisch meiner Kindheit. Wie viel verlorene Kindheit habe ich in ihn hineingeträumt, mit wie viel Geschichten habe ich ihn gespeist. Immer noch kann ich seinem Bauch mein Erinnern entlocken. Es ist mein Fisch, den ich geprägt habe. Ich beginne meinen ersten, selbst erdachten Kindervers zu summen. „Lieber Fisch, ich sag es dir, komm doch endlich her zu mir.“

Dann der Blick hinab ins Tal. Das Klosterdorf verträumt in der Mittagssonne. Der längste Tag, die kürzeste Nacht im Jahr. Die Schatten des Winters überwunden, der kommende Schatten noch weit. In berauschendem Rot der Almboden. Dort – der Reiter auf dem Dach, er blitzt auf in der Mittagsglut. Dem Reiter mit all seinen Gesetzen und Normen entkommen.

Als junge Frau fühlte ich mich einsam, ausgegrenzt und wollte um jeden Preis dazugehören, mit dem Reiter mitreiten. Doch eine Krankheit, die zur Starre führt, zwang mich, trotzdem aufzustehen, weiterzugehen. Nach Jahren kam ich zu folgender Überlegung:

Mit mein Geahwarch
wear ih zwar alm starrer
aber siesch bewegliger
vielleicht war ih alm nouh
gleich starr
wenn ih beweglig
bliebm war

Aber die innere Beweglichkeit hat ihren Preis. Immer wieder an Grenzen kommen, sich abgrenzen müssen, Einsamkeit aushalten. Eine Frau, die in Kirche und Gesellschaft Gleichberechtigung einfordert, ist unbequem, wird auch von vielen Frauen als Gefahr gesehen. Zu viele wollen noch mit dem Reiter mitreiten. „Ich habe auch vom Patriarchat profitiert", schrieb mir kürzlich eine kirchlich engagierte Frau. Ja, auch ich war glücklich, wenn ich Fürbitten für die Weihnachtsmette schreiben durfte oder ein Priester bei einem gemütlichen Zusammensein sagte: „Hast du uns ein schönes Gedicht mitgebracht?" Es hat auch Männer gegeben in meinem Leben, die nicht nur patriarchale Strukturen umsetzten. Mein erster Förderer in der Literatur hat mir gesagt: „Schreib im Dialekt, du hast Begabung!" Ein Freund, ein Germanist, hat mich auf meine Schwachstellen beim Schreiben aufmerksam gemacht und mich trotzdem bestärkt. Und allen voran mein Mann, der mich im Wachsen unterstützt hat. Fast fünfzig Jahre gemeinsam unterwegs mit allem, was das Leben ausmacht. Drei Kinder, drei Schwiegerkinder, sechs Enkelkinder. Den Zenit längst überschritten, dankbar zurückschauen, hinunterschauen ins Dorf.

Dem Schatten entkommen.

Ein Kreis schließt sich.

Ich bin zu einer Lesung in einem modern renovierten Gebäude im inneren Dorfkern neben dem Kloster eingeladen. Am späten Abend verabschiede ich mich von den Gästen, nehme die Grüße an meinen Mann entgegen und trete in die warme Frühsommernacht hinaus. Grillen zirpen, der Duft von Jasmin steigt mir in den Kopf. Ich gehe über die schmale Stiege hinunter, komme bei der Blutskapelle vorbei, beim Portal der Klosterkirche, beim Jungscharraum neben dem früheren Pfarrsekretariat. Im Klostergarten plätschert der Springbrunnen. Die Pforte ist bereits geschlossen, im Bernardisaal brennt kein Licht.

Der Reiter auf dem Klosterdach schläft unter dem Sternenhimmel. Der ehemalige Blumen- und Gemüsegarten des Klosters nur mehr eine Rasenfläche. Ich blicke hinauf zu den mächtigen Klostertürmen. Sie sind angeleuchtet, dahinter eine schmale Mondsichel. Zwei Drittel des Westturmes liegen im Dunkeln. Ein Schauer durchfährt mich: Wie klein bin ich im Schatten dieses Turmes, und doch bin ich gewachsen – gewachsen im Schatten.

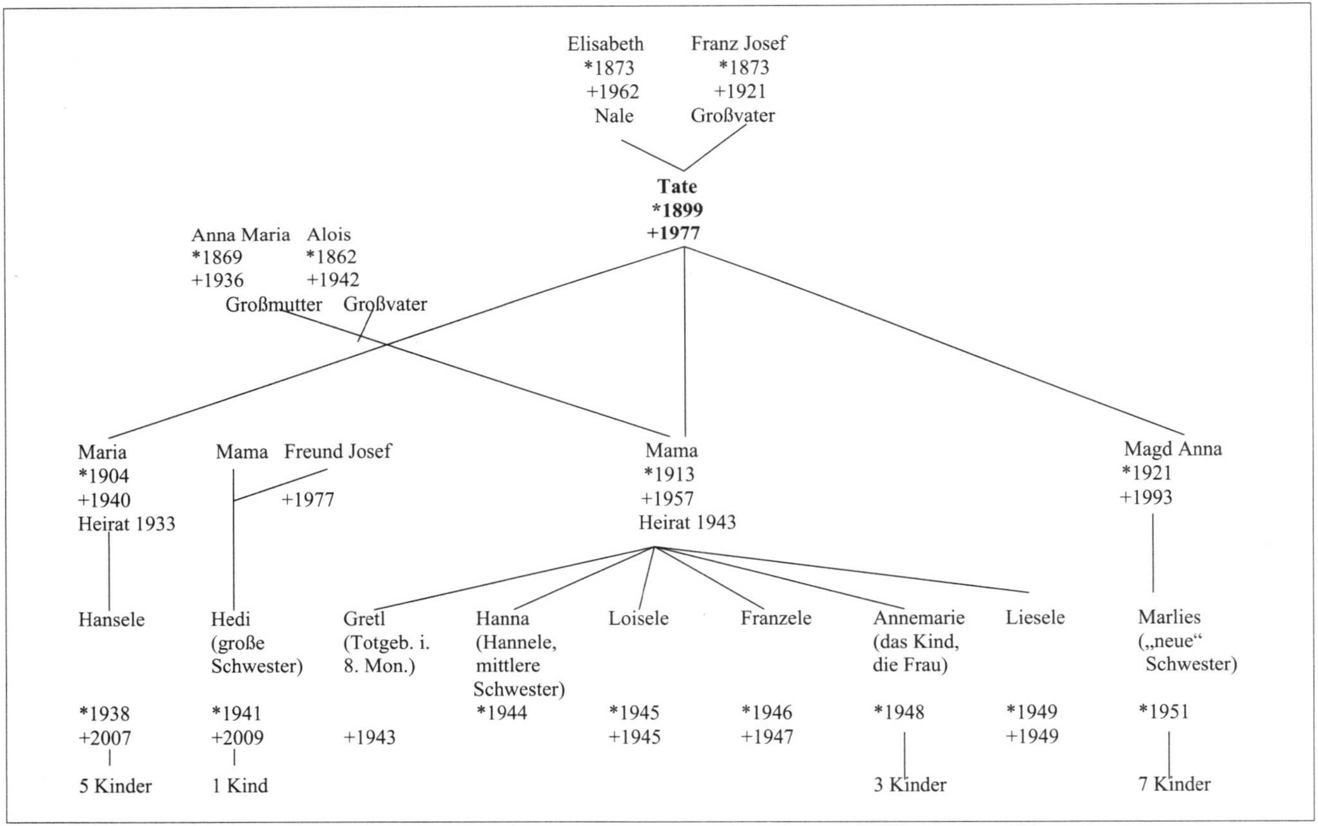
Elisabeth
*1873
+1962
Nale
Franz Josef
*1873
+1921
Großvater
Tate
*1899
+1977
Anna Maria
*1869
+1936
Großmutter
Alois
*1862
+1942
Großvater
Maria
*1904
+1940
Heirat 1933
Mama
Freund Josef
+1977
Mama
*1913
+1957
Heirat 1943
Magd Anna
*1921
+1993
Hansele
*1938
+2007
5 Kinder
Hedi
(große Schwester)
*1941
+2009
1 Kind
Gretl
(Totgeb. i. 8. Mon.)
+1943
Hanna
(Hannele, mittlere Schwester)
*1944
Loisele
*1945
+1945
Franzele
*1946
+1947
Annemarie
(das Kind, die Frau)
*1948
3 Kinder
Liesele
*1949
+1949
Marlies
(„neue“ Schwester)
*1951
7 Kinder